A queda de Lorde Drayson

RACHAEL
ANDERSON

A queda de Lorde Drayson

Série Tanglewood - Livro 1

Tradução: A C Reis

pausa;

Esta é uma obra de ficção. Nomes, lugares, personagens e eventos são fictícios em todos os aspectos. Quaisquer semelhanças com eventos e pessoas reais, vivos ou mortos, são mera coincidência. Quaisquer marcas registradas, nomes de produtos ou recursos nomeados são usados apenas como referência e são considerados propriedade de seus respectivos proprietários.

EDITORA
Silvia Tocci Masini

PREPARAÇÃO
Lígia Alves

REVISÃO
Sabrina Inserra

CAPA
Larissa Carvalho Mazzoni (sobre imagem de Masson / shutterstock)

DIAGRAMAÇÃO
Larissa Carvalho Mazzoni

COMUNICAÇÃO E MARKETING
Alexandre Nuns

Dados Internacionais de Catalogação na Publicação (CIP)
(Câmara Brasileira do Livro, SP, Brasil)

Anderson, Rachael
A queda de Lorde Drayson / Rachael Anderson ; tradução A C Reis. -- São Paulo : Editora Pausa, 2019. -- (Série tanglewood ; 1)

Título original: *The fall of Lord Drayson.*

ISBN 978-85-93745-82-9

1. Ficção norte-americana I. Título. II. Série.

19-28400 CDD-813

Índices para catálogo sistemático:
1. Ficção : Literatura norte-americana 813

Cibele Maria Dias - Bibliotecária - CRB-8/9427

Oh, que rede intricada tecemos
Quando o uso do engano aprendemos!
— Sir Walter Scott, Marmion

1

A Srta. Lucy Beresford, filha do falecido vigário, tinha sido ensinada por seus amorosos pais a sempre dizer a verdade. Era a coisa correta e boa a fazer, e Lucy os amava tanto que se esforçava para seguir o conselho sábio dos pais. A última vez que ela mentiu para os dois foi com a tenra idade de onze anos, quando voltou para casa toda desgrenhada após uma desanimadora corrida de gafanhotos.

Mocinhas de boa criação não pegavam gafanhotos, nem organizavam corridas e muito menos apostavam com os filhos do fazendeiro. Isso seria indecoroso, o que Lucy sabia muito bem, e foi por isso que contou para a mãe que tinha encontrado um passarinho preso no brejo, enlameando as saias na tentativa de libertar a ave. A mentira funcionou maravilhosamente até o pai de Johnny arrastar o menino até a casa paroquial para obrigá-lo a se desculpar e devolver o guinéu que Lucy tinha apostado e perdido quando seu gafanhoto decidiu que preferia tomar sol a disputar corridas.

Com a mentira exposta, o Sr. e a Sra. Beresford não ralharam com Lucy nem lhe administraram nenhum castigo. O Sr. Beresford apenas olhou para a filha com o semblante triste e disse:

— Estou profundamente decepcionado com você, Lucille.

Ele a chamou pelo nome inteiro — o pai *nunca* a chamava pelo nome inteiro —, e Lucy nunca tinha se sentido tão mal. Desse momento em diante, ela decidiu se abster de contar outra mentira enquanto vivesse.

Oito anos depois, já madura, aos dezenove anos, Lucy se orgulhava de continuar a manter essa promessa, embora certas situações exigissem expor a verdade de forma criativa. Foi esse o caso no dia em que Lucy viu a Sra. Manning saindo da loja de chapéus com uma touca nova. A peça possuía uma aba excepcionalmente grande, que se abria ao redor do rosto fino e anguloso da Sra. Manning, e, com o detalhe adicional das penas azuis que se espalhavam em todas as direções, a mulher parecia um pavão se exibindo. Ela viu Lucy e correu para o lado da jovem.

— O que você acha da minha touca nova, Lucy? Acabou de chegar de Londres, onde é a última moda, pelo que eu soube.

Em vez de dizer para a Sra. Manning que a coisa deveria ser despachada imediatamente de volta a Londres, Lucy respondeu com carinho.

— É sensacional, Sra. Manning. Aposto que a senhora será o centro das atenções aonde quer que vá.

Satisfeita, a Sra. Manning tocou a mão de Lucy.

— Você é sempre um amor — ela disse e se afastou, ostentando um chapéu medonho e um sorriso radiante.

Lucy seguiu em frente também com um sorriso, feliz por saber que continuava podendo ser incluída entre as pessoas sinceras. Seu pai, se ainda estivesse vivo, teria ficado orgulhoso.

Menos de dois dias depois, numa melancólica manhã de março, a Srta. Lucy Beresford teve a infelicidade de encontrar um cavalheiro que a levou a fazer algo que muito afligiria sua mãe, e faria seu pai se revirar no túmulo.

Pela primeira vez desde que Lucy tinha feito sua promessa, oito anos antes, uma verdade criativa não seria suficiente, e tampouco uma mentirinha caridosa. Não, o que saiu da boca de Lucy foi pura e simplesmente uma lorota.

2

— VENDER? — ERASMUS GRAHAM, há muito administrador de Tanglewood, puxou as rédeas, fazendo sua montaria cinzenta parar. Suas sobrancelhas espessas se juntaram sobre os olhos saltados. — Meu lorde deseja *vender* Tanglewood?

— Acredito que foi isso que eu disse, sim. — Colin Cavendish, quinto Conde de Drayson, puxou a aba de seu chapéu de castor sobre a testa, para proteger melhor o rosto da chuva gelada. Mesmo envergando o pesado casaco de montaria, seu corpo começou a gelar. Talvez ele não devesse ter enviado seu criado pessoal a Londres mais cedo, naquela mesma manhã. Se o céu não parecesse tão convidativo apenas algumas horas antes, ele não o teria feito. Roupas molhadas eram muito difíceis de serem retiradas sem ajuda.

Colin suspirou e olhou para a vasta propriedade, imaginando o que seu avô teria visto naquela paisagem austera e inóspita. Sob a camada espessa de nuvens, o imenso edifício de pedra, o Solar de Tanglewood, reluzia na garoa entre árvores enormes. Aquela imagem o sufocava, e Colin sentiu a necessidade repentina de afrouxar a gravata.

Não era de admirar que sua mãe tivesse insistido em criar os filhos na encantadora propriedade da família em Danbury, Essex.

— Senhor, esta casa está na sua família há quatro gerações. Um dia seu pai trepou nessas árvores e pescou naquele riacho. E agora o senhor quer vendê-la? — Erasmus permaneceu encarando-o de boca aberta, embora seu chapéu oferecesse pouca proteção contra a chuva.

— O solar não está vinculado ao título, então, sim, é isso mesmo que eu pretendo fazer. — O conde apontou para o edifício. — Os poucos criados que restaram não são suficientes para mantê-lo. A propriedade quase não dá lucro e Yorkshire fica muito longe de Essex. Ninguém da família mora aqui há anos, e o descuido é evidente. Nós precisamos vender enquanto podemos.

— O senhor podia vir passar um tempo aqui e reformar a casa — o administrador arriscou.

— Com que objetivo? Para que a propriendade possa permanecer vazia por mais vinte anos?

— Mas e Sua Excelência James? Ou Lady Charlotte e Lady Harriett? Nenhum dos seus irmãos deseja ficar com o solar?

O conde sorriu tristemente com a imagem de Charlotte enfiada ali, a dois dias de viagem de Londres. Ela consideraria essa a pior forma de prisão.

— Charlotte e James preferem a elegância e o glamour da cidade, e Harriett, como nossa mãe, gosta de Danbury.

— Se Lady Harriett prefere o campo, quem sabe...

— Minha mãe nem iria querer ouvir a respeito, Erasmus. É longe demais de Danbury. E, com certeza, você lembra de Lady Drayson bem o bastante para saber como ela consegue ser persuasiva. Foi a persistência dela, afinal, que removeu minha família de Askern. Não adianta discutirmos. Goste ou não, Tanglewood em breve será vendida e não estará mais em minhas mãos.

Erasmus se remexeu na sela e soltou um suspiro profundo.

— Eu estava certo de que meu lorde tinha vindo com notícias mais alegres. Por que empreender uma viagem tão longa só para me dizer para vender a propriedade?

O cavalo árabe do conde andou de lado, sem dúvida ansioso também para sair da chuva.

— Eu tive que tratar de algo em Lancashire, então a jornada não foi tão árdua. E, como você disse antes, este lugar significou algo para meu pai e meu avô, então acredito que eu quisesse ver, por mim mesmo, se me emocionaria de alguma maneira. Infelizmente, bastou uma olhada para me convencer de que estou certo. Tanglewood serviu a seu propósito na história da minha família, e já passou da hora de mantê-la assim, no passado. Quanto a você, sinto muito, mas estou certo de que conseguirei convencer o comprador a mantê-lo. Você tem servido fielmente a nossa família.

— Se eu tivesse feito um trabalho melhor, talvez meu lorde não estivesse tão ansioso para se livrar da propriedade.

O conde queria sair da chuva e levar a conversa para dentro de casa.

— Ora, vamos, Erasmus, não piore este dia tenebroso com tais pensamentos de autopiedade. Você não podia ter feito nada mais por este lugar, e sabe muito bem disso.

O homem passou a manga encharcada na testa, espalhando a chuva e transformando as sobrancelhas em miniaturas de ursos.

— Não é comigo que estou preocupado, meu lorde. É com a Sra. e a Srta. Beresford. O que será delas?

Os nomes não significavam nada para Colin.

— Quem?

— A esposa e a filha do falecido vigário. Elas estão ocupando a casa da viúva.

— Como? — O árabe de Colin relinchou, deixando clara sua impaciência, mas o conde não ligava mais para o frio. Ele puxou as rédeas para manter o cavalo sob controle. — Quem autorizou isso?

— Dois anos atrás, quando o reverendo contraiu uma doença nos pulmões e morreu, seu pai ofereceu a casa da viúva para a esposa e a filha. Elas estão morando lá desde então.

— Por que eu não fiquei sabendo disso antes? — Colin perguntou.

— Minhas desculpas, meu lorde. Eu imaginei que o senhor já soubesse. Seu pai...

— Era um tolo sentimental — concluiu Colin, um pouco mais do que irritado com a novidade.

— Senhor — o tom do administrador foi de repreensão.

O conde dispensou a reprimenda com um gesto com a luva ensopada.

— Você sabe tão bem quanto eu que todo mundo gostava do meu pai, incluindo eu mesmo. Mas nos últimos seis meses venho arrumando a grande bagunça que ele me deixou nas mãos, e, quando começo a pensar que estou acabando, descubro que ele cedeu a casa da viúva de uma propriedade que desejo vender o quanto antes. Mesmo um santo ficaria frustrado, Erasmus, e eu não sou santo.

— Eu compreendo, meu lorde.

O conde suspirou ao ponderar suas opções. Essa notícia com certeza complicava a questão. A família Beresford precisaria ir morar em outro lugar para que a propriedade pudesse ser vendida, mas quanto tempo isso iria demorar?

— Que tipo de acordo a Sra. Beresford fez com meu pai? Existe algum tipo de contrato assinado?

— Não, meu lorde. Seu pai apenas deu sua palavra de cavalheiro. Ele veio de Danbury para o funeral, e nunca vou me esquecer de vê-lo segurando a mão da Sra. Beresford e dizendo: "Enquanto viverem, vocês terão um lar na casa da viúva de Tanglewood". O administrador fitou a copa das árvores que, o conde imaginou, escondiam aquela moradia.

Colin soltou um suspiro. Enfim, uma notícia boa.

— Então, não existe nada por escrito.

Erasmus virou-se para o conde, parecendo indiferente à água que lhe caía nos olhos.

— O senhor pretende, então, enxotar as mulheres?

— A menos que você possa encontrar um comprador disposto a adquirir uma propriedade com moradoras na casa da viúva, não vejo outra opção.

— Farei o meu melhor para encontrar tal comprador, meu lorde.

O conde soltou uma risada constrangida.

— Eu só estava brincando, Erasmus. Um comprador desses demoraria anos para aparecer, e não estou disposto a perder tanto tempo. Já tomei minha decisão. As Beresford precisarão encontrar outro lugar para morar assim que possível. Você pode lhes dizer que têm um mês para deixar a propriedade.

— Um mês! Mas senhor...

O conde levantou a mão.

— Dois meses, então, e não se fala mais nisso.

O administrador meneou a cabeça lentamente, mas com vigor.

— Não farei isso, meu lorde. Não serei eu quem irá dizer à Sra. Beresford e sua filha que elas precisam encontrar outro lugar para morar. — A firmeza de seu rosto mostrava ao conde que ele estava falando sério.

Colin lhe deu um olhar de advertência.

— Quando vivo, meu pai o tinha em alta conta, Erasmus. Não me dê motivo para demiti-lo.

— Eu mesmo me demitirei antes de ser o portador dessa notícia, meu lorde.

O conde suspirou enquanto seu cavalo dançava ansiosamente debaixo dele.

— Muito bem. Sigo para Londres depois que terminarmos aqui. Quando chegar lá, vou instruir meu advogado a escrever uma carta para...

— Meu lorde está aqui agora — disse o administrador. — Por que não adiantar o assunto dando a notícia o senhor mesmo? Seu pai fez o acordo pessoalmente. Acredito ser apropriado que seja desfeito da mesma forma.

Colin ponderou as palavras do administrador. Com certeza seria uma conversa desagradável, mas não a primeira de sua vida. E, por mais que o conde detestasse admitir, Erasmus estava com a razão. As Beresford mereciam ouvir a notícia de sua boca.

— Muito bem, Erasmus — disse Colin. — Vou dar eu mesmo a notícia. — Certamente, depois que o conde explicasse, elas compreenderiam por que ele precisava vender a mansão e elas precisavam se mudar. A questão estaria resolvida antes do anoitecer, e ele estaria mais perto de, enfim, assumir o controle de suas propriedades recém-recebidas.

3

De quatro, Lucy esfregava um ponto especialmente teimoso no chão da cozinha quando a única criada que os Beresford podiam manter entrou apressada pela porta dos fundos. Pequena e magra como um graveto, com o cabelo loiro enfiado debaixo de uma touca de palha bastante usada, Georgina sempre foi mais amiga do que criada.

Georgina colocou no chão a cesta de comida que carregava e correu para perto de Lucy. Suas saias estavam encharcadas da chuva.

— Srta. Lucy, num devia tá fazendo isso!

Lucy sentou sobre os calcanhares e inspirou fundo, enchendo os pulmões com um ar que parecia preso dentro da cozinha há muito tempo.

— O que eu deveria estar fazendo, Georgy? Fingindo ligar para bordados ou piano? Você sabe tão bem quanto eu que não tenho nenhum talento de salão, e não podemos esperar que uma só pessoa faça tudo por aqui. Você trabalha demais. É simplesmente correto que eu ajude de vez em quando. — Além do mais, pensou Lucy, era interessante brincar de criada, especialmente numa manhã aborrecida como aquela, em que estava presa dentro de casa. Com a mãe fora, ajudando uma irmã em trabalho de parto, Lucy podia fazer o que quisesse. Por mais que Georgy tentasse mandar Lucy se comportar, não podia obrigá-la.

— Eu num trabalho mais do que ninguém que faz o que eu faço, senhorita — disse Georgina. — E você tem talento de salão de sobra.

Lucy arqueou uma sobrancelha.

— Por exemplo?

Georgina se levantou e fez Lucy ficar de pé, sem dúvida tentando pensar em pelo menos um “talento” da Srta. Beresford.

— A senhorita sempre gostou dum livro — foi a resposta, depois de algum tempo.

— Xiu, Georgy — brincando, Lucy colocou um dedo sobre os lábios. — Não espalhe. Eu detestaria que me considerassem uma intelectual.

— Melhor isso do que empregada. — Georgina tirou a escova da mão de Lucy e a jogou sobre a mesa. — E essa mancha tá aí desde antes de eu vir pra cá. Num vai sair, num importa quanta força você usar pra esfregar. Agora tira o avental e a touca e tente se comportar, só pra variar. Na cidade o povo diz que você vai receber uma visita em breve. Seu Graham mesmo que me disse.

Lucy deixou o avental amarrado na cintura e apoiou a palma da mão na mesa.

— Oh, que divertido. Você acha que é algum parente rico, de quem há muito não sabemos?

— Não.

— Um magistrado caçando um fora da lei?

Georgina riu disso.

— Acho que não, senhorita.

— Talvez um homem solteiro que ouviu falar dos meus... ahn, talentos e da minha personalidade encantadora, que está vindo para me cortejar? Sim, só pode ser isso — Lucy brincou, enquanto batia a mão no avental. — É melhor deixar que ele me veja como realmente sou, não acha, Georgy?

— A gente concorda nisso, senhorita — disse a criada, tirando a touca da cabeça de Lucy. — Você tá sempre esquecendo, mas é a filha do Sr. e da dona Beresford.

Lucy suspirou.

— Você me faz parecer bem sem graça.

Georgina sorriu e deu um tapinha no rosto de Lucy.

— A senhorita é qualquer coisa, menos sem graça. Agora tira esse avental. Vou buscar leite fresco no McCallister, então se comporte enquanto eu tô fora, e num deixa ninguém entrar até eu voltar.

— Eu pensava que você devia obedecer às minhas ordens, não o contrário — disse Lucy.

— Não com a dona Beresford fora e eu sendo a única adulta por aqui. — Os lábios de Georgina se torceram num sorriso antes de ela sair pela porta, que fechou atrás de si, deixando Lucy a sós na cozinha.

Quase no mesmo instante, Lucy sentiu a volta do tédio anterior. Ela se inclinou para a frente, apoiando os cotovelos na mesa e o queixo nas mãos. E agora? Talvez pudesse ir até a propriedade vizinha para visitar o Sr. Shepherd. Ele sempre vinha com alguma conversa interessante, embora ultimamente parecesse preocupado com estudos de etimologia, após ter lido um livro sobre o assunto, e Lucy não tinha nenhuma vontade de aprender as origens gregas ou latinas de palavras como "cândido" ou "procurar".

Uma batida alta ecoou pela casa, assustando Lucy. O visitante misterioso já teria chegado? Ela alisou os lados do cabelo enquanto saía da cozinha e seguia pelo corredor. No vestíbulo, inspirou fundo antes de abrir a pesada porta de madeira, revelando um homem parado à sua frente.

Os olhos dele foram o que primeiro chamou sua atenção. Debaixo da aba de um chapéu preto de castor, e emoldurados por suíças aparadas, eles eram azuis e inteligentes, e transbordavam complexidade e mistério.

O rapaz tirou o chapéu molhado, revelando um cabelo volumoso e ondulado da cor do melaço. Lucy o observou, imaginando quem seria e o que desejava com sua família.

— Estou aqui para ver a Sra. Beresford, por gentileza. — O timbre grave de sua voz combinava com a profundidade de seus olhos, e Lucy teve certeza de nunca ter avistado uma criatura tão atraente. Alto, de ombros largos, ele vestia-se com esmero, do casaco de viagem e da gravata simples às botas de montaria brilhantes (em grande contraste com o desmazelo dela).

Ciente de que o estava encarando de boca aberta, Lucy obrigou seu olhar a voltar para o rosto dele, onde encontrou o indício de um sorriso de diversão. Ela pigarreou.

— Receio que a Sra. Beresford esteja fora. Talvez eu possa lhe ajudar?

Aparentemente, ele não se preocupou em responder. Apenas apertou a mandíbula e seus lábios se transformaram numa linha reta. Como ele não respondeu de imediato, Lucy olhou além dele, para o granizo, debaixo do qual um lindo cavalo árabe preto estava amarrado a um poste.

— Esse cavalo é seu? — ela perguntou, pronta para oferecer o estábulo para abrigar o pobre animal.

Ele acompanhou o olhar dela e depois se voltou para Lucy.

— Nunca vi esse animal na minha vida — ele respondeu, em tom seco.

— O senhor está debochando de mim — ela disse, torcendo os lábios. — Esse é seu modo de destacar a tolice da minha pergunta? Sabe tão bem quanto eu que o animal é, de fato, seu.

— Você não deveria tirar conclusões precipitadas de um estranho — ele afirmou.

— Você é um estranho? — ela retrucou, sua curiosidade crescendo a cada segundo.

— Talvez — foi tudo o que ele disse.

Sem se perturbar, Lucy apontou o queixo para o cavalo.

— O animal tem um nome ou essa também é uma pergunta tola?

O homem a observou por um momento, como se estivesse avaliando se ela merecia saber tal informação antes de responder.

— Querido.

— Perdão?

— O nome dele é Querido.

Ela o estudou por um instante. Havia um toque de humor nos olhos do visitante, como se a estivesse desafiando a acreditar nele.

— Eu acho que você está falando sério.

— E estou.

— Não pode ser. Nenhum homem respeitável daria o nome de Querido a seu cavalo.

— Talvez eu não seja respeitável.

— Estou começando a pensar que pode ser esse o caso.

Os lábios dele tremeram um pouco antes de voltarem a formar uma linha reta.

— Já que você precisa saber, eu tive um momento de fraqueza quando prometi à minha sobrinha travessa que ela poderia batizar meu próximo cavalo. Depois que ela se decidiu, não tive como convencê-la a desistir de Querido. Talvez eu devesse esquecer minha promessa e dar ao animal um nome mais adequado ao seu gênero e à sua disposição, mas, infelizmente, sou um homem de palavra. Então teria de vendê-lo, o que seria uma pena, ou continuar a chamá-lo de Querido.

Encantada pelo fato de ele gostar tanto da sobrinha, Lucy ofereceu uma sugestão.

— Você poderia chamá-lo de Aguerrido. O cavalo ainda vai responder ao nome, que tem a mesma sonoridade e é um pouco mais masculino.

Ele apertou os lábios, como se refletisse a respeito.

— Não é má ideia. Talvez minha sobrinha permitisse que Querido fosse o sobrenome dele.

— E Aguerrido seria o primeiro nome?

— Isso mesmo.

— Aguerrido Querido? — Lucy riu. — Travaria a língua das pessoas, não?

— Mas é aí que está a genialidade, pois minha sobrinha adora aliterações. Chamando-se Amélia Amália, como seria diferente? — A expressão dele tornou-se relaxada e um pouco mais atraente que antes.

— Preciso ajustar minha primeira impressão do senhor. Qualquer homem que gosta tanto de uma sobrinha deve ser no mínimo um pouco respeitável.

O elogio teve um efeito desconcertante nele. Em vez de sorrir, ele apertou os lábios. Num instante se tornou o cavalheiro formal e sisudo que tinha aparecido à sua porta.

— Receio que você esteja me dando crédito demais — ele disse. — Agora, se puder fazer a gentileza de me dizer quando poderei encontrar a Sra. Beresford em casa?

— Daqui a quinze dias.

— Quinze dias! — Se ele não estava irritado antes, com certeza ficou nesse momento. Aparentemente, duas semanas era tempo demais para a mãe de Lucy ficar longe.

A boca de Lucy se arqueou num sorriso endiabrado e ela gesticulou para ele entrar.

— Gostaria de esperar por ela?

Ele arregalou os olhos por um instante, obviamente surpreso com a sugestão.

— Você só pode estar brincando.

— É claro — Lucy confirmou com uma risada. — Por mais divertida que esta conversa esteja sendo, acredito que seria indecoroso demais permitir sua entrada em nossa casa quando nem minha mãe nem a criada estão presentes.

Ele arregalou mais os olhos, observando, surpreso, a aparência dela.

— Você é a Srta. Lucy Beresford?

Ela fez uma mesura rápida.

— Como vai o senhor? Achou que eu fosse a criada?

Ele não tentou fingir o contrário.

— Claro que eu pensei que fosse a criada. Você atendeu a porta e está vestindo um avental, por Deus. E seu cabelo está... aham, deixe para lá. — Pelo menos ele teve a presença de espírito de não terminar a frase.

Lucy estava se retorcendo por dentro diante do que ele devia estar pensando. Não era todo dia que um homem atraente a confundia com uma criada, mas ela se recusou a deixar que o choque óbvio dele com sua aparência a perturbasse. Lucy ergueu o queixo, mostrando as palmas das mãos para que ele as examinasse.

— Você notou também o estado deplorável das minhas mãos? Estão vermelhas e manchadas de esfregar o chão da cozinha.

Ele continuou a encará-la, abrindo e fechando a boca algumas vezes antes de falar.

— Você está numa situação tão deplorável assim?

Piedade ou preocupação eram as últimas coisas que Lucy queria daquele homem. Ela fez pouco-caso da pergunta com um gesto da mão.

— Não, claro que não. Eu só estava entediada.

— Você esfrega o chão para afastar o tédio?

— Só quando as alternativas são bordado e praticar piano — ela disse, revirando alegremente os olhos.

Mais uma vez, os lábios dele tremeram e se retorceram, mas o homem teimoso se recusava a sorrir. Talvez fosse melhor assim. Era provável que o coração de Lucy virasse geleia se ele ficasse ainda mais atraente.

— Eu estou em desvantagem, meu senhor — disse Lucy. — Parece que você me conhece, mas eu não tenho a menor ideia de quem seja.

Ele pigarreou, talvez para tentar se recuperar do choque.

— Minhas desculpas por não me apresentar de início. Sou Colin Cavendish, Conde de Drayson e atual proprietário de Tanglewood.

Lucy franziu a testa. Ele parecia estar falando sério, mas...

— Isso é muito interessante, meu senhor, considerando que conheci Lorde Drayson há menos de dois anos e o senhor não se parece em nada com ele.

— Espero mesmo que não — disse o homem. — Meu pai era careca e barrigudo, e tinha o nariz vermelho. Eu, felizmente, puxei o lado da minha mãe.

Todo o bom humor sumiu do corpo de Lucy quando uma palavra de três letras, sem importância em outro contexto, capturou sua atenção.

— Era? — ela perguntou, a voz um pouco mais que um sussurro.

— Ele faleceu no verão passado, sinto dizer.

Lucy levou a mão à boca. Ela não sabia por que a notícia lhe foi tão aflitiva — mal conhecia o homem —, mas o finado Lorde Drayson tinha sido muito bondoso com sua família depois que seu pai morreu. O conde fez a longa viagem até Askern para o funeral do Sr. Beresford e, ao saber que a viúva tinha ficado com apenas uma renda modesta, ofereceu-lhe moradia. Desde então, Lucy o tinha em alta estima, e ficou muito triste com a notícia de sua morte. A mãe ficaria ainda mais pesarosa, sem dúvida.

— Eu sinceramente sinto muito por sua perda — ela conseguiu dizer. Se alguém sabia o que era perder um pai amado, era Lucy. — Não fiquei sabendo, nem minha mãe, porque tenho certeza de que ela teria me informado. Minha nossa, ele parecia tão jovem e bem-disposto... mas meu pai também parecia antes de... — Ela ergueu os olhos para os dele. — A vida sabe ser imprevisível de um modo horrendo, não é?

— É verdade. — Lorde Drayson não pareceu à vontade com o rumo que a conversa tomava. Ele pigarreou de novo e desviou o olhar do de Lucy. — Eu esperava conversar com sua mãe, mas não posso permanecer em Askern por mais duas semanas esperando a volta dela, então receio ter de dar minha mensagem a você no lugar dela.

— Mensagem? — Lucy ainda estava com a cabeça longe, evocando lembranças de um aperto de mão firme, de palavras gentis e da promessa de que sua família poderia morar na casa da viúva pelo tempo que quisesse.

— Como novo Conde de Drayson, eu tenho cuidado dos negócios da minha família e estou fazendo as mudanças necessárias. Não existe modo fácil de dizer isto, mas preciso informá-la de que a Propriedade Tanglewood será vendida assim que possível.

As palavras "Propriedade Tanglewood" e "vendida" trouxeram os pensamentos de Lucy de volta ao presente.

— Perdão? — ela exclamou. — Você planeja vender Tanglewood?

Ele brincou com o chapéu, evitando o olhar dela.

— A venda será anunciada assim que você e sua mãe tomarem providências para morar em outro lugar. Eu acredito que dois meses devem ser tempo suficiente para vocês.

Lucy ficou sem respirar. *Morar em outro lugar? Dois meses?*

— Mas este é o nosso lar, meu lorde. Como você pode...

— Perdão — ele disse com delicadeza —, mas acredito que este seja o *meu* lar.

— Não. — Lucy estava decidida a fazê-lo compreender. — Esta é a sua casa. Mas é o *nosso* lar.

Os olhos sombrios e misteriosos dele finalmente se ergueram para encontrar os dela. O tom de voz dele continuou delicado, mas foi firme:

— Mas vocês não são as donas deste lugar que você chama de lar, são?

Se o rosto de Lucy ficou vermelho, não foi porque ela se sentiu humilhada com a observação do conde. Foi porque suas veias começaram a pulsar com medo e raiva. Lorde Drayson fez parecer tão fácil. "Tomar providências para morar em outro lugar", como se escrever um bilhete e enviá-lo para algum parente próximo resolvesse o problema. Mas os poucos parentes que as Beresford tinham não estavam em melhor situação que elas, e Lucy e sua mãe nunca se rebaixariam a ponto de pedir ajuda a quem não podia lhes dar.

Que alternativa isso deixava?

A mãe de Lucy já consertava roupas para ganhar uma ninharia, e Lucy, um jardineira de mão cheia, vendia suas estimadas rosas durante os meses mais quentes, e também conseguia um valor ínfimo por elas. Era o único modo de manter Georgina, os cavalos e comida sobre a mesa. Sem a casa, a renda magra que as Beresford conseguiam mal daria para pagar o aluguel de outro imóvel, ainda que muito menos confortável. Como elas fariam para sobreviver?

Aparentemente, o novo Conde de Drayson era, em todos os aspectos, o oposto do pai — tanto em aparência quanto em caráter —, pois parecia não se importar que, dentro de dois meses, uma viúva e sua filha ficariam sem um lar.

Lucy engoliu seu orgulho o bastante para implorar.

— Seu pai nos deu a palavra de que poderíamos morar nesta casa indefinidamente.

— Meu pai nunca mencionou você ou sua mãe para mim, e, pelo que eu saiba, vocês não assinaram nenhum contrato.

— Não — Lucy concordou, relutante, sentindo sua disposição murchar rapidamente. — Nunca nos ocorreu pedir um contrato. A palavra de um cavalheiro pareceu-nos mais do que suficiente na época.

— Mas esse cavalheiro em particular não está mais entre os vivos.

Os olhos de Lucy voaram para os dele. Como podia ser tão insensível? O pai dele tinha sido maravilhoso, e falavam que sua mãe também era boa e gentil.

— Então você não vai honrar a promessa de seu pai, embora afirme ser um homem de palavra?

— A promessa foi dele, não minha.

— Entendo — Lucy disse, embora a única coisa que ela entendia era que estava diante de um homem desprezível que se preocupava mais com seu dinheiro do que com as pessoas.

Lorde Drayson suspirou.

— Certamente vocês repararam que o Solar de Tanglewood está se deteriorando. Mas a propriedade não rende nem uma fração do que seria necessário para devolver a casa à condição imaculada em que deveria estar. Sim, investimentos poderiam ser feitos para aumentar o rendimento e torná-la lucrativa outra vez, mas por que eu deveria dedicar tempo e dinheiro a uma propriedade na qual minha família não tem mais interesse? Este lugar deveria ter sido vendido quando minha família se mudou para Danbury, mas não foi, e agora tenho uma propriedade que me renderá muito menos do que vale por causa de seu estado atual, que só piora. Acredito que até você consegue compreender meu problema.

— Não tanto quanto compreendo o meu próprio, meu lorde — Lucy disse, inexpressiva.

— Eu sinto muito. De verdade, sinto mesmo. Mas já me decidi. Tanglewood será vendida.

— E — Lucy acrescentou —, apesar da promessa do seu pai, minha mãe e eu temos apenas dois meses para encontrar outro lugar para morar.

Lorde Drayson remexeu no chapéu e desviou o olhar.

— Se ajudar, meu administrador pode arrumar uma residência nova para...

— Obrigada, meu senhor, mas somos perfeitamente capazes de encontrar um novo lar — Lucy disse. Seu orgulho a impedia de aceitar qualquer ajuda daquele homem.

— Eu consideraria uma honra se você me permitisse ajudá-la de algum modo.

Qualquer fiapo de autocontrole que Lucy tinha se desfez.

— Como você pode falar de honra quando é óbvio que não tem nenhuma? O senhor mostrou sua verdadeira face, e não amenizarei sua culpa aceitando ajuda sua ou de qualquer um da sua família. Então, por favor, aproveite a deixa e vá embora.

O corpo dele ficou rígido e ele apertou o maxilar. Não disse nada, a princípio, depois assentiu com a cabeça.

— Muito bem. Tenha um bom dia, Srta. Beresford.

— Não terei, meu lorde — Lucy murmurou, antes de bater a porta com vontade. Ela crispou os dedos, formando punhos, e correu para a sala de estar, onde começou a andar de um lado para outro, para ventilar sua frustração, aumentando o desgaste do tapete já gasto. Preocupação após preocupação passaram por sua cabeça, alimentando sua raiva e sua desilusão. Aquele conde infernal não conseguia enxergar nada que não lhe interessasse. Ele não quis saber o que seria das Beresford; simplesmente supôs que elas enfrentariam o inconveniente de uma mudança. Será que lhe ocorreu por que ela e a mãe viviam da caridade dos outros? Aquele era um arranjo incomum, claro, e qualquer pessoa de respeito tentaria, pelo menos, compreender as circunstâncias antes de querer expulsar uma família de sua casa.

Sim, Tanglewood precisava de melhorias, mas a verdade era que Lorde Drayson tinha dinheiro e, portanto, opções. Ele podia melhorar a propriedade. Podia encontrar um novo proprietário que permitisse que as Beresford continuassem na casa. Ele podia ser o tipo de homem que faria tudo a seu alcance para cuidar de uma família que, um dia, tinha servido a sua.

As Beresford, por outro lado, não tinham opções. Mas Lorde Drayson havia levado isso em consideração? Não. Ele não queria ser incomodado pelas dificuldades de ninguém, apenas pelas suas próprias. Ele via Tanglewood como um laço ao redor de seu pescoço, e as Beresford como o nó que mantinha o laço apertado. Quanto antes se livrasse delas, tanto antes ficaria livre.

E tanto antes Lucy e sua mãe seriam jogadas na rua.

Colin montou na sela molhada, gelada, e tomou as rédeas nas mãos enluvadas. Estalou a língua e Querido respondeu imediatamente, carregando seu dono para longe daquela casa e da mulher difícil que morava nela.

Agora que tinha conhecido a jovem Srta. Beresford, Colin conseguiu compreender por que Erasmus preferia pedir demissão a dar más notícias para aquela moça. Era óbvio que havia sido criada sem nenhuma noção de decoro, ou não pareceria uma criada, nem teria falado com ele daquela forma, tampouco se transformaria numa criança mimada que o acusava de não ter honra.

Ela aceitou a ajuda que ele ofereceu? Não. Ela tentou compreender o ponto de vista dele? Não. Ela tentou, pelo menos, ser cordial? Não. Ela foi insolente e grosseira, e quis ignorar o fato de que ninguém deveria ser obrigado a manter uma propriedade inútil por causa de duas inquilinas.

E agora, por causa da falta de autocontrole por parte dela, Colin se sentia um verdadeiro canalha.

— Dane-se — ele murmurou entredentes, instigando o cavalo a apressar o passo. Quanto antes ele se livrasse de Yorkshire, melhor. Colin tinha feito o que Erasmus não conseguiria fazer. Ele deu a notícia e, quisesse ou não, seu administrador tomaria as próximas providências.

Colin se abaixou sobre o cavalo, desejando que o animal fosse mais rápido. Quando Querido fez uma curva no caminho, seus cascos deslizaram num trecho escorregadio e o cavalo saiu da estrada, afundando em lama profunda. O corpo de Colin voou de lado, e ele teve um breve momento de susto antes de sua cabeça bater em algo sólido.

4

— SRTA. LUCY, SRTA. LUCY. Vem, vem logo! — a voz estridente de Georgina ecoou na sala com poucos móveis, onde Lucy ainda andava, furiosa, de um lado para outro, pensando em todos os modos como poderia se livrar do novo Conde de Drayson.

Recolhendo as saias, ela correu de encontro à criada, que, apoiada no guarda-corpo, parecia tão cinzenta quanto as nuvens.

— Tem um ho-homem — Georgina gaguejou. — Mo-morto, na estrada. T-tá tão br-branco, azul. Parece que tá lá faz um tempo. E...

Lucy não esperou para ouvir mais. Ela saiu em disparada pela porta da frente, sem se preocupar em vestir o casaco ou a touca, ou mesmo botas, e correu pelo caminho da carruagem. O granizo batia em seu rosto com a sensação de centenas de picadas de agulhas, tornando difícil enxergar. Seus sapatos logo ficaram encharcados, gelando seus pés e dedos, enquanto pedras machucavam suas solas. Mesmo assim ela continuou, correndo o mais rápido que podia arriscar naquela trilha escorregadia.

Algumas curvas mais adiante na estrada, ela enfim viu o homem e parou de repente, arregalando os olhos. Era o que ela receava. Lorde Drayson jazia esparramado na estrada em uma posição nada natural. O tom azulado de sua pele fazia, de fato, que parecesse estar morto — exatamente o que Lucy tinha desejado para ele poucos momentos antes. Um pouco mais adiante estava o chapéu dele, agora encharcado e amassado.

Oh, não. Uma das mãos dela segurou o estômago embrulhado e a outra voou para cobrir a boca. Ela tinha causado isso? Com certeza Deus sabia que ela não desejaria tal destino para ninguém, nem mesmo para um homem tão horrendo quanto o conde.

E agora?

Lucy não tinha ideia do que fazer. O frio se infiltrava em seu corpo, provocando um surto de tremores. Primeiro seu peito, seguido por braços e pernas, e, enfim, seus lábios. Parada ali em choque, um leve movimento chamou sua atenção e a respiração de Lucy parou na garganta. Ela se aproximou alguns passos, observando atentamente o peito do conde. Sim, o peito dele subia e descia de modo quase imperceptível, indicando que, de algum modo, continuava respirando. Lucy soltou o ar que estava prendendo. Ele não estava morto. Seu terrível desejo não tinha se realizado.

Graças a Deus.

O alívio de Lucy foi só momentâneo, contudo, pois, embora estivesse grata por Lorde Drayson continuar no mundo dos vivos, ela tinha pouca vontade de ajudá-lo — bem ele, que tinha lhe causado tanto nervosismo. Por que não caiu do cavalo longe o bastante para que outra pessoa o encontrasse?

Falando no cavalo, onde estava Querido? Lucy olhou ao redor, mas não encontrou o árabe em nenhum lugar. Talvez o animal tivesse ido buscar ajuda e em breve traria um socorrista mais disposto a salvá-lo.

Lucille Beresford, como você pode ter pensamentos tão maus!, ela censurou a si mesma. Lucy precisava lembrar do sermão favorito de seu pai sobre o Bom Samaritano e ajudar aquele homem, mas socorrer alguém de quem não gostava nem um pouco era uma empreitada muito desagradável.

Georgina chegou sem fôlego ao lado de Lucy e pegou suas mãos, claramente agitada.

— Ele tá morto, num tá? Oh, senhorita, o que a gente vai fazer?

— Acalme-se, Georgy — disse Lucy. — Receio que ele não esteja morto. Está vendo? Continua respirando.

— Receio? — Georgina arregalou os olhos para Lucy. — Por que ocê ia querê um estranho morto, senhorita? Você, filha de um vigário!

— Ele não é estranho para mim, e na verdade não o quero morto — Lucy explicou. — Mas também não tenho vontade de ajudar este homem. Mesmo assim, algo precisa ser feito, não é? Não podemos deixá-lo aqui para morrer. — Lucy cruzou os braços e começou a esfregá-los numa tentativa de aquecer o corpo enquanto pensava no assunto. Ela deveria mandar Georgina buscar o médico? Não. Mesmo que a criada selasse Zeus e cavalgasse com ele até a cidade, demoraria horas para que eles voltassem. Elas não podiam deixar Lorde Drayson exposto àquela chuva até lá.

— Quer que eu procure ajuda? — Georgina perguntou, ainda retorcendo as mãos.

— Acho que é melhor nós o levarmos para dentro.

— Pra dentro? Como é que a gente vai fazer isso?

— Arrastando-o, claro — disse Lucy. — Nós somos duas e ele é só um. Tenho certeza de que conseguimos. Venha. Você pega aquele braço e eu este.

Georgina não parecia convencida de que esse era um bom plano, mas mexeu-se para fazer o que Lucy sugeriu. Cada uma agarrou um braço, juntas levantaram o tronco do conde e puxaram, esforçando-se para levantá-lo para mais perto da casa um passo dolorido após o outro.

Quando chegaram à metade do caminho, os músculos de Lucy não aguentaram mais. Ela soltou o braço do conde e caiu de joelhos, ofegante.

— Pai do céu, ele é bem pesado, não é? — Lucy disse. — O que ele faz, carrega chumbo nos bolsos?

Georgina também se ajoelhou e passou a mão pelo braço que ainda segurava.

— Parece mais que ele tem um bocado de músculo — ela disse, observando o rosto do conde. — E é bem bonito, num é?

Lucy olhou feio para a criada.

— Georgy, não se atreva a achar nada para admirar neste homem. Pois eu lhe digo que ele é abominável.

— Até um homem abominável pode ser bonito.

Alimentada pela raiva crescente, Lucy se colocou de pé, agarrou o braço do conde e começou a puxá-lo de novo. Elas demoraram mais uns vinte minutos, mas conseguiram arrastá-lo escada acima e para dentro de casa, onde depositaram o rapaz sobre um tapete grande diante do fogo.

Exaustas, as mulheres caíram no sofá para recuperar o fôlego, sem se importar com o fato de estarem encharcadas e imundas.

— E agora, senhorita? — perguntou Georgina, parecendo um passarinho molhado e trêmulo. — Vou buscar o doutor?

— Deus, não — disse Lucy. — Pelo menos não até você estar seca e descansada. Não vou sacrificar sua saúde pela deste homem. — Além disso, Lucy detestava as visitas do médico. Ela sofreu demais com elas quando seu pai ficou doente, e não queria que o médico voltasse a entrar em sua casa. Já era ruim o bastante que o conde tivesse de fazê-lo.

Georgina não pareceu se convencer.

— A senhorita tem certeza? A pele dele num parece nada boa. Eu num ia gostar que ele pegasse uma febre por causa de mim.

— E eu odiaria que nós pegássemos uma febre por causa dele — Lucy afirmou.

— Mas a gente não pode só deixar ele no tapete, pode?

— Não sou tão cruel assim — Lucy disse, suspirando, quase desejando que pudessem sim deixá-lo ali. — Vamos tirar a roupa molhada dele, cuidar dos ferimentos e colocá-lo na cama do quarto vazio ao lado da cozinha. É o suficiente?

— É, senhorita, mas... — Georgina parou de falar e mordeu o lábio.

— Mas o quê, Georgy? — Lucy disse, com um toque de impaciência na voz.

A criada baixou a voz para um suspiro:

— E se ele acordar quando a gente tiver tirando a roupa dele?

De todas as coisas com que se preocupar!, pensou Lucy, brava.

— Nesse caso eu acerto a cabeça dele com o candelabro e o faço dormir de novo.

— Senhorita!

— Só estou brincando, Georgy — disse Lucy. Nossa, onde estava o senso de humor habitual da criada? — Verdade seja dita, eu ficaria grata se ele acordasse. Então nós pediríamos licença e deixaríamos que ele terminasse de se despir.

Isso não pareceu acalmar Georgina. A testa dela se enrugou de preocupação mesmo com o corpo tremendo de frio.

— A dona Beresford não vai gostar nada disso. Duas mulher sozinha com um homem. A gente devia chamar o seu Shepherd. Ele vai saber o que fazer.

— Nós não vamos chamar ninguém — disse Lucy. — Este homem vai ter partido antes de a mamãe voltar, então não precisaremos lhe contar nada. — A Sra. Beresford nunca mais deixaria Lucy sozinha se soubesse dessa situação, e Lucy gostava de se sentir independente.

Georgina meneou a cabeça.

— Não sei, não. Isso parece mentira, e seu pai costumava dizer...

Lucy soltou um grande suspiro de frustração.

— Eu nunca minto, Georgy, e também não vou pedir que você comece a mentir. Caso minha mãe pergunte se nós tivemos que salvar um cavalheiro e cuidar de seus ferimentos, vamos responder que sim, e você tem minha permissão para contar tudo para ela. Mas, se ela não perguntar, não é mentira não dizer nada, ou é?

— Acho que não.

— Ótimo, então estamos de acordo. — Lucy levantou do sofá e fez uma careta para suas roupas imundas. — Vamos nos trocar, vestir uma roupa seca, e eu vou procurar alguma coisa para este homem horrível vestir. Tenho certeza de que, juntas, nós conseguimos secá-lo, vesti-lo com roupas limpas e colocá-lo na cama. O que lhe parece?

— Parece uma coisa que a filha de um vigário não devia dizer — disse Georgina. — Menos a coisa do homem horrível. Como é que a senhorita o conhece, afinal? Eu nunca vi ele por aqui. Eu ia me lembrar do rosto, com certeza.

— O nome dele é Colin Cavendish — Lucy respondeu, sem dar nenhuma explicação além dessa. — E você pode acreditar que ele é, mesmo, desprezível. Assim que ele acordar, você vai ver.

Lucy forçou seu corpo cansado a subir um lance de escada até seu quarto, onde rapidamente se trocou, colocando um vestido azul diurno bem usado, e amarrou o cabelo para trás com uma fita. Então ela subiu mais dois lances até o sótão, onde parou em frente a um dos velhos baús do pai e o fitou com apreensão. Ela e a mãe tinham levado meses para reunir coragem e dobrar cuidadosamente todas as roupas do vigário e guardá-las nesses baús. As duas relembraram muitas histórias ao fazê-lo, derramaram muitas lágrimas e dobraram muita roupa nesse dia. Lucy nunca se sentiu mais triste do que na hora de fechar os baús e deixá-los no sótão.

Lembranças são coisas ardilosas. Elas podem brincar com seu coração, rodopiá-lo do modo que o pai de Lucy costumava rodopiá-la, e então jogá-lo na terra para ser pisado e nunca mais se sentir o mesmo.

O coração de Lucy havia sido pisoteado vezes demais, e ela sabia, por experiência própria, qual seria o custo de abrir o baú. Mas que outra opção tinha? Colocar um de seus vestidos no conde? Ela quase riu com a ideia. Se pelo menos um deles servisse, ela se sentiria tentada a fazer isso. Mas, infelizmente, ele era grande demais. As únicas roupas que poderiam lhe servir estavam diante dela, naquele sótão escuro e empoeirado.

Inspirando fundo, Lucy se ajoelhou diante do baú, soltou o fecho e abriu a tampa. Ela esperava sentir o aroma de sândalo que com frequência associava ao pai, mas infelizmente o aroma tinha sumido, sendo substituído pelo odor desagradável de mofo e madeira velha. Ela pegou a camisa branca que jazia por cima e a cheirou em busca de sândalo, mas não encontrou nem traço.

Lucy largou a camisa e suspirou com um sentimento renovado de perda. Era melhor assim, tentou se convencer. Se o cheiro do pai continuasse intacto, seria muito mais difícil emprestar as roupas dele. Contudo, as lembranças continuavam vivas como sempre. Seu pai, vestindo essa camisa ao sair da igreja após dar um sermão maravilhosamente inspirador. As pessoas da paróquia se reuniram ao redor dele, querendo uma palavra, mas seus olhos buscaram a esposa e a filha. Quando ele as viu, sua boca se curvou num sorriso e a mão se ergueu numa saudação. Certa vez, a mãe de Lucy disse para a filha que esta nunca precisaria ficar em dúvida se era a primeira para o Sr. Beresford, porque ele provaria isso para elas todos os sábados após o culto.

E ele provou. Pelo menos até o dia em que não pôde mais.

Lágrimas se acumularam nos olhos de Lucy, que piscou várias vezes para afastá-las. Ela vasculhou o baú, decidida a encontrar algo para o conde usar que não a transformasse em um regador toda vez que olhasse para ele.

Perto do fundo do baú, ela enfim encontrou uma camisa rosa macia e calças verde-escuro, duas peças que seu pai usou uma vez e nunca mais. Ele as ganhou de uma velhinha gentil com a vista ruim e gosto pior ainda. Seu pai tinha vestido aquela roupa um dia, e tirou-a imediatamente quando a esposa comentou: "Você parece uma roseira".

A lembrança fez Lucy sorrir, porque com certeza Lorde Drayson merecia parecer uma roseira. Talvez a roupa diferente inspirasse nele um temperamento melhor.

Satisfeita com a escolha, Lucy fechou o baú e desceu a escadaria, sentindo maior facilidade para respirar.

Foi necessário algum esforço para tirar as roupas molhadas do conde, ainda mais porque Georgina insistia em cobrir o homem com uma colcha enquanto elas trabalhavam, mas depois de algum tempo conseguiram concluir a tarefa. Quando a escuridão envolveu a casa, o conde, vestido como uma flor pálida e abrigado na cama com as feridas limpas e protegidas, continuava dormindo profundamente.

Lucy, por outro lado, não pregou o olho, o que não ajudou em nada a melhorar o temperamento *dela*.

5

— CUM DILECTIONE HOMINUM et odio vitiorum — Lucy murmurou para si mesma quando desceu a escada na manhã seguinte. Ela repetiu a frase enquanto ajudava Georgina na cozinha. Fazia tempo que a criada tinha parado de protestar quando Lucy procurava ajudar no preparo das refeições, pois de nada adiantava.

— Que isso quer dizer? — Georgina perguntou quando Lucy repetiu a frase mais uma vez.

Lucy ergueu os olhos do caldo que estava mexendo.

— É de Santo Agostinho. Significa "com amor pela humanidade e ódio aos pecados". Meu pai citava essa frase com frequência nos sermões.

— E o que ele queria dizer com isso? — insistiu Georgina, ocupada em moldar biscoitos com a massa.

— Significa que, não importa que pecados terríveis uma pessoa possa ter cometido, precisamos pôr de lado a parte má e encontrar um modo de amar essa pessoa, apesar de sua maldade. É uma ideia linda, não acha?

— Acho.

— E muito mais fácil de falar do que fazer, eu receio — Lucy acrescentou. — Pois não consigo pensar em nada para gostar naquele homem.

— Está falando do Sr. Cavendish?

A colher parou na mão de Lucy quando ela pensou em como responder a essa pergunta. Colin Cavendish não era *Sr.* Cavendish. Ele era Sua Excelência Colin Cavendish, Conde de Drayson, que veio para expulsá-las de casa. Lucy deveria corrigir a criada e explicar tudo ou isso apenas complicaria as coisas, fazendo Georgina também entrar em pânico? Lucy não tinha como saber se ela e a mãe conseguiriam manter a criada quando saíssem dali. Pelo menos se a mãe dela estivesse ali para ajudá-la a carregar esse fardo e dizer a Lucy o que fazer...

— Por que a senhorita acha ele tão horrível? — Georgina perguntou. — Ele fez alguma coisa horrível com você?

De novo, Lucy hesitou. Talvez fosse melhor manter a situação o mais discreta possível até ter tempo de refletir sobre tudo aquilo.

— Ele batizou o cavalo de Querido — Lucy deu essa explicação.

As mãos de Georgina pararam sobre a bancada e ela juntou as sobrancelhas, confusa.

— Querido? — ela repetiu.

— Isso — Lucy confirmou. — Que tipo de homem batiza um animal macho com um nome desses, eu lhe pergunto? Não dá para aguentar isso.

Georgina piscou três vezes para Lucy antes de irromper em risos. Seu corpo sacudia quando ela se curvou sobre a massa, sem parar de rir. Quando finalmente se recuperou, havia lágrimas em seus olhos.

— Oh, Srta. Lucy, você é estranha mesmo. Eu pensei que ele tinha tentado alguma coisa com você, ou coisa assim. Eu tinha decidido ir chamar o magistrado, queira a senhorita ou não.

— Nesse caso, fico feliz por ter lhe contado — Lucy disse. — O magistrado certamente teria nos julgado como bobas. Afinal, chamar o próprio cavalo de Querido não é nenhum crime.

— Parece que é para a senhorita. — Georgina riu de novo e abriu um sorriso bonito. Na janela atrás dela, um raio de sol brilhou entre as nuvens, melhorando o humor de Lucy. Sol em março era um bom presságio e deu a ela motivo para ter esperança. Quem sabe, depois que o conde acordasse, ele ficaria tão grato pelo serviço que Lucy e Georgina lhe prestaram que encontraria, no coração amolecido, uma alternativa a expulsá-las de casa.

Podia acontecer, ela insistiu consigo mesma. Afinal, até os ogros têm coração.

Lucy estava despejando uma colher de caldo na boca de Lorde Drayson quando este tossiu, cuspiu, abriu os olhos e voltou a fechar, apertando-os, com um gemido.

— Oh, minha cabeça.

Lucy não se surpreendeu com o gemido. Ele tinha um galo feio na testa, que estava ficando azulado.

Ele começou a reabrir os olhos, só que mais devagar dessa vez. Lorde Drayson virou para um lado, depois para outro, antes de fixar o olhar nela. Ele franziu a testa, confuso.

— Onde diabos eu estou?

Ela apoiou a tigela de caldo nas pernas, não gostando nem um pouco do tom de voz dele.

— Askern, Yorkshire, na casa da viúva...

— Yorkshire? — o conde repetiu, interrompendo-a. — Que diabos estou fazendo em Yorkshire? E na casa da viúva, ainda mais?

Não seria Lucy quem iria lhe dizer. Ele acabaria se lembrando, e ela estava decidida a manter a conversa o mais civilizada possível até esse momento chegar. Ela se levantou de onde estava, sentada ao lado dele na cama, e colocou a tigela na mesinha de cabeceira.

— Você caiu do seu cavalo e bateu a cabeça numa pedra. Eu e minha criada...

— Isso é absurdo. Eu nunca caio do cavalo. — Ele parou e franziu a testa. — Ou, pelo menos, acho que nunca caio. Não, tenho certeza que não. Isso é um disparate.

— Bem, você caiu — disse Lucy, sentindo-se cada vez mais irritada. Ele a tinha interrompido grosseiramente duas vezes para proclamar a própria importância. Que sujeito convencido.

— Quem é você? — Ele a observou por um momento antes de baixar o olhar para as próprias mãos, que ergueu e virou, examinando, pensativo, as palmas. — Ainda mais desconcertante é: quem sou eu?

As sobrancelhas de Lucy se juntaram. Ele devia ter batido a cabeça mais forte do que ela imaginava, se não conseguia lembrar do próprio nome, embora alguns machucados possam ter esse efeito nas pessoas, não? Ela tinha certeza de ter lido a respeito em algum lugar, ou talvez tenha sido o Sr. Shepherd que lhe contara isso. Ele adorava ler os informativos médicos.

— Você não sabe quem é? — Lucy perguntou, curiosa. Quanto tempo demorava para a pessoa recuperar a memória?

— É claro que sei — ele respondeu. — Eu só... não consigo lembrar meu nome no momento.

— E quanto ao nome da sua mãe? — Lucy tentou. — Consegue lembrar qual é?

Ele franziu a testa por um momento, depois apertou-a com a base da mão e grunhiu.

— O que você fez, me acertou com uma marreta?

Lucy não pôde evitar pensar que gostaria muito de acertá-lo com uma marreta.

— Eu já lhe disse. Você caiu do cavalo e bateu a cabeça numa pedra.

Um dos olhos claros dele se abriu e a fitou.

— E eu já lhe disse que nunca caio do cavalo.

— Como pode ter certeza? Você nem lembra do próprio nome — ela retrucou.

— Por que *disso* eu tenho certeza. Não sei explicar como, mas tenho. Assim como sei que detesto caldo.

Lucy olhou para a tigela sobre a mesinha e deu de ombros.

— Para ser franca, não posso afirmar com certeza que você caiu do cavalo, pois eu não estava lá para ver o que aconteceu. Tudo que sei, com certeza, é que vi você sair montado no cavalo, e, na vez seguinte que o vi, você estava caído na trilha, inconsciente. Pode ser que um salteador tenha vindo por trás de você e o acertado na cabeça. Não que eu já tenha ouvido falar de salteador por estas bandas, mas nunca se sabe. Ou talvez você tenha batido num galho baixo. Ou quem sabe um macaco tenha pulado da árvore e o assustado, fazendo você cair da sela. — Lucy conseguiu se conter e não dizer que ele caiu "do trono".

— Um macaco? Em Yorkshire? — ele estranhou. — Você também caiu e bateu a cabeça numa pedra?

— Ah, então finalmente concordamos que essa é a conclusão mais sensata? — Lucy sorriu, com uma sensação estranha de vitória.

Ele respondeu franzindo o rosto e grunhindo de novo, tocando com cuidado a parte de trás da cabeça.

— Como foi que eu vim parar em... Askern, você disse? E nesta casa? Estou certo de não possuir o hábito de visitar casas de viúvas em Yorkshire.

— Onde você estaria se não estivesse aqui? — Lucy perguntou.

O franzido na testa reapareceu, e ele fechou os olhos com força. Momentos depois, reabriu-os e meneou a cabeça, derrotado.

— Talvez você possa fazer a gentileza de me contar. Nós podemos começar com você me contando quem é.

Lucy o observou com atenção, sem saber se devia explicar alguma coisa.

— Meu nome é Lucy Beresford — ela disse, apenas, e deixou assim.

A informação não pareceu ter qualquer significado para ele.

— Esse nome não me diz nada, nem seu rosto. Quem é você com relação a mim?

O tom autoritário dele fez os pelos da nuca de Lucy se eriçarem de novo. Sim, devia ser enlouquecedor não lembrar do próprio nome, mas ele tinha parado para pensar, por um momento apenas, no esforço que foi necessário para arrastarem seu corpo pela estrada e para dentro da casa? Ou a bondade necessária para vesti-lo e despejar caldo em sua boca ingrata? Lucy tinha demonstrado muita boa vontade para com ele, e agora, de repente, desejava virar a tigela de caldo em sua cabeça empolada.

Mais do que nunca, aborreceu-a que ele estivesse vestindo as roupas de seu pai, ainda que fossem as descartadas. Lorde Drayson era a completa antítese de tudo que havia de bom e gentil. Conde ou não, o homem poderia se beneficiar de um dos lindos sermões de seu pai sobre humildade e benevolência.

Não se esqueça do conto do samaritano, veio o pensamento incômodo.

— Bom Deus, mulher, não vai me responder? — o conde vociferou.

Lucy olhou feio para seu paciente, pensando que o homem que o samaritano ajudou devia ser mais educado do que Lorde Drayson.

— Não, acho que não vou responder — Lucy disse, desafiadora.

Ele arregalou muito os olhos, como se não estivesse acostumado a ser tratado dessa maneira.

— Você não pode estar falando sério. Não é uma pergunta difícil de responder. Como foi que você me conheceu, ou, pelo menos, somos conhecidos? Estou começando a pensar que não é possível.

A ousadia dele! Lucy quis muito esganar aquele homem.

— Como foi que *eu* o conheci? — Lucy repetiu. — Como você sabe que não foi *você* que me conheceu? Ou você simplesmente "sabe" isso do mesmo modo que sabe que detesta caldo, ainda que alguém tenha passado horas preparando-o para você, para que não morresse de fome ou sede?

Ele a encarava, incrédulo, como se Lucy tivesse fugido de um manicômio.

— Você está bem da cabeça, mulher?

Lucy inclinou-se para a frente e plantou as mãos na cama, para que seus olhos ficassem no mesmo nível dos dele.

— Meu nome é Lucy Beresford. Eu vivi minha vida toda em Askern. Sou a única filha de um vigário e de uma costureira que foram muito felizes, apesar da diferença social. Quando meu pai faleceu, eu vim para esta casa de viúva com minha mãe. Então, sim, estou bem da cabeça. É você que não está.

O conde rilhou os dentes e Lucy tirou alguma satisfação de vê-lo assim. Talvez ele pudesse descer de seu pedestal e mostrar um pouco de gentileza ou respeito.

— Eu posso não saber quem sou nem de onde vim — ele disse, afinal —, mas pelo menos não sinto a necessidade de inventar histórias.

— Inventar histórias? — Lucy ficou boquiaberta. Ele a estava acusando de contar mentiras? *Ela*, de todas as pessoas? Que mentiras? Como ele podia!

Lorde Drayson olhou para os próprios dedos, franzindo a testa ao ver sujeira debaixo das unhas. Ele começou a raspá-las enquanto falava.

— Afirmar ser a filha de um vigário e de uma costureira é muito romântico, mas não pode ser verdade.

— E por que não? — ela perguntou.

Ele voltou o olhar para ela.

— Pelo que sei, a filha de um vigário saberia se comportar com mais decoro, saberia fazer um caldo saboroso e nunca ficaria sozinha, num quarto, com um homem que não fosse seu parente. Se existe uma coisa que eu sei com absoluta certeza, é que você não é minha parente.

Lucy crispou o maxilar enquanto tentava controlar a raiva que se acumulava dentro dela. Muito lentamente, ela se levantou e fuzilou o conde com o olhar.

— Você tem razão em pensar que não sou uma filha de vigário comum. Eu não amo incondicionalmente. Eu mostro decoro apenas quando quero. E desprezo as pessoas que só se importam com elas mesmas. Mas eu *não* invento histórias.

Ele riu, mas foi mais uma demonstração de deboche do que de humor.

— Você aprendeu tudo isso com seu pai?

— Não fale do meu pai.

— Eu preferiria falar de mim, mas você não compartilha dessa preferência, então talvez seja melhor nós falarmos do seu pai. Onde ele está, a propósito? Eu gostaria muito de conhecê-lo.

Lucy fechou as mãos em punhos, enquanto sua consciência tornou-se um campo de batalha para tudo que havia de bem e mal dentro dela. Foi uma batalha curta, com o mal obtendo uma vitória rápida.

Lentamente, com o corpo ainda tremendo de raiva, ela ergueu o queixo. Se ele iria acusá-la de inventar histórias, então era o que ela faria.

— Muito bem, Collins. Já que você quer saber, sou sua patroa. E, embora pareça não se lembrar de mim, nem da casa, ou de sua posição nela, ou do fato de que você pode muito bem cair de um cavalo, como qualquer ser humano, ainda assim espero um pouco de gentileza e respeito da sua parte.

— Do que você está falando? Que posição?

Não houve nenhuma hesitação na voz dela quando Lucy respondeu.

— Você é um criado nesta casa.

— Um *criado*? — ele bufou ao repetir, a palavra como se fosse uma grande piada, mas não era. Não para Lucy. Não agora. Ela nunca tinha sido mais séria a respeito de nada. Ou impenitente.

— Você é um empregado de serviços gerais. Desempenha as funções de mordomo, criado e cocheiro. — Essa história de mentir veio com muito mais facilidade do que deveria, após tantos anos sem prática. Era humilhante e empolgante ao mesmo tempo. O pai de Lucy ficaria extremamente decepcionado com ela.

— Isso é absurdo — disse o conde. — Nenhuma pessoa concordaria em assumir todas essas funções, e eu saberia se fosse *criado* de alguém.

— Você sempre se achou superior — Lucy disse.

— Com licença.

— Não, você me dê licença — Lucy exclamou. — Você está deitado na minha casa, fazendo exigências como se fosse o próprio Príncipe Regente, quando deveria estar me agradecendo. Georgy e eu o encontramos quase morto na trilha, arrastamos seu corpo por uma boa distância, debaixo da chuva gelada, colocamos roupas secas em você e despejamos caldo quente em sua garganta. Você sempre foi desagradável, mas isto foi além de qualquer limite, mesmo para você... Collins.

Ele examinou as próprias mãos antes de mostrá-las, com as palmas para cima, para Lucy.

— Se eu sou mesmo um criado, por que minhas mãos não têm calos?

— Porque você é um criado preguiçoso.

— Então, por que não me mandou embora?

Lucy pensou com rapidez, lembrando de um romance lido recentemente com uma trama que funcionava nessa situação.

— Porque você apareceu nesta casa sem nada e me implorou para aceitá-lo em troca de quarto e comida. E eu... bem, acho que fiquei com pena de você. Mas agora nem sei por quê. No momento em que estiver melhor, eu mesma vou colocá-lo para fora.

Em algum momento durante a fala dela, o conde deve ter parado de prestar atenção, pois estava examinando o punho rosa da camisa com extremo desgosto. Ele o tocou rapidamente, logo retirando a mão, como se o tecido o tivesse violado de alguma forma.

— Que diabos eu estou vestindo?

Lucy ficou mais do que feliz em lhe responder.

— Sua camisa favorita, é claro.

— Não. Com toda a certeza esta não é minha camisa favorita, se é que dá para chamar isto de camisa. É horrenda.

— Você não faz ideia de como fico feliz em ouvi-lo dizer isso — afirmou Lucy. — Pelo menos algo de bom vai sair deste dia exasperante.

— O quê? — ele perguntou, irritado.

— Você finalmente percebeu que possui um gosto deplorável para se vestir.

6

LUCY ENTROU NA COZINHA vazia e desabou na banqueta mais próxima, sentindo-se fraca e trêmula. Ela se dobrou à frente, apoiando a testa nas palmas das mãos enquanto tentava, desesperadamente, recuperar o controle de sua respiração.

Ela tinha acabado de dizer para um nobre do reino — o proprietário de Tanglewood — que ele era criado dela. *Criado!* E não só qualquer criado. Ele agora era seu mordomo, criado pessoal e cocheiro. As Beresford nem mesmo tinham uma carruagem, apenas uma pequena charrete.

Um juramento de oito anos fora desfeito em pedaços sem qualquer chance de ser consertado. Mesmo que Lucy voltasse para o quarto e confessasse a verdade, ela, ainda assim, tinha mentido. No que ela estava pensando para perder a cabeça dessa forma e dizer aquelas coisas? Isso ia contra tudo que seus pais lhe ensinaram e tudo que Lucy queria ser. E o pior: assim que o conde lembrasse de sua verdadeira identidade, não hesitaria em jogá-las na rua imediatamente.

De todas as coisas estúpidas, temerárias e tolas que ela já tinha feito, essa ganhava.

A porta lateral foi aberta e Georgina entrou, sorrindo como se tudo estivesse bem no mundo.

— Bom dia, senhorita. Tá um lindo dia, hoje. Quase dá pra ver o sol... Ué, o que aconteceu?

Georgina colocou na mesa a jarra de água que trazia e segurou a mão de Lucy.

— Não me diga que o seu Cavendish morreu durante a noite.

Se pelo menos fosse isso.

Garota má! Garota má! Lucy ralhou novamente consigo mesma e retirou o pensamento mau. Fazia apenas dois dias que sua mãe tinha partido, e era como se Lucy tivesse aberto a porta e convidado o próprio Lúcifer para brincar.

— Não se preocupe, Georgy. Ele continua bem vivinho. — Lucy encarou o olhar da empregada com uma careta. — Mas você não vai acreditar no que eu acabei de fazer.

— O que você fez, senhorita?

— Eu disse para ele que é meu criado.

— Disse o quê?

Não havia nada a fazer senão contar a verdade completa para Georgina e rezar para que aquela garota querida a ajudasse a consertar tudo.

— Colin Cavendish não é o Sr. Cavendish. Ele é o quinto ou sexto ou algo assim Conde de Drayson — Lucy disse.

Georgina soltou uma exclamação e cobriu a boca com a palma da mão. Então ela foi baixando a mão lentamente e fazendo uma careta de confusão.

— Num tô entendendo. Por que ele acha que é seu criado se é um conde?

— Porque ele não se lembra de quem é, nem de qualquer coisa a respeito de si mesmo. A memória dele sumiu por enquanto e... oh, Georgy, ele disse as coisas mais insultuosas para mim. Receio que eu tenha perdido a cabeça e inventado a história mais monstruosa para ele.

Georgina olhava de boca aberta para ela.

— Oh, a senhorita não fez isso.

Lucy voltou a apoiar a cabeça nas mãos.

— Como eu pude me comportar tão mal? O que eu posso fazer?

— Eu vou dizer — começou Georgina. — Você volta lá e diz a verdade pra ele. Diz que estava só brincando, que não quis fazer nenhum mal.

— Georgy, você não entende. Se eu contar a verdade para ele agora, vamos estar no olho da rua antes do anoitecer.

A criada arregalou os olhos.

— No olho da rua? Ele pode fazer isso?

Lucy suspirou, decidindo que já tinha passado da hora de explicar tudo para a moça. Com uma voz dolorida, ela contou da visita do conde e da notícia preocupante que ele tinha lhe dado, e também do modo como ela gritou com ele e bateu a porta às suas costas.

— É por isso que eu o acho horrível — ela concluiu. — Mas o cavalo dele realmente se chama Querido, de modo que isso não é mentira... não que isso importe, agora. — O peso daquele dia de repente pareceu grande demais para ela aguentar, e o que restava do autocontrole de Lucy começou a se desfazer. — Eu quebrei minha promessa, Georgy. Eu disse para mim mesma que nunca mais iria mentir, e hoje inventei a mentira mais abominável. Papai ficaria tão decepcionado. Essa é a pior parte.

Georgina se abaixou ao lado de Lucy e passou o braço ao redor dos ombros dela.

— Depois de tudo que você passou, não é de admirar. Seu papai ia entender.

Lucy deu uma risada sem graça.

— Não. Acho que ele não entenderia, querida Georgy. Mas obrigada mesmo assim.

Distraída, Georgina massageou o braço de Lucy enquanto mordia o lábio inferior, a testa franzida de preocupação. Quando olhou de novo para Lucy, foi para perguntar:

— Eu também vou perder o emprego em dois meses?

— É possível — Lucy anuiu com tristeza. — Ou antes. É possível que nós sejamos expulsas quando sua senhoria recuperar a memória.

— Oh, Srta. Lucy, essa é mesmo uma notícia triste. Eu nunca que vou conseguir encontrar outra família como a sua.

Lucy pegou a mão da criada e a apertou de leve.

— Você é muito querida, Georgy. Precisa saber que a considero mais amiga do que criada. Você é a definição de tudo o que é doce e bom e...

Lucy parou de falar enquanto as palavras ecoavam em sua cabeça. Os pensamentos dela começaram a virar e revirar, trazendo-lhe à mente todas as pessoas boas que tinha conhecido em sua vida. O pai. A mãe. O Sr. Shepherd. Tantas amigas na cidade. Os comerciantes. Os criados do Sr. Shepherd. Georgina. Principalmente Georgina.

Cada uma dessas pessoas tinha algo em comum: elas se importavam mais com os outros do que com elas mesmas. Para algumas, era questão de escolha; para outras, necessidade. Mas ainda assim elas se importavam com os outros, e isso as tornava pessoas melhores.

— Georgy — Lucy disse lentamente, pensando em voz alta, agora. — Por que você gosta de mim e de minha mãe?

Georgina refletiu por um instante antes de responder.

— Vocês nunca me trataram como criada, nem a senhorita nem a dona Beresford. Sou eu que tenho que lembrar a vocês qual é o meu lugar.

— Isso mesmo — disse Lucy. — Nós gostamos uma da outra porque respeitamos uma à outra. Não como criada e patroa, mas como pessoas. Eu aprendi a respeitar você porque trabalhei ao seu lado e vi, pessoalmente, o que você faz por nós e por sua própria família todos os dias.

As faces de Georgina ficaram coradas e ela foi rápida em fazer um gesto para dispensar o elogio.

— A senhorita é boa demais.

— Você não acha, Georgy, que Lorde Drayson poderia se beneficiar de trabalhar como criado por um dia ou...

— Oh, senhorita, não. Você num pode tá pensando nisso — exclamou Georgina.

— Só por alguns dias — disse Lucy. — Quem sabe, se tivermos sorte, a experiência sirva para que ele mude a forma como vê a vida e as pessoas.

— Mas, se não mudar, ele vai ficar tão brabo... — Georgina retorcia as mãos.

— Não mais bravo do que se eu lhe contar a verdade agora.

— Oh, eu acho que ele vai ficar um pouco mais bravo.

Lucy concordou que era provável que Georgina tivesse razão, mas isso não a demoveu.

— De qualquer modo, nós vamos ser expulsas no momento em que ele souber da verdade, então por que não fazemos tudo que for possível para tentar mudá-lo?

Georgina sacudia a cabeça de novo, os olhos arregalados e assustados.

— Não sei, senhorita. E se a memória dele não voltar? Eu acho que a gente devia contar a verdade e chamar o médico. E rezar pra que ele possa perdoar a gente.

Lucy escarneceu da ideia de que o duque pudesse perdoá-la. O pouco que conhecia do homem tinha mostrado que ele não era capaz de perdão.

— Aposto com você a primeira rosa da próxima florada que ele não é capaz de perdoar — Lucy disse. Essa seria uma aposta insignificante para a maioria das pessoas, mas Lucy considerava a primeira rosa da estação a mais especial de todas. Seu florescer era uma demonstração de energia e vigor, com ela abrindo caminho para a vida antes de todas as outras, provando assim sua tenacidade. Essa flor tinha sempre um lugar especial sobre a cornija da lareira, ao lado do retrato de seu pai.

— Ah, não. Eu nunca que ia ficar com a sua primeira rosa — Georgina disse.

— É claro que não — Lucy respondeu. — Isso mostra que você sabe tão bem quanto eu que estaremos na rua até o pôr do sol se contarmos a verdade para Lorde Drayson agora.

Isso teve um efeito contundente em Georgina. Ela mastigou o lábio inferior e retorceu o tecido de seu avental antes de, enfim, aquiescer lentamente.

— Só uns dias?

— Uma semana, no máximo, se a perda de memória dele durar tanto — Lucy prometeu, não que agora suas promessas tivessem muito valor, pensou, desanimada.

Georgina se levantou da banqueta.

— Que tipo de criado ele vai ser?

— Mordomo, criado de casa e cocheiro — respondeu Lucy. — E assistente de cozinheira, se necessário.

— A senhorita não pode tá falando sério — Georgina exclamou.

— Estou falando muito sério — confirmou Lucy. — Começando amanhã, vamos ensinar Lorde Drayson... quer dizer, Collins, como é maravilhoso pensar nas necessidades dos outros antes das suas.

— Mas como a senhorita vai pagar o homem? Não dá pra pensar que ele vai trabalhar de graça.

Os lábios de Lucy se curvaram em um sorriso travesso, pois ela já tinha um plano.

— Quanto a isso não precisamos nos preocupar, Georgy. Eu já pensei num passado para ele que vai lhe servir muito bem.

— Um passado? — Georgina pareceu mais preocupada do que curiosa.

— Sim — disse Lucy. — Collins apareceu na nossa porta há quinze dias. Apenas com a roupa do corpo. Não tinha referências, nada que o recomendasse, e estava disposto a fazer qualquer serviço por abrigo e comida. Embora eu tenha hesitado, lembrei da parábola do bom samaritano e fiz o que uma boa filha de vigário faria. Fiquei com pena do homem e concordei em deixá-lo ficar por um breve período. Porém, ele tem sido um criado terrível, sempre se fazendo de importante, e em vez de mandá-lo embora, nós decidimos lhe dar uma última chance. Como você vê, a história não é de todo má.

No mesmo instante, Georgina olhou para o céu, fez o sinal da cruz sobre o peito e murmurou algo baixinho. Lucy aproveitou a oportunidade para sair da cozinha e, a contragosto, subir a escadaria até o sótão de novo, onde empreendeu a infeliz tarefa de encontrar as roupas mais feias entre as coisas de seu pai. Ela também precisava encontrar outros itens necessários, como botas (que ela rezou para que servissem), um conjunto de barbear, uma escova e, claro, coisas impronunciáveis. Se Lorde Drayson iria ser um criado em sua casa, ele precisaria de um quarto arrumado para parecer que estava ali há algum tempo.

7

COLLINS PASSOU OS OLHOS pelo quarto estéril, sentindo como se tivesse acordado de um pesadelo, só que não era nenhum pesadelo. Ele continuava deitado em uma cama desconfortável, num quarto branco, com apenas uma pintura na parede — uma paisagem rochosa com uma árvore solitária nascida em uma fenda e quase dobrando-se ao meio com o vento. Por que alguém escolheria uma pintura assim para enfeitar uma parede? Aquilo só aumentava o desconforto dele, lembrando-o de seu próprio estado de desamparo.

Ele franziu a testa num esforço para lembrar de algo de sua vida anterior, mas sua cabeça parecia nebulosa e irregular. Quanto láudano a mulher tinha lhe dado? Como ela disse que se chamava? Lucy? Isso, era isso mesmo. Lucy... Beresford. Pelo menos ele conseguia lembrar disso. Com a testa ainda franzida, ele fechou e abriu os olhos várias vezes, tentando conseguir maior clareza.

Collins. Collins. Collins.

O nome ecoou em sua cabeça. Foi assim que ela o chamou. Foi ridículo, a princípio, pensar em si mesmo como um criado, mas ele não podia negar que havia certa familiaridade no nome. Soava correto e parecia servir. E não havia como negar a convicção naqueles olhos cor de mel quando ela proclamou que "eu *não* invento histórias". Mas tudo que ela falou fazia muito pouco sentido. Era humilhante, e ele xingou a Srta. Beresford por drogá-lo, deixando-o naquele estupor. Ele detestava láudano. Viu? Ele sabia disso com certeza. Assim como sabia que não gostava de Askern, não importando que o sol da manhã passando pela janelinha ao lado da cama parecesse tão acolhedor.

Ainda assim, ele estava em Askern, e, de acordo com a Srta. Beresford, vivia ali há alguns dias... como criado dela. E foi aí que as dúvidas começaram. Pois nesse momento a convicção nos olhos da Srta. Beresford foi substituída por lampejos brilhantes de raiva, lampejos que acenderam os olhos dela e remexeram lembranças esquecidas no fundo de sua mente.

Maldita memória perdida! Collins detestava estar à mercê da Srta. Beresford. Ou de qualquer outra pessoa.

A porta foi aberta e entrou uma mulher pequena, não muito mais velha que a Srta. Beresford, carregando uma bandeja. Um avental branco e muito usado estava amarrado ao redor de sua cinturinha, e seu cabelo loiro, embora preso atrás da cabeça, deixava fios ao redor do rosto, como se ela tivesse levantado muito antes do sol.

— Oh, você acordou, se... quero dizer, Collins. Que bom. — Ela colocou a bandeja na mesa de cabeceira e juntou as mãos com certo nervosismo.

Collins não ignorou o fato de que ela gaguejou seu nome, nem o movimento nervoso de suas mãos. Ele a observou, tentando lembrar de algo familiar nela, mas... nada. A mulher era tão estranha a ele quanto aquele quarto horrendo.

— Eu fiz torrada pra você, e... chocolate. Espero que goste.

Collins enfim encontrou sua voz.

— Você já não devia saber do que eu gosto, ahn... perdão. Não consigo lembrar seu nome.

As mãos dela se soltaram, para se juntarem de novo às costas.

— É Georgina, mas o povo me chama de Georgy. Tem razão. Eu sei que você gosta de chocolate, Collins. — Havia um tremor na voz dela que sugeria incerteza.

— Gosto, sim — ele concordou, tomando um gole. — Contudo, não gosto de torrada.

A resposta dela veio sem hesitação.

— Torrada não pesa no estômago. Você precisa melhorar antes de tentar alguma coisa mais do seu gosto.

— E o que é mais do meu gosto? — ele perguntou.

— Qualquer coisa menos torrada, é o que eu acho. Você tem um apetite bom.

Collins escondeu um sorriso. Ela fugia bem das perguntas dele sem revelar nada. Afinal, que homem não tem um bom apetite? Ele mordeu um pedaço da torrada seca e tomou outro gole do chocolate para empurrá-la.

— Obrigado, Georgina. Devo estar faminto, porque a torrada está muito gostosa.

Ela corou, fosse pelo uso do nome completo, fosse pelo elogio, ele não sabia dizer.

— Está se sentindo melhor? — ela perguntou.

— Minha cabeça não dói mais, se é isso que está perguntando.

Ela sorriu, hesitante.

— A Srta. Lucy esperava que sim. Eu vou mostrar teu quarto, se você quiser.

— E onde é o meu quarto? — ele perguntou.

— No andar de baixo.

— Mas é claro. — Collins suspirou e olhou por sobre o ombro para a janelinha, sentindo necessidade dessa última olhada antes de dizer adeus. Então ele bateu as mãos para se livrar das migalhas e se inclinou para a frente, jogando as pernas para o lado da cama. O quarto rodou por um momento, depois parou. Ele considerou que esse era um bom sinal e se levantou. Cada músculo de seu corpo doia enquanto ele seguia a empregada para fora do quarto e escada abaixo, até um andar úmido e sombrio que cheirava a mofo. Georgina abriu uma porta à direita com um rangido, e acendeu uma vela de banha sobre uma cômoda pequena. Então ela recuou e permitiu que ele entrasse.

O quarto era pequeno e horrível. Não tinha janelas nem pinturas patéticas adornando as paredes cinzentas; apenas uma cômoda com gavetas e uma cama de solteiro. Era um lugar inóspito, gelado, e Collins não conseguia imaginar que já tivesse chamado aquilo de lar.

Sobre a cômoda jaziam uma tigela, uma jarra e um conjunto de barbear, o que o lembrou de que, provavelmente, precisava fazer a barba. Ele coçou os pelos ao longo do maxilar, de repente ansioso para se livrar deles.

— Não tenho retratos? Nenhuma lembrança da minha vida anterior? — ele perguntou.

— Você não trouxe muita coisa — Georgina explicou. — Eu não sei mais do que isso.

Ao lado da vela havia um pedaço de papel. Collins o pegou e franziu o cenho quando começou a ler as palavras escritas numa cursiva elegante. Era uma lista de tarefas contendo itens do tipo polir a prataria, limpar a chaminé do salão amarelo e cuidar dos cavalos. Havia cerca de uma dúzia de obrigações. Ele arqueou uma sobrancelha e olhou para Georgina, que foi rápida em pigarrear.

— Seus deveres — ela explicou. — Quando se sentir bem pra trabalhar.

Ele suspirou.

— Primeiro posso me limpar e tomar um café da manhã decente?

Georgina assentiu com a cabeça.

— Eu tô na cozinha se você precisar de alguma coisa — ela disse e saiu, seus passos rápidos ecoando no corredor como se ela quisesse sair o mais rapidamente possível dali.

Collins fechou a porta e foi até a cômoda, cuja primeira gaveta abriu. Dentro havia alguns pares de meias, roupas de baixo e de dormir. A segunda gaveta continha três camisas brancas — nada de rosa, ainda bem — e a última guardava duas calças e um par de perneiras de couro. As roupas com certeza não eram a última palavra da moda, mas também não eram tão deploráveis quanto a Srta. Beresford o tinha feito acreditar.

Sem querer se demorar naquela masmorra gelada e úmida, nem naquelas roupas que deviam ser de algum dândi ridículo, feitas por um aprendiz de alfaiate, Collins barbeou-se e trocou-se rapidamente. Então subiu até a cozinha, onde encontrou um prato com presunto, ovos e pão com geleia. O cheiro era tão bom que fez seu estômago roncar. Ele procurou Georgina com os olhos, mas ela não estava à vista. Então Collins se sentou e comeu a refeição, que parecia celestial. Ao terminar, bebeu uma caneca de cerveja e examinou a lista de tarefas mais uma vez. Embora seu corpo ainda doesse, sua cabeça estava mais desanuviada e ele queria ver se alguma dessas tarefas lhe pareceria tão natural quanto foi se barbear.

8

LUCY ENTROU NA SALA amarela no instante em que uma nuvem de cinzas e fuligem desceu da chaminé e envolveu o conde. Ele emergiu da névoa suja tossindo e cuspindo — e imundo. Lucy levantou o braço para cobrir o nariz e também o sorriso que lhe aflorou à boca.

— Quanto tempo fazia que esta chaminé não era limpa? — o conde perguntou no instante em que a viu.

Lucy ignorou a pergunta.

— Eu sei que você não gosta de camisas brancas, Collins, mas esta é uma forma bem tola de mudar a cor dela.

O olhar furioso dele não teve qualquer efeito em Lucy. Ela estava muito ocupada tentando segurar o riso ao ver as manchas pretas nas bochechas e no nariz dele. Um risinho escapou e ela foi rápida em cobrir a boca com os dedos.

Ele jogou na lareira a escova que estava usando e apontou para as próprias roupas, arruinadas.

— Você acha isto engraçado?

Ela deu um passo à frente e tocou a ponta do nariz dele, depois recuou o dedo e mostrou a sujeira.

— Você parece uma escova de chaminé muito comprida — ela disse.

— Exatamente — ele exclamou. — Não um mordomo, nem criado de casa, nem cocheiro, mas uma *escova de chaminé*. Não acha isso estranho?

Lucy precisava admitir que ficou impressionada por ele ter escolhido fazer primeiro a tarefa mais difícil. Ela tinha imaginado que ele escarneceria da ideia de limpar a chaminé e começaria polindo a prataria — *se* fosse fazer alguma coisa. Mas lá estava ele, coberto de cinzas e fuligem, e ainda muito atraente, apesar de tudo.

— Esta não é uma casa comum, Collins — Lucy explicou. — Nós fazemos o que é necessário, mesmo que o trabalho seja diferente do que é esperado de certa posição.

Ele parecia pronto para argumentar, mas então fechou a boca, sem dúvida pensando diversas coisas pouco caridosas a respeito de Lucy. Mas ele manteve esses pensamentos para si, algo que não teria feito no dia anterior.

Ela sorriu de novo, encantada com o fato de ele estar começando a entender que não lhe cabia discutir, mas fazer o que lhe mandavam.

— Bem — Lucy disse, juntando as mãos. — Acho que é melhor nós arrumarmos esta sala, e logo. Eu estive na cidade esta manhã e encontrei a Sra. Bidding, que insistiu em nos fazer uma visita esta tarde. Ela estará aqui em breve, e com certeza não queremos que também saia daqui parecendo uma escova de chaminé.

O conde revirou os olhos — um gesto que Lucy não pôde deixar de perceber, pois os brancos dos olhos dele praticamente brilharam em contraste com o carvão que estava na pele ao redor. Mas, como antes, ela segurou a língua e não disse nada.

— Oh, e eu também vi o Dr. Short. Eu resolvi perguntar a ele sobre a sua... condição. — Não que Lucy tivesse falado do conde para o bom doutor. Ela apenas tinha perguntado, de modo geral, de ferimentos na cabeça. Por curiosidade, apenas.

— E? — fez o conde.

— Ele disse que perda de memória é bastante comum depois de um trauma na cabeça, e que a maioria das pessoas a recupera em algum momento.

— A maioria? — ele perguntou.

— Pensei que isso soasse melhor do que "poucas" — Lucy respondeu.

O conde suspirou.

— Ele disse algo sobre quanto tempo devo esperar para que minha memória volte?

— Ele não soube dizer — Lucy disse. — Cada caso é diferente. Às vezes alguns dias. Em outras, meses.

— Meses!

— Receio que essa seja a verdade — disse Lucy, sem revelar que ele descobriria a verdade em menos de duas semanas, recuperando a memória ou não.

— Diacho, o que aconteceu aqui? — Georgina exclamou, parando à porta e ficando de boca aberta diante da sala imunda, numa mistura de choque e desânimo.

— Foi o Collins — Lucy respondeu, como se isso respondesse tudo.

— Não — disse Collins, aparentemente sem conseguir continuar de boca fechada. — O que aconteceu aqui foi um caso grave de negligência por parte do proprietário. Você sabe que chaminés precisam ser limpas mais do que uma vez a cada século.

Lucy quase disse que ele era o proprietário, não as Beresford, mas engoliu a réplica.

— Collins, você está se esquecendo do seu lugar — ela exclamou. *O que, por acaso, é a absoluta verdade*, ela pensou, divertindo-se.

Ele fechou a boca de novo, o maxilar ficando tenso por um momento antes que ele conseguisse se recompor.

— Você sabe onde posso encontrar uma vassoura, Georgina? — ele perguntou, com um toque de irritação na voz.

A criada assentiu e saiu para buscar produtos de limpeza.

— Ela prefere ser chamada de Georgy — Lucy disse assim que a outra se afastou.

— E eu prefiro chamar as pessoas por seus nomes verdadeiros, você não? — Havia um ar de desafio na expressão dele que Lucy não podia ignorar. A culpa a incomodava, mas ela se manteve firme.

— Não quando uma amiga prefere ser chamada de outra coisa — Lucy respondeu.

— Amiga? — perguntou o conde, arqueando uma sobrancelha.

— Sim, *amiga*.

Ele a observou por um momento, sua expressão uma mistura de ceticismo e, talvez, um pouco de respeito.

— E quanto a mim, Srta. Beresford? Também sou um amigo?

Ela não precisou pensar para responder.

— Ainda não.

Os lábios do conde se curvaram numa espécie de sorriso.

— Então existe esperança, mesmo para um criado horrível como eu.

— Caso você tenha esquecido, eu sou filha de um vigário — ela o lembrou. — Meu pai me ensinou a acreditar que existe esperança para todo mundo.

O olhar dele capturou o dela com interesse e curiosidade, como se a resposta dela o tivesse ao mesmo tempo surpreendido e agradado. Lucy se percebeu desarmada. O conde era atraente demais para que ela ficasse tranquila.

— Onde estão esses seus pais misteriosos? — ele perguntou de repente. — Você sempre fala deles, mas ainda não os apresentou para mim.

Foi a vez de Lucy arquear a sobrancelha.

— Por favor, perdoe minha falta de educação, Collins. Eu não fazia ideia de que os donos da casa devem ser apresentados aos criados.

O conde assentiu e suspirou.

— *Touché* — ele concedeu. — Preciso me desculpar por, mais uma vez, esquecer qual é o meu lugar. Está se tornando um hábito, não é mesmo?

Lucy sorriu.

— Sim, esse está sendo seu principal defeito.

Ele riu, e o som grave, melodioso, afastou parte do frio da sala. Se um fogo estivesse ardendo na lareira, apesar da fuligem e das cinzas, o salão amarelo estaria aconchegante de verdade.

Georgina reapareceu com uma vassoura, um punhado de trapos e um balde de água fumegante. Ela entregou a vassoura para Lorde Drayson. Lucy foi rápida e pegou um dos trapos, mas, antes que pudesse molhá-lo no balde, a mão de Georgina segurou a dela.

— Oh, Srta. Lucy, não pode! Isto não é trabalho pra uma moça chique.

— Georgy, essa discussão está me cansando. Quando você vai aprender que, na ausência da minha mãe, *eu* estou no comando, não você?

— Seu vestido vai ficar arruinado — ela disse, tentando uma tática diferente.

Lucy sorriu.

— Nós duas sabemos que eu não sou "chique", e sempre detestei o tom de lilás deste vestido. Mamãe me convenceu a ficar com ele séculos atrás, e você sabe que ela não gosta de desperdiçar nada. O único motivo que me faz usar este vestido sem graça é gastá-lo, e, se eu conseguir acelerar esse processo esfregando parte desta sujeira, vou ficar satisfeita.

Georgina apertou com carinho a mão de Lucy e sua voz amoleceu.

— Seu pai também adorava esse vestido, senhorita, e é por isso que você usa ele — ela disse em voz baixa. — Se insiste em ajudar, por favor, ponha uma coisa que tenha menos importância.

Georgina era mais sensível do que Lucy lhe dava crédito. Embora ela não amasse lilás, o vestido de fato a lembrava do pai. Talvez ela devesse mesmo ir se trocar. Lucy olhou para o conde, para ver se ele tinha escutado a conversa das duas, mas ele continuava varrendo, sem dar sinal de ter escutado.

Assentindo com a cabeça, Lucy largou o trapo.

— Tem razão, Georgy. Vou me trocar e já volto.

Ela saiu apressada do salão, e, enquanto subia a escada, ouviu o conde dizer:

— Então, o Sr. Beresford...

— Não está mais entre nós... — Georgina confirmou.

— E a Sra. Beresford?

— Também não está — Georgina disse, então se apressou em explicar: — Mas não é que não está mais, nunca mais. É que ela foi ajudar a irmã que vai ganhar neném, mas volta na quinta que vem.

Lucy hesitou no patamar, à espera da resposta dele. Mas, quando as palavras não vieram, ela segurou o vestido e se apressou em subir, sentindo uma tristeza incompreensível tomá-la. Ela já tinha passado pelo luto por seu pai. Ela tinha dado vazão aos sentimentos, permitindo que transbordassem de um modo doloroso, e conseguiu, enfim, colocá-los de lado para seguir com sua vida. Por que, então, era difícil para ela ver o conde com as roupas de seu pai, ou por que estava quase chorando agora, simplesmente porque uma pergunta a respeito dele tinha sido feita? Por que aquele vestido lilás de repente parecia mais precioso do que qualquer outra roupa dela?

Havia algo naquele conde que a fazia sentir, mais do que nunca, a falta dos braços reconfortantes do pai à sua volta, e ela não conseguia entender o motivo.

9

COLLINS RECOLHEU UMA pilha de cinzas e a despejou na lata de lixo. Seus músculos doíam e sua cabeça começava a latejar de novo, mas isso não era nada comparado à sua necessidade urgente de se lavar e se livrar da sujeira que recobria seu corpo. Infelizmente, um criado não podia tocar a campainha e pedir um banho quente quando quisesse.

Ele arqueou as costas e olhou por sobre o ombro a tempo de ver a Srta. Beresford polindo o candelabro de prata. Manchas pontilhavam seu rosto, suas mãos e seu vestido, mas a expressão dela era de felicidade e contentamento. Eles trabalhavam havia mais de uma hora, e a Srta. Beresford não tinha reclamado nem uma vez, nem arrumado alguma desculpa para encontrar algo mais divertido para fazer com seu tempo. De fato, ela tinha esfregado, enxugado, polido e cantarolado músicas alegres.

Quando não estava cantarolando, a Srta. Beresford distraía Georgina e ele com histórias de sua juventude, contando-lhes da vez em que ela e o filho de um fazendeiro vizinho tinham enterrado uma pequena caixa com tesouros em algum lugar no bosque atrás da casa. Eles desenharam um mapa e o deram para o pai dela, que concordou que aquele jogo parecia ser ótimo. Ele até decidiu calçar suas botas de caçar tesouros.

Os três seguiram o mapa e entraram no bosque, mas descobriram que o desenho estava com as proporções erradas, e que as crianças tinham coberto muito bem seus rastros. Eles procuraram durante horas, mas sem resultado. Quando o Sr. Beresford perguntou o que havia na caixa, e a Srta. Beresford lhe disse que um dos tesouros era o valioso relógio de bolso *dele*, o pai parou de achar que o jogo era ótimo. O castigo dela foi ler e reescrever todo o capítulo 20 do Êxodo, e também ajudar a mãe na horta durante todas as tardes do mês seguinte, em vez de desperdiçar o tempo enterrando coisas dos outros.

— Algum dia você encontrou a caixa? — Georgina perguntou.

A Srta. Beresford negou com a cabeça.

— Não. Mas deve ter sido melhor assim.

— Por quê? —Georgina quis saber.

— Porque Ben achou que seria muito divertido guardar na caixa uma cobra que ele encontrou no bosque, junto com meu sapo de estimação. E, bem, eu aprendi que cobras comem sapos, então... — A Srta. Beresford estremeceu e fez uma cara de nojo.

Collins riu, e percebeu que fazer aquele trabalho não o incomodava tanto quanto ele tinha pensado. A contragosto, ele admitiu que provavelmente isso tinha algo a ver com a presença da Srta. Beresford, pois era fácil ver por que Georgina respeitava tanto sua patroa. Quando não estava na defensiva, a Srta. Beresford era bem agradável. Ela tomou a frente da situação de um modo amistoso e até mesmo pegou no batente. Muitas pessoas a olhariam com desprezo por fazer o trabalho de uma criada, mas Collins não conseguia ver nada de errado na atitude. Ele parecia ter aprendido uma lição valiosa, que poderia empregar quando...

Quando o quê? Collins franziu o rosto. Eram pensamentos errantes como esse que o faziam ter certeza de que estava acostumado a ser patrão, não escravo, mas... quem era ele, afinal? A Srta. Beresford sabia? Ou ele era mesmo algum tipo de fugitivo — que se escondia, como um covarde, atrás das saias da Srta. Beresford?

Esse pensamento não lhe pareceu certo, pois ele *não* era um covarde.

— Eu acho que está bom — disse Lucy, examinando a sala com olhar crítico. — Collins, você nunca mais vai limpar chaminés.

— Diga que não é verdade — ele disse, irônico, fazendo a Srta. Beresford rir, o que resultou num som lindo, e ele se pegou desejando que ela risse de novo.

Em vez disso, ela apontou para a porta.

— Georgy, por que você não vai se lavar e comer alguma coisa antes de a Sra. Bidding chegar? Eu detestaria que nossa conversa fosse interrompida por um estômago roncando. Você também, Collins.

Collins ficou ao mesmo tempo surpreso e não surpreso pela consideração dela. Acima de tudo, ele se sentiu grato, pois estava faminto e se sentindo imundo. Um banho e comida pareciam uma ideia maravilhosa.

— A senhorita quer que eu prepare seu banho antes de eu descer? — Georgina perguntou.

— Um banho seria divino — disse a Srta. Beresford. — Mas não há tempo para isso agora. Quem sabe mais tarde.

Georgina fez uma mesura rápida.

— Eu volto já-já para cuidar da senhorita.

— Mas não antes de almoçar — disse a Srta. Beresford. — Sou perfeitamente capaz de me lavar e me vestir sozinha.

— Sim, senhorita. — Georgina pegou os trapos e o balde de água suja antes de sair apressada da sala.

A Srta. Beresford observou-a sair antes de se voltar para Collins.

— Ela não vai comer, sabe? Georgina vai se lavar e trocar de roupa, mas só porque não quer sujar meu quarto. E ela não vai comer até eu estar pronta para receber a Sra. Bidding e ela ter preparado algo para nos servir.

— Então ela é uma criada boa e leal — disse Collins, perguntando-se por que a Srta. Beresford parecia triste.

— Oh, Georgina é a mais maravilhosa das criadas. Mas ela também se mata de trabalhar. Às vezes... bem, eu queria que ela não sentisse essa necessidade de se esforçar tanto. Algum dia eu vou torná-la minha dama de companhia, pagar-lhe um bom salário e cuidar para que também se divirta.

Collins se aproximou da Srta. Beresford, ainda carregando a vassoura.

— Não é assim que as coisas funcionam, Srta. Beresford, e sabe muito bem disso. Damas de companhia vêm de boas famílias, não...

— Não o quê, Collins? — A Srta. Beresford olhou feio para ele. — Georgy pode parecer não ter berço, mas ela é tão bem-educada quanto eu, provavelmente mais, até.

— Perdoe-me — ele disse, incapaz de não encarar os olhos escuros dela. Ele viu, ali, uma bondade e uma lealdade feroz, acompanhadas de um desdém pelas regras da sociedade. Ela o intrigava. A Srta. Beresford tinha um rosto jovem e, às vezes, uma atitude quase infantil, mas em outros momentos, quando erguia o queixo daquele modo e seus olhos brilhavam com determinação, ela se transformava numa mulher poderosa. Com o cabelo castanho emoldurando o rosto da jovem como naquele momento, Collins se sentiu atraído por ela como a onda é atraída pela praia. Ele se aproximou mais um passo dela e sentiu um aroma de primavera.

— Perdoe-me — ele repetiu, mais baixo dessa vez.

Ela aquiesceu, mas seu peito subia e descia rapidamente, revelando que a proximidade entre os dois a afetava da mesma forma que a ele. O silêncio se fechou ao redor deles, expulsando o ar da sala. Collins não conseguiu resistir e levantou a mão, tirando uma sujeira do rosto dela com o polegar. Nesse momento, ela ficou sem respirar. Os olhos dele continuaram nos dela.

— Eu posso não lembrar quem sou ou como cheguei aqui, Srta. Beresford, mas estou certo de que não sou mordomo, nem criado, nem cocheiro de profissão. Não receio fitá-la nos olhos, ou tocar seu rosto, ou contradizê-la. — Ele baixou os olhos para os lábios rosados dela.

— Collins... — A voz dela ficou um pouco trêmula e pareceu conter um alerta. Ele deixou cair a mão ao lado do corpo.

— Estou me esquecendo do meu lugar, de novo — Collins disse.

— Está.

Collins passou a vassoura de uma mão para outra e acenou com a cabeça ao se afastar. No vestíbulo, parou e olhou para trás.

— De que modo posso ser útil quando a Sra. Bidding chegar? Além de atender a porta e conduzi-la até a sala, claro.

— Oh, eu não pensei... — Lucy pareceu surpresa com a pergunta, até desconcertada. Ela hesitou por um momento antes de falar. — Eu acho que Georgina pode atender a porta desta vez. O estábulo está... uma bagunça, e seus serviços seriam mais bem empregados lá.

— Mas em primeiro lugar sou mordomo, e só em terceiro sou cocheiro, não é? — perguntou Collins. — Posso cuidar do estábulo mais tarde.

A Srta. Beresford se aproximou dele, hesitante, as mãos unidas à frente do corpo.

— Se fosse qualquer outra visita, eu concordaria, mas a Sra. Bidding é um pouco...

— Fofoqueira? — ele sugeriu.

Ela olhou para o lado, como se aquela palavra não fosse a que pretendia usar, então pigarreou.

— Eu ia dizer que ela pode ser um pouco difícil.

— Eu deduzo que você não quer que ela saiba da sua recente adição à criadagem. Ainda mais quando essa adição não lembra do próprio nome ou passado. Ela vai fazer perguntas que nem eu nem você saberemos responder.

Lucy soltou a respiração, parecendo aliviada.

— Isso mesmo. Fico feliz por nos entendermos.

— Muito bem. — Ele anuiu com a cabeça. — Eu vou descer para me limpar, mas não muito, porque o estábulo deve danificar ainda mais os meus trajes. Talvez fosse melhor eu vestir aquela camisa rosa infernal e... como você disse? Acelerar o processo de destruição rolando no esterco.

O sorriso encantador da Srta. Beresford reapareceu, acompanhado de uma covinha linda na face direita.

— Por que você iria querer arruinar sua camisa favorita?

— Não é minha camisa favorita, Srta. Beresford, e estou inclinado a acreditar que você já sabe disse. Você parece gostar muito de me provocar.

— Talvez — foi tudo que ela disse, mas seus olhos cintilaram de alegria.

Os lábios dele se levantaram num sorriso, e Collins não conseguiu deixar de também provocá-la.

— Cuidado com o que semeia, Srta. Beresford. O dia da colheita vai chegar.

Ele pretendia extrair outra risada dela, mas parte do brilho desapareceu dos olhos da jovem, substituído por um pouco de culpa e uma fagulha de preocupação. Que interessante. Se pelo menos Collins pudesse entrar na cabeça dela e ver seus pensamentos. Ele tinha certeza de que seriam muito esclarecedores.

— Tenha um bom dia, Srta. Beresford — ele disse.

— Você também — ela respondeu.

Collins sentiu o olhar dela seguindo-o, e, quando virou no outro corredor, sumindo da vista dela, ele imediatamente sentiu falta da Srta. Beresford. Parou por um instante para refletir e chegou à conclusão de que, embora gostasse muito mais de cavalos e estábulos do que de chaminés, ele escolheria limpar de novo a chaminé se isso significasse passar outro período na companhia da Srta. Beresford.

10

— Lucy, você está prestando atenção? — Uma voz brusca a sacudiu. — Eu fiz a mesma pergunta duas vezes e ainda não tive resposta.

Tirada de seus pensamentos, os olhos de Lucy voaram para a Sra. Bidding. Embora as duas estivessem sentadas no salão amarelo, Lucy precisava erguer os olhos para fitar a mulher. A Sra. Bidding era incrivelmente alta, com cabelo castanho e um rosto que poderia ser confundido com o de um homem, não fossem os vestidos e chapéus elegantes que usava. A Sra. Bidding tinha uma presença dominadora — que sempre intimidava Lucy, embora esta tentasse não demonstrar.

— Por favor me desculpe, Sra. Bidding. Eu estou mesmo um pouco absorta hoje.

Os olhinhos redondos da outra examinaram Lucy por um momento antes de ela suspirar e encostar o guardanapo no canto da boca.

— Que tipo de problema você arrumou desta vez, Lucy? Eu disse para sua mãe que não achava aconselhável deixá-la aqui, apenas com a empregada para cuidar de você. Mas ela me escutou? Não. Sua mãe estava confiante que você ficaria bem por duas semanas.

— E estou. — Lucy foi rápida para se defender. — Estou com saudade da minha mãe, só isso.

A expressão da Sra. Bidding se suavizou e ela tocou a mão de Lucy de um modo materno.

— Não se preocupe, minha querida. Tomei para mim a obrigação de ficar de olho em você. Por que não janta conosco em Eggington esta noite? E todas as noites, afinal? Tenho certeza de que o Sr. Bidding não vai se importar.

Em pensamento, Lucy ralhou consigo mesma por não ser capaz de encontrar uma razão menos sentimental para sua falta de atenção. Ela não esperava que a Sra. Bidding ficasse tão preocupada com seu bem-estar.

— A senhora muito me honra com esse convite, mas sabe como me sinto com relação a cavalos, e Eggington fica muito longe para uma caminhada.

— Eu nunca pediria que você caminhasse — a Sra. Bidding se apressou a dizer. — É claro que eu mandaria nossa carruagem apanhá-la e depois levá-la para casa em total segurança.

Oh, céus, Lucy pensou, em pânico. *Isso não é nada bom.* Jantar todas as noites com os Bidding seria uma verdadeira tortura. O Sr. Bidding adorava contar a mesma história várias vezes.

— Você está sendo generosa demais, Sra. Bidding, mas eu não me sentiria à vontade perturbando vocês dessa forma. Estou bem. De verdade, estou mesmo. Eu tenho a companhia de Georgina, e acredito que irei receber uma carta de mamãe a qualquer momento. Estou certa de que ler a mensagem dela me reconfortará imensamente.

A Sra. Bidding não pareceu muito convencida, mas não insistiu no assunto. Ela apenas pôs a xícara de lado, colocou o corpanzil em pé e calçou as luvas, marcando o fim da conversa. Lucy também se levantou, embora isso não tenha ajudado muito para diminuir a diferença de altura entre elas. Lucy praticamente distendeu o pescoço para olhar a mulher no rosto.

— Muito obrigada por ter vindo, Sra. Bidding. É muito gentil por pensar em mim na ausência da minha mãe.

A boca da Sra. Bidding se contorceu quando ela olhou por cima de Lucy para a pintura de um vaso grego pendurada na parede ao lado da lareira. Ela andou até lá e passou o dedo na moldura, erguendo-o em seguida para revelar uma mancha escura na luva imaculada.

— Minha nossa. Georgina não sabe como limpar corretamente uma sala? Esta pintura está imunda!

Lucy fez uma careta. Aquela era a pintura de que Lucy gostava menos em toda a casa, e evitava olhar para ela quando possível. Assim, é óbvio que ela não percebera a cobertura de cinzas em toda a moldura. Lucy tentou inventar uma mentira razoável para explicar a sujeira, o que a fez ralhar consigo mesma pela vontade de mentir mais uma vez.

Com que rapidez eu caí, ela pensou com tristeza. Vexada, Lucy endireitou os ombros e respondeu.

— Mais cedo tivemos um probleminha com a chaminé, e parece que nós deixamos passar essa pintura.

— Nós? — A Sra. Bidding arregalou os olhos para Lucy com uma expressão de assombro e desaprovação.

Lucy percebeu o erro e tentou emendar a explicação.

— Como eu poderia ter certeza de que a sala ficaria de acordo com o padrão de limpeza da minha mãe se não tivesse ficado para supervisionar a limpeza? — Isso não era mentira, era?

A Sra. Bidding pareceu aceitar a explicação, pois aquiesceu e olhou de novo para a pintura.

— Parece, minha cara, que sua habilidade como supervisora precisa melhorar.

— Tenho que concordar, Sra. Bidding — disse Lucy. — Ainda bem que está aqui para apontar minha observação falha. Vou pedir agora mesmo para a Georgy limpar essa pintura.

Parecendo satisfeita, a Sra. Bidding aquiesceu.

— Tenha cuidado, Lucy. Você não é mais criança. Seria bom que você aprendesse a se comportar como uma jovem competente. Do contrário, sua pobre mãe nunca conseguirá lhe arrumar um casamento conveniente.

— Sim, Sra. Bidding. — Lucy sabia muito bem de suas inconveniências e não gostou de ser lembrada delas.

— Anime-se, agora — disse a Sra. Bidding, dando uma batidinha na cabeça de Lucy, do modo que uma mãe faria com uma criança, embora tivesse acabado de dizer o contrário. — Tenho planos maravilhosos para vê-la casada o quanto antes. Planos que podem envolver um baile — ela sussurrou de forma conspiratória, os olhos brilhando de empolgação. — Quando sua mãe voltar, vou contar minha ideia para ela. Você pode ficar tranquila, pois saiba que tenho tudo sob controle.

Com isso ela saiu pela porta, deixando Lucy com o ânimo mais abatido desde que a mãe tinha partido. Ela se imaginou casando com um homem muito alto, que olhava para o mundo através de um monóculo.

Não. A intenção da Sra. Bidding podia ser boa, mas Lucy nunca se casaria com um homem escolhido por ela.

E um baile? Lucy franziu o cenho. Ela tinha ido a algumas festas do interior no passado e não gostara nem um pouco da experiência. Os eventos a fizeram se sentir uma fraude. Usando um lindo vestido, com o cabelo arrumado num belo penteado, Lucy parecia uma moça serena e muito bem-comportada. Ela sabia interpretar bem o papel, mas qualquer relacionamento formado em um evento desses estava condenado ao fracasso desde o início, pois Lucy não tinha nada de serena e só às vezes se comportava bem.

Não que Lucy fosse avessa a se apaixonar. Com frequência ela se imaginava encontrando um pretendente no bosque que rodeava sua amada Tanglewood. Ele a descobriria enquanto Lucy subia em sua árvore favorita, e, em vez de ficar chocado com suas maneiras espevitadas, ele a acharia encantadora, ficando imediatamente enfeitiçado, aceitando e amando de todo coração a criatura indomada que ela era.

Lá no fundo, Lucy sabia que essa era uma fantasia boba. Nenhum bom partido iria querer como esposa uma mulher como ela. Lucy sabia que estava destinada a permanecer solteira.

Mas que solteira livre e maravilhosa ela estava determinada a ser.

— Estes cavalos estão em má forma, Srta. Beresford — foi a primeira coisa que saiu da boca do conde quando Lucy passou no estábulo para ver o que ele estava fazendo. O homem escovava o pelo castanho-claro de Athena com passadas longas e cuidadosas. — Eles nunca se exercitam?

Lucy não estava com vontade de ser repreendida outra vez.

— Com pouca frequência, Collins. Minha mãe usa um deles na charrete quando vai à cidade, mas eu prefiro caminhar.

— Caminhar?

— Isso, caminhar — ela estrilou. — É quando uma pessoa coloca um pé à frente do outro para se deslocar. Até as pessoas mais respeitáveis fazem isso de vez em quando.

Lucy notou que, apesar de sua ameaça, Lorde Drayson estava usando outra camisa branca, que, surpreendentemente, continuava imaculada, apesar de ele já estar lá fora há algumas horas. Ele escovou o animal mais algumas vezes antes de lhe dar um tapa carinhoso.

— Nós devíamos levá-los para cavalgar esta tarde.

Athena pareceu encarar Lucy com um brilho divertido nos olhos, como se dissesse: "Desafio você a me montar".

Sem perceber, Lucy deu um passo para trás e pigarreou.

— Eu tenho... outros compromissos esta tarde. Quem sabe você possa exercitar Athena primeiro e depois voltar para fazer o mesmo com Zeus?

— Zeus e Athena? — O conde riu. — Quem deu nomes tão imponentes a estas pobres criaturas? Admito que são animais razoáveis, resistentes, mas é só. Nomes mais apropriados seriam Margarida e Fanfarrão, ou, já que você é filha do vigário e as crinas estão precisando ser aparadas, que tal Sansão e Dalila?

Lucy teve que morder a língua para não responder que o conde era um hipócrita, pois permitiu que seu cavalo árabe fosse batizado de Querido.

— Você acredita, Collins, que uma pessoa, ou um cavalo, podem se tornar aquilo que são chamados?

— Se está querendo dizer que estes cavalos têm potencial para se tornar deuses gregos, Srta. Beresford, então não, não acredito — ele respondeu.

— Estes "animais razoáveis", como você os chamou — ela inclinou a cabeça na direção dos cavalos —, eram feras impertinentes, porque o dono anterior batia neles por causa de sua teimosia. Meu pai os comprou desse homem horrível e os trouxe para serem treinados outra vez. Ele explicou que um cavalo se comporta de acordo com a forma como é tratado, e assim batizou a égua de Athena, para que se tornasse uma guerreira sábia, para nos levar aonde precisássemos em segurança, e o macho, de Zeus, para que pudesse comandar o clima. — Ela deu um sorriso delicado com a lembrança. Comandar o clima, pois sim.

Lorde Drayson apoiou um braço no dorso de Athena.

— E você sempre teve tempo bom quando atrelava Zeus?

— O tempo bom está nos olhos de quem vê, Collins. A chuva pode ser considerada tempo bom, se é isso que a pessoa deseja.

O conde a observou por um instante antes de deixar a escova de lado. Então ele pegou Athena pela guia e se aproximou de Lucy, levando a égua consigo. Com o animal tão próximo, Lucy sentiu a ansiedade que sempre sentia perto de animais grandes e recuou ainda mais. Ela tentou se convencer de que seu desconforto devia-se à proximidade de Athena e não à do conde.

— Isso me faz imaginar o que significa o nome Lucy — disse o conde em voz baixa, o olhar fixo nela.

— Luz — Lucy explicou. Apesar do ar frio, ela sentiu um calor a envolver, e as faces ficarem vermelhas. *Que tipo de pessoa você é?*, ela quis perguntar. Lucy tinha pensado que o conhecia, pelo menos o bastante para entender sua personalidade, mas agora começava a se perguntar se ele não seria mais complexo do que ela tinha imaginado. Ele possuía um lado insensível, que colocava os negócios à frente das pessoas, mas ela começava a ver outro lado. Mais delicado. Mais gentil. Mas quanto dele era gentil e quanto era insensível?

Talvez essa gentileza fosse algo recente, nascida de sua nova condição humilde, do mesmo modo que uma rosa nasce de folhas e espinhos. Ou talvez não. No fundo de sua alma, uma sensação pesava na consciência de Lucy, lembrando-a de algo que o Sr. Shepherd tinha dito, sobre como não era justo julgar um livro pelo título, e tampouco pelos dois primeiros capítulos. Era necessário conhecer o livro por inteiro antes de poder afirmar que era bom ou ruim.

O mesmo era verdadeiro a respeito das pessoas. Lucy tinha lido apenas o primeiro capítulo de Lorde Drayson e a leitura a deixou com uma forte vontade de fechar esse livro e nunca mais o abrir. Mas, agora que estava sendo obrigada a continuar a leitura, por assim dizer, ela já não achava a escrita tão ruim, e pensou que essa tarefa não seria tão aborrecida como tinha pensado a princípio.

Uma brisa forte atravessou o estábulo, gelando Lucy e soltando alguns fios de cabelo de seu coque. Rapidamente, ela os colocou para trás.

— Preciso ir — ela disse.

— Antes que vá — começou o conde —, posso lhe fazer mais uma pergunta?

— Claro.

— Como você espera que Athena e Zeus atinjam seu potencial divino se você os mantém confinados às baias?

Era uma boa pergunta, que Lucy provavelmente já deveria ter feito a si mesma. De repente ela se sentiu envergonhada pela forma como tratava os cavalos, embora nunca lhes houvesse faltado abrigo ou comida. Em troca de duas dúzias de biscoitos de Georgina recém-assados, o filho de um fazendeiro vizinho limpava as baias toda manhã e dava água limpa e feno fresco para os animais. Mas era só isso. O único exercício que os animais faziam era ir à cidade de vez em quando, puxando a charrete da mãe.

Lucy baixou os olhos para as mãos, sem saber como explicar ou mesmo corrigir essa negligência.

A verdade é sempre a melhor coisa, a voz de seu pai surgiu em sua cabeça. Mas, quando a verdade estava limitada por mentiras, continuava sendo a melhor coisa?

— Eu... — sua voz soou pequena e patética, então ela pigarreou e tentou de novo. — Eu tenho medo de cavalos, Collins.

Ele não respondeu de imediato, mas um leve sorriso tocou seus lábios enquanto ele passava a guia de Athena ao redor de sua mão, mantendo-a com firmeza ao seu lado — outra gentileza desconcertante.

— Você, que desenterra minhocas e limpa seu próprio peixe, que uma vez capturou um sapo para tê-lo como animal de estimação, tem medo de cavalos? Por favor, explique isso. Fiquei extremamente curioso.

A resposta não é óbvia?, ela pensou. Tudo que se precisava fazer era comparar as diferenças entre um sapo e um cavalo para entender.

— Um cavalo é muito maior que um sapo — ela disse, enfim, esperando que ele parasse por aí.

Os lábios de Lorde Drayson se torceram um pouco.

— Sim, mas um sapo é gosmento e imprevisível. Não existe confiança ou lealdade que se possa conseguir da amizade com um anfíbio. Um cavalo, por outro lado, pode oferecer sabedoria, proteção e até — ele sorriu — tempo bom.

— Não sei se concordo com isso — disse Lucy, recusando-se a deixar que ele a provocasse assim. — Eu confiava no meu sapo e ele, em mim.

— Mas ele não deveria ter confiado — disse o conde. — Não foi você que enterrou a pobre criatura viva, acompanhada de um réptil comedor de sapos?

Parecia que certas histórias nunca deveriam ser contadas, pensou Lucy, brava.

— Estou vendo que sua memória desde o acidente está muito aguçada.

Os olhos dele cintilaram para ela em meio à escuridão do estábulo.

— Você deseja que outro acidente me aconteça, Srta. Beresford, para apagar minhas lembranças mais recentes?

— Não, Collins. Mas percebo que estes animais precisam de mais cuidados do que eu lhes tenho dado. Talvez eu pudesse... — A voz dela foi sumindo. O pequeno Tommy estaria disposto a exercitar os cavalos se ela aumentasse o pagamento em um filão de pão? Mas será que Tommy sabia montar? Ele ficaria tão pequeno sentado em Zeus. E se caísse? Ela nunca se perdoaria se algo acontecesse com uma criança porque ela, uma adulta, não tinha coragem para cavalgar.

— Você nunca montou? — perguntou Lorde Drayson.

Lucy pensou que deveria repreendê-lo pela impertinência e impor um mínimo de decoro, mas descobriu que queria que ele entendesse suas razões.

— Meu pai tentou me ensinar a montar quando eu era nova, mas nunca peguei o jeito. Eu caí e quebrei o braço. Minha mãe perdeu uma amiga próxima em um acidente de montaria e não deixou mais que eu cavalgasse, para meu alívio. Nunca, em toda a vida, tive tanto medo de algo quanto de montar num cavalo.

— E quanto a conduzir um veículo?

Lucy suspirou.

— Prefiro deixar que minha mãe fique com as rédeas.

Ele mexeu na guia outra vez, desenrolando-a de seus dedos.

— E se chegar o dia em que sua mãe não puder mais conduzir?

Lucy já tinha pensado nisso, mas imediatamente afastou a ideia, porque preferia não imaginar a situação.

— Como eu já lhe disse antes, sou muito boa em caminhar.

— Lucy... — ele começou.

Ela se voltou para ele com uma expressão severa de censura. Conde ou criado, ela não tinha lhe dado permissão para chamá-la pelo primeiro nome, e também não gostava de que a fizessem se sentir uma tola covarde. Assim era demais.

— Perdoe-me, Srta. Beresford — ele disse, tendo o bom senso de parecer arrependido.

Era uma pena que Lucy não estivesse com disposição de perdoar.

— Quantas vezes você planeja me pedir perdão, Collins? Eu acredito que mais de uma vez por dia é demais. — Lucy segurou as saias e se afastou, deixando-o sozinho para exercitar os cavalos.

11

COLLINS JOGOU UMA SELA empoeirada no dorso de Athena e apertou a correia com movimentos rápidos. Tudo isso vinha com facilidade para ele — escovar, selar e montar um cavalo. Ele percebeu que sabia muita coisa sobre esses animais, sua reprodução e o que constituía uma boa linhagem. Estes cavalos, por exemplo, eram bons para puxar uma carroça ou uma charrete, mas não eram a melhor opção de montaria. Collins franziu o cenho. Talvez ele tivesse sido um cocheiro insolente em sua vida anterior. Isso fazia mais sentido do que qualquer outra coisa desde o acidente, mas, ao mesmo tempo, não fazia. Seu linguajar educado, sua autoridade natural, o fato de saber mais a respeito de árabes e puros-sangues do que desses cavalos de tração indicavam que ele não podia ter sido um empregado.

Cada vez mais, a questão sobre sua verdadeira identidade o incomodava, principalmente com relação à Srta. Beresford. Ele tinha agido como um perfeito patife, tentando usar toda sua capacidade de persuasão para convencê-la a montar num animal que a amedrontava, conforme ela tinha deixado claro. E então a chamou de Lucy.

Collins não pretendia chamá-la pelo primeiro nome. Ele não o fez para provocá-la ou testá-la. O nome escapuliu por conta própria, do modo que se diz o nome de um velho amigo. Mas a Srta. Beresford não era uma velha amiga. Aqueles olhos expressivos dela refletiram mágoa diante de seu lapso, e Collins se lamentava por tê-la causado.

Ele se içou rapidamente ao dorso de Athena e estalou a língua, fazendo a égua andar. Ela reagiu devagar, da maneira que uma carruagem velha e enferrujada reagiria após passar anos e anos sem uso.

— Vamos lá, garota. Tenho certeza de que você pode fazer melhor do que isto. — Collins estimulou a barriga dela com os saltos de suas botas, encorajando-a a aumentar o ritmo. Ela reagiu pouco, balançando Collins com o que não chegava a ser um trote. Minha nossa. Quanto tempo fazia que essa égua havia feito mais do que trotar? Após mais estímulos, o animal enfim começou um galope leve, mas não demorou para que a respiração de Athena ficasse difícil e seu pelo começasse a brilhar com o suor.

O frio úmido do ar passava pela camisa fina de Collins, mas ele não ligou. Sentia-se livre de um modo que não experimentava desde que acordara sem memória. Ele se deliciava com a sensação. Mesmo na enferrujada Athena, o vento agitava seu cabelo e recarregava sua alma. Como a Srta. Beresford conseguia viver sem aquela sensação? Ela fazia ideia da liberdade que a aguardava caso superasse seus medos?

Collins inclinou-se sobre Athena quando cruzaram o riacho e, no alto de uma pequena elevação do outro lado, finalmente fez o animal parar, permitindo-lhe recuperar o fôlego. Aquele ponto de vista elevado permitiu-lhe ver o solar. Tangle-alguma-coisa, foi como a Srta. Beresford o chamou. Havia um halo de familiaridade envolvendo as paredes de pedra e a vegetação ao redor, mas, não importava o quanto ele se esforçasse para localizar onde tinha visto essa construção antes, a lembrança lhe escapava.

E se o médico estivesse errado e a memória de Collins não voltasse? Ele permaneceria ali indefinidamente, esforçando-se para aprender qual era o seu lugar, ou Lucy — quer dizer, a Srta. Beresford — enfim perderia a paciência com ele e o mandaria embora?

Quanto mais Collins pensava em sua situação, mais perguntas surgiam, até o ponto em que ele começou a pensar que deveria fazer uma visita ao médico. Talvez, se encontrasse um motivo para se aventurar na cidade, alguém pudesse reconhecê-lo, ou, pelo menos, jogar alguma luz em sua situação. No mínimo, ele poderia encontrar o médico e, com um pouco de sorte, ter algumas respostas para suas muitas perguntas.

Nos dois dias seguintes, Collins tentou várias estratégias para ir até a cidade.

— Você precisa de víveres? Eu iria com prazer de charrete até a cidade para fazer compras para a senhorita — ele disse, certa manhã.

— É gentileza sua se oferecer, Collins — respondeu a Srta. Beresford —, mas antes de partir minha mãe quis garantir que nós tivéssemos o suficiente para nossas necessidades, e assim não precisássemos fazer essa viagem enquanto ela estivesse fora.

— Mas e leite fresco e queijo? — ele perguntou.

— Georgina vai buscar numa fazenda próxima quando precisamos.

— Você não gostaria de fazer nenhuma visita social? Agora que tem um cocheiro, eu teria o maior prazer de levá-la aonde quiser.

— Obrigada, Collins, mas vou esperar minha mãe voltar para visitar nossas amigas. Ela gosta de uma visita tanto quanto eu, e ficaria triste se eu fosse sem ela.

Quando não lhe ocorreram mais desculpas, Collins enfim perguntou quando ele teria uma tarde livre, sem tarefas, conformando-se em ir caminhando até a cidade nesse dia. Se a Srta. Beresford podia fazer essa viagem a pé, ele também poderia.

— Domingo — respondeu a Srta. Beresford. — Você vai ter toda a tarde de domingo para si.

Mas ainda faltavam três dias para domingo.

12

NA MANHÃ DE SEXTA, as nuvens se abriram, revelando todo o esplendor do sol. Lucy considerou arrebatadora a cena que se formou. Ela inclinou o rosto para receber o calor do sol e se aproximou da janela, deixando que a sensação irradiasse para todo o seu corpo. *Bendito sol,* ela pensou enquanto se lavava e colocava um de seus vestidos de dia mais velhos. Rapidamente, prendeu o cabelo e saiu do quarto, quase derrubando a pobre Georgina, que vinha com uma travessa de café da manhã.

— Obrigada, Georgy — disse Lucy, pegando uma torrada e a comendo enquanto descia apressada a escada. — Não está um lindo dia?

— Está, senhorita — concordou Georgina, seguindo-a logo atrás. — Você levantou mais cedo do que costuma.

— Como eu posso dormir com essa luz maravilhosa passando pelas janelas? — Lucy comentou ao entrar na cozinha. — Bom dia, Collins.

— Está mesmo — ele concordou, comendo uma refeição leve de biscoitos e um ovo poché. — Um dia muito bom. O que você quer que eu faça num dia desses? — ele perguntou.

Sorridente, Lucy se inclinou na direção da janela da cozinha. A natureza a chamava do modo mais encantador e atraente. Ela se virou para Collins e Georgina.

— Eu acho que nós deveríamos passar algum tempo nos jardins.

Georgina arrumava as coisas na cozinha. Collins arqueou uma sobrancelha.

— Nós? — ele perguntou.

— Sim, nós — disse Lucy, virando-se de novo para a janela. — Podemos podar e aparar as plantas, e tirar as ervas daninhas do canteiro de rosas. Quem sabe até possamos ir ao bosque pegar lenha.

Collins pigarreou e lançou um olhar confuso para Georgina antes de voltar sua atenção para Lucy.

— Georgina já está com a programação bem cheia. Você não pretende...

— Claro que não — disse Lucy, um pouco irritada pela sugestão dele. Ela não gostou da suposição de que iria sobrecarregar ainda mais Georgy, e tampouco apreciou o fato de ele sempre usar o primeiro nome completo de Georgina, bem como usar o seu nome próprio. Cada vez com mais frequência, Collins dizia "Lu... quero dizer, Srta. Beresford". Por algum motivo, isso atiçava os nervos de Lucy da mesma maneira que alguém atiça o fogo para aumentá-lo. Ele não tinha dificuldade em demonstrar respeito por Georgina, mas com Lucy parecia forçado, como se só tentasse manter a aparência de respeito, sem senti-lo de verdade. — Quando eu disse "nós", estava me referindo a você, Collins, e eu — Lucy continuou. — Georgy já tem muito o que fazer hoje, e, como sua mãe está doente, ela me pediu para folgar à noite, para poder cuidar da família.

Georgy deu um sorriso de agradecimento a Lucy.

— Muito obrigada, senhorita. Mamãe também vai ficar muito grata.

— Isso não é nada, Georgy. A saúde da sua mãe e sua família vêm em primeiro lugar.

— Onde é a casa da sua família, Georgina? — perguntou o conde.

— Do outro lado da cidade — respondeu Georgy.

— Se a Srta. Beresford permitir, seria um prazer, para mim, levar você na charrete quando for a hora — ele ofereceu.

— Obrigada, Collins, mas a Sra. Crandall vai para aqueles lados e já me ofereceu uma carona.

— Certo.

O conde pareceu ficar triste com a informação? O sorriso de Lucy murchou um pouco. Será que o rapaz estava desenvolvendo afeto pela criada? Claro que não. Isso não daria certo. Ele era um conde e ela, uma empregada, e... não, não era isso. A verdade não tinha nada a ver com classes sociais, mas sim com uma emoção que Lucy não gostou nem um pouco de sentir: ciúme. Era uma tolice imensa que ela sentisse algo assim. Ela nem sabia se gostava dele, e, se gostasse, que chance tinha de conquistar-lhe o afeto? Algum dia ele descobriria a verdade sobre o logro dela e provavelmente nunca mais iria querer falar com tipos como Lucy

Beresford. Ela precisava se lembrar disso e sufocar a sensação de perda que vinha sempre que lembrava.

— Não precisa ficar preocupado — Georgina disse a Lorde Drayson. — Você não vai trabalhar sozinho. A Srta. Beresford gosta mesmo é de arregaçar as mangas e cavar a terra. Não existe coisa nenhuma que não deixe ela cuidar das rosas dela. Pode acreditar, eu já tentei. — O sorriso franco no rosto de Georgina revigorou o de Lucy.

— É verdade — Lucy concordou. — Eu amo minhas rosas.

— E o resto da cidade também — Georgina acrescentou. — Elas saem como pão quente no verão.

Lucy desejou que Georgina não tivesse sido tão franca quanto ao destino das rosas, ainda mais quando viu Lorde Drayson franzir o cenho, confuso.

— Saem? — ele perguntou.

Georgina foi rápida para tentar emendar sua indiscrição.

— O que eu quis dizer foi... — e a voz dela sumiu, provavelmente porque nenhuma outra explicação lhe ocorreu. Era óbvio que Georgina não era tão boa para inventar histórias quanto Lucy, que suspirou e veio em seu socorro.

— Ela quis dizer que eu vendo flores no verão. Ou melhor, Georgy vende as flores no meu lugar. — Ela ergueu o queixo, desafiando o conde a criticá-la por estar envolvida com comércio.

Mas ele a surpreendeu.

— É uma atividade muito rentável?

— Não *muito* rentável — Lucy respondeu, hesitante, porque passava longe disso. — Apenas... rentável. — O bastante para, com sorte, permitir--lhe gastar num vestido novo para a mãe e em sapatos novos para Georgina e ela própria. Fazia muito tempo que elas não gastavam com nada.

Lorde Drayson anuiu com um movimento lento de cabeça, parecendo refletir a respeito. Qualquer conclusão a que ele tivesse chegado permaneceu um mistério para Lucy, porque ele não disse mais nada. Collins apenas terminou sua cerveja e se levantou.

— Onde eu encontro a tesoura de jardinagem e uma pá?

— Nosso equipamento de jardinagem está guardado numa cabana nos fundos da casa — Lucy disse. — Se quiser me acompanhar, eu o levo até lá.

— E o seu café? — perguntou o conde.

— Eu já comi uma torrada — disse Lucy, amarrando seu chapéu de palha. — O dia está magnífico demais para se ficar dentro de casa mais um minuto sequer.

Os lábios do conde se curvaram num leve sorriso quando ele segurou a porta aberta para ela. Lucy passou por ele com um "Obrigada, Collins", e ele a seguiu até a cabana.

Não demorou para que Lucy providenciasse luvas de jardinagem para os dois e começasse a passar ferramentas para Lorde Drayson. Eles precisariam de uma foice, uma enxada, um...

— O que é isto? — Collins perguntou quando ela lhe passou uma ferramenta com o cabo comprido e a ponta bifurcada.

— Um arrancador de inço — ela disse. — É usado para tirar ervas daninhas e flores silvestres.

— E eu pensava que você, mais do que ninguém, iria querer manter todas as flores, não importa onde nasçam.

— Não quando elas têm a tendência de ocupar todo o gramado. Por mais que eu ame flores silvestres na natureza, em se tratando de jardins mais formais, as flores devem crescer apenas onde *devem* crescer.

— Entendo — Lorde Drayson disse com mais um sorriso. — É óbvio que não fui jardineiro na minha vida antes do acidente. Você quer que eu carregue mais alguma coisa? Como está vendo, minha cabeça ainda está desocupada, e também minhas botas. Acredito que eu possa equilibrar alguma coisa sobre elas. Um balde, talvez?

Lucy parou de pegar coisas na cabana e olhou para Collins, cujos braços seguravam uma pilha precária de ferramentas. Era de admirar que ele ainda não tivesse derrubado nenhuma.

— Oh, céus — ela exclamou, imaginando o que poderia pegar sem derrubar o resto. — Eu o sobrecarreguei mesmo, não foi?

— Fico feliz que concordemos nisso. Você pode me fazer a gentileza de dizer onde devo descarregar meu fardo?

Ela foi pegar o arrancador de inço, pensou melhor e apontou para o canteiro de rosas mais próximo.

— Se você conseguir largar as ferramentas perto das rosas, vou ficar impressionada.

O conde teve de esticar o pescoço para enxergar além da pilha de madeira e metal em seus braços, mas conseguiu chegar até o local indicado por Lucy sem qualquer incidente. Imediatamente, largou sua carga, deixando que as ferramentas caíssem no chão, onde formaram uma pilha desorganizada.

— Quando eu disse "largar", não quis dizer literalmente "largar". — Lucy deu uma risadinha, esperando que nada tivesse se quebrado com a queda.

— Quem sabe da próxima vez você pode ser mais precisa — disse Lorde Drayson, batendo as mãos enluvadas uma na outra para livrá-las da poeira. — E agora?

Lucy pegou a tesoura e foi até onde o conde estava. Ela se abaixou junto à pilha de ferramentas e pegou a foice, sacudindo-a para soltá-la do resto.

— Por que você não começa aparando a grama enquanto eu cuido das rosas?

Ele pegou a foice e a estudou por um momento.

— Com toda a certeza não sou jardineiro, porque não tenho a menor ideia do que fazer com esta coisa. Eu devo passá-la junto ao solo, assim? — ele disse, com movimentos um pouco estranhos, não muito corretos.

Lucy estendeu a mão, pedindo a ferramenta, e demonstrou como segurá-la e passá-la rente ao chão num movimento de um lado para o outro.

— Você passa a foice nas duas direções — ela explicou. — Um lado corta a grama, o outro a levanta, tornando mais fácil o corte na próxima passada.

— Não me diga que você já manuseou isto — disse o conde, sem se incomodar em demonstrar sua surpresa e, talvez, sua desaprovação. — O solar deve empregar jardineiros. Estes deveriam cuidar também do seu jardim.

Lucy observou o conde, imaginando o quanto ele sabia de Tanglewood antes do acidente. Ele sabia que o solar tinha uma criadagem mínima? Ele não conseguia ver que o terreno ao redor da casa da viúva estava em estado muito melhor que o terreno ao redor do solar?

— O proprietário emprega apenas um jardineiro — ela disse, com cuidado. — O nome dele é Jeb, um homem muito solícito, mas um homem sozinho não consegue dar conta de toda a propriedade. Ele faz o que pode pelo solar e nos ajuda de vez em quando, mas costumamos fazer o trabalho nós mesmas. Então, respondendo à sua pergunta, sim, eu já manuseei uma foice antes.

— Por que diabos o proprietário emprega apenas um jardineiro?

Lucy fez um esforço e tanto para não rir. Se ele soubesse que tinha acabado de criticar a si mesmo...

— Não tenho a menor ideia, Collins. Talvez ele esteja maluco. — Ela não conseguiu deixar de rir da própria piada.

— Então ele deveria vender a propriedade para alguém que possa cuidar direito dela.

O sorriso de Lucy diminuiu no mesmo instante, pois ela não gostou nem um pouco dessa resposta.

— Se ele vendesse — Lucy explicou, escolhendo suas palavras com cuidado —, minha mãe e eu ficaríamos sem ter onde morar. Acredito que você não nos deseja isso.

Ele continuou a observar a campina extensa onde ficava o solar.

— Não, não desejo. Mas tenho que acreditar que a criadagem da casa seja igualmente reduzida, o que significa que algo precisa ser feito logo, ou a única parte valiosa desta propriedade vai acabar sendo a casa da viúva.

A conversa não estava ajudando Lucy em nada para se manter alegre. Em seu plano para conquistar a simpatia do conde, ela preferia não pensar no outro lado do problema. O que aconteceria com Tanglewood se as coisas continuassem como estavam? Ela perderia mesmo valor? Iria se tornar um peso nas finanças da família? Antes de o conde chegar, nunca tinha ocorrido a Lucy pensar na propriedade de um ponto de vista comercial, mas, agora que o assunto tinha sido colocado por Collins, o criado imparcial, ela não podia evitar ponderá-lo. Toda aquela encenação baseava-se em sua esperança de convencê-lo, de algum modo, a não vender a propriedade pelo bem dela e da mãe. Mas e se houvesse mais em jogo do que ela podia imaginar? O pensamento desanimador pesou nela do mesmo modo que uma flor grande pesa em seu caule.

Lucy olhou para o conde e o pegou observando-a com uma expressão curiosa. Ela pigarreou e apontou para o gramado.

— Você pode começar aparando a grama ali, perto da parte silvestre. Se deixarmos assim por mais tempo, toda esta área vai voltar a ser parte da floresta.

O conde levantou a foice e a apoiou no ombro.

— Muito bem. Mas só se você mudar a descrição do meu emprego para mordomo, criado, cocheiro *e* jardineiro.

— Jardineiro *temporário* — ela propôs.

— Eu gosto mais assim — ele respondeu com um sorriso, antes de seguir para a área do gramado que ela tinha indicado. Lucy o observou ir até lá, sem conseguir deixar de admirar seus ombros largos, a cintura afilada e as pernas fortes. Ele precisou de algumas tentativas para compreender a mecânica da foice, mas, depois que compreendeu, seus movimentos tornaram-se rápidos e eficientes, os músculos ondulando sob o tecido da camisa. Lucy não pôde deixar de imaginar como ele tinha adquirido aquela forma física. Será que ele gostava de boxear com os amigos? Será que gostava de caçar? Ou será que, como ela, o conde não tinha medo do trabalho braçal?

Às vezes Lucy desejava que a memória dele voltasse, para que ela pudesse lhe fazer esse tipo de pergunta e aprender mais sobre os vários aspectos dele. O problema era que, quando sua memória voltasse, em vez de responder às perguntas dela, ele provavelmente a mandaria para o inferno.

13

COLLINS PAROU DE CEIFAR por um momento para descansar os braços e ombros doloridos. Então olhou para Lucy, que continuava trabalhando duro, aparando as plantas e arrancando as ervas daninhas do solo próximo às roseiras ainda dormentes. Em seu estado atual elas pareciam selvagens, embaraçadas e deformadas, e ainda assim Lucy cuidava delas com leveza, aparando um caule aqui, virando a terra ali, cantarolando o tempo todo. Ela sempre cantarolava, e ele começava a gostar bastante desse som.

Um tom rosado aqueceu as faces dela, e, mesmo usando um velho vestido de musselina, com o cabelo se soltando dos grampos debaixo daquele chapéu sem graça, ela estava encantadora. Seus movimentos eram elegantes, seu sorriso, arrebatador, e as linhas do seu corpo, lindas. Enquanto ela se abaixava e esticava, agachava e cortava, Collins reparava em cada curva. Ele se sentiu inexplicavelmente atraído por ela. Lucy tinha a capacidade de fazê-lo se sentir renovado e revigorado, como se ele tivesse acabado de voltar de uma cavalgada veloz pelo campo num animal criado para a velocidade.

Collins franziu o cenho ao pensar nisso, imaginando de onde teria vindo aquela comparação. Embora não se lembrasse de ter cavalgado assim — com certeza Athena não era feita para a velocidade —, ele sabia que já o tinha feito, assim como sabia que o hipismo era seu esporte favorito e que gostava de caçar vez ou outra. Ainda assim, ele não conseguia localizar um ambiente, um cavalo ou mesmo um rosto. Suas lembranças pareciam presas no fundo de sua cabeça, incapazes de se soltar.

A cada dia que passava, o descontentamento de Collins aumentava. Ele queria saber quem de fato era, de onde viera e o que o tinha feito ir a Askern. O que o havia levado àquilo — a Lucy, a trabalhar, a ceifar?

Inspirando fundo, engolindo sua frustração, ele fechou os dedos ao redor do cabo da foice e recomeçou a aparar as folhas de grama, cortando-as a cada passada da lâmina. Talvez, se forçasse seus músculos à exaustão, isso pudesse libertar suas lembranças.

— Preciso dizer que você é mais rápido que o jardineiro — Lucy disse atrás dele, tirando-o de seus pensamentos. Ele olhou por sobre o ombro e a encontrou perto, admirando seu tronco. — Não consigo evitar pensar no que o tornou assim tão... — O resto das palavras lhe faltou, e as bochechas dela adquiriram um tom forte de rosa.

Collins baixou a foice e completou a frase dela.

— Tão forte? — ele perguntou com um sorriso. — Tão masculino? Diabolicamente belo?

Os fios soltos do cabelo castanho dançaram à frente do rosto dela. Collins sentiu os dedos coçando com a vontade de afastar esses fios e sentir a maciez de sua face, mas ela mesma afastou as mechas e colocou o rosto na brisa, para mantê-las para trás.

— Eu me pergunto tantas coisas a seu respeito — ela disse, sem olhar para ele.

Collins baixou a lâmina da foice até o chão e apoiou as palmas das mãos no alto do cabo.

— Eu acredito que tenha sido um boxeador em algum momento. Isso explicaria meu nariz torto, bem como algumas cicatrizes que descobri em outras partes do meu corpo.

Ela franziu a testa e se voltou para ele.

— São cicatrizes feias?

— Pequenas. Um corte aqui, um arranhão ali. Aparentemente eu fui um boxeador muito bom.

— E humilde, também, pelo que vejo.

— Sem dúvida.

Os lábios dela se retorceram e Lucy rapidamente deu as costas para ele, olhando para a casa e a propriedade ao redor. Depois de um momento, ela apontou para uma área circular perto do canto mais distante da casa, que no momento estava infestada de ervas daninhas.

— Está vendo aquele pedacinho de jardim ali adiante?

— Está falando do canteiro de ervas daninhas?

— Isso mesmo. Tentei inúmeras vezes plantar rosas ali, mas as roseiras não pegam. Não tenho ideia do motivo. Você consegue imaginar por quê?

— Receio que não — ele disse. — Se existe uma coisa da qual eu tenho certeza, é que não sou jardineiro. Você quer tornar seu negócio mais rentável cultivando mais flores, é isso? — Ela já tinha tantos canteiros cheios de roseiras. Precisava mesmo de mais um?

— Sim e não — ela respondeu. — Não há necessidade de mais rosas, mas eu detesto deixar infértil um lugar tão bom. Nem mesmo Jeb, o jardineiro, consegue entender por que as roseiras se recusam a crescer ali.

Collins apoiou a foice em uma árvore próxima e caminhou até o local para ver melhor. Lucy foi atrás dele, as mãos unidas às costas, aparentemente esperando uma conclusão à qual ele deveria chegar.

— As ervas daninhas parecem se dar bem aqui — ele disse o óbvio. — E se você deixá-las? Poderia usá-las como preenchimento dos seus buquês.

— Você está me provocando, espero — Lucy afirmou. — Mas tem razão, essas plantas horríveis não têm nenhum problema para crescer aqui. Então por que minhas rosas não conseguem?

— Talvez você devesse cantarolar enquanto as planta — Collins sugeriu, gostando do modo como os lábios dela se torceram num esforço para não sorrir. Mas ela não conseguiu evitar que os olhos sorrissem. Eles cintilaram e reluziram de alegria.

— Na verdade eu cantarolei para elas — disse Lucy. — Não foi de propósito, mas eu sempre me pego cantarolando enquanto trabalho, então é óbvio que essa não é a resposta.

— Você já tentou cantar de verdade? — Collins perguntou, desejando que ela o fizesse.

— Céus, não — Lucy riu. — Isso faria mais mal do que bem, receio, pois não tenho nada de cantora.

— Não acredito em você.

— Três anos atrás eu acompanhei meus pais a uma reunião. Sempre me considerei uma cantora bem decente, então, quando me pediram para cantar, aceitei de pronto e despejei meu coração na música. Os aplausos, ao final, foram no máximo mornos, e só meus pais sorriram para mim. Todas as outras pessoas pareciam muito constrangidas. Uma mulher até me deu um tapinha no braço e disse: "Com certeza você tem muitos outros talentos, minha querida". Nunca mais me pediram para cantar, então passei a cantarolar. Mas só no meu jardim e na minha casa.

Ela olhou para o canteiro de ervas daninhas e apertou os lábios, pensativa.

— Talvez seja por isso que as rosas nunca pegaram aqui. O som triste do meu cantarolar deve ter murchado as raízes novas delas.

Collins riu.

— Se é esse o caso, acho que você deveria cantar para estas ervas daninhas. Seria muito mais fácil matá-las assim do que arrancando cada uma do solo. O que você acha?

— Acho que essa é outra história que eu não deveria ter lhe contado — ela disse, fazendo-o rir de novo. — Sério, Collins, se você não quer ajudar, deveria voltar para sua foice.

Ele abafou a risada no mesmo instante e se esforçou para manter o rosto sério.

— Se essas são minhas únicas opções, então vou me esforçar para ajudar. — Ele observou as ervas daninhas de novo e cutucou algumas com o bico da bota. — Você já pensou em plantar outra coisa que não rosas aqui?

A expressão dela mostrou curiosidade.

— Por exemplo...?

Collins deu de ombros.

— Outro tipo de flor, talvez? Ou, melhor ainda, um... — Ele olhou ao redor. — Você tem uma horta por aqui?

Ela negou com a cabeça.

— Georgy cultiva amoras do outro lado da casa, mas é o único alimento que temos por aqui. Eu não sei nada de cultivar vegetais.

— Por que não tenta isso? — Collins sugeriu. — Você poderia plantar repolho, batata e nabo, ou alguma coisa que Georgina goste de cozinhar. E, se produzir mais do que precisa, pode vender o excedente na cidade, junto com suas flores.

— Ou usar em alguma troca — Lucy disse. Ela tamborilou o dedo enluvado no queixo enquanto fitava o canteiro. — Você acha que vegetais comestíveis podem crescer onde rosas não pegam?

— Só existe um modo de descobrirmos — ele disse, examinando o pequeno pedaço de terra. — Como a área não é grande, proponho cortarmos parte da grama para termos um retângulo maior. Vamos precisar de um arado, claro.

— Um arado? — Lucy repetiu, mordendo o lábio inferior. — Nós não temos um arado.

— Uma das fazendas vizinhas poderia emprestar — ele sugeriu.

— Mas... eu nunca usei um arado antes — Lucy disse. — E arrisco dizer que você também não, considerando que não tinha ideia de como usar a foice.

— Tenho certeza de que podemos descobrir como usá-lo — Collins afirmou. — O que me diz?

— E se cortarmos a grama, ararmos a terra, investirmos em sementes e ainda assim nada crescer aqui?

— Garanto que as ervas daninhas, pelo menos, vão ficar bem instaladas — provocou Collins. — Ora, vamos, Lu... Srta. Beresford. Eu pensava que você, de todas as pessoas, seria mais otimista.

— Eu acredito no otimismo, mas... — ela suspirou, então o encarou com uma expressão que ele não conseguiu decifrar. Preocupação, talvez? Ansiedade? — E se eu e minha mãe precisarmos ir embora de Tanglewood antes da colheita?

Collins piscou, imaginando de onde aquela preocupação vinha.

— Por que vocês precisariam ir embora?

Lucy pigarreou e desviou o olhar.

— Já que você quer saber, Tanglewood mudou de dono recentemente e... bem, não existem garantias na vida, existem?

— Não — Collins concordou, sentindo-se um pouco triste ao pensar em Lucy indo embora. Ele esperava que o novo dono cuidasse melhor da propriedade. Mas será que cuidaria das rosas tão bem quanto Lucy? A casa da viúva continuaria calorosa e cheia de alegria como agora? Ou ficaria dormente e esquecida, como estava o solar?

Collins tentou afastar a sensação deprimente lembrando-se de que não era da conta dele o que aconteceria com a casa e seus ocupantes atuais.

— Imagine que você vá embora — disse Collins. — Tudo que terá perdido será um pouco de trabalho e alguns pacotes de sementes, certo?

Ela anuiu devagar, a testa franzida em pensamentos. Depois de um instante, uma fagulha de determinação cintilou nos olhos de Lucy, que ergueu o queixo.

— Tem razão, Collins. Eu tenho muito pouco a perder. Vamos plantar uma horta.

— Essa é a minha garota — Collins disse sem pensar. — Rapidamente, ele pigarreou e emendou: — O que eu quis dizer é que...

— Que não devemos perder mais tempo — Lucy terminou para ele. — Vamos atrelar a charrete a cavalo, comprar sementes na cidade e parar na fazenda dos Cooper, no caminho. Tenho certeza de que o Sr. Cooper vai nos emprestar o arado por um dia. — Lucy parou e repensou o plano. — Quando eu disse “vamos atrelar o cavalo” eu quis dizer você.

— Considerando que sou o cocheiro, eu tinha entendido — ele disse, animado por finalmente ter um motivo para ir à cidade. — Mas eu sinto a necessidade de observar que, se você pretende trazer o arado para casa conosco, vamos precisar de algo maior que uma charrete.

Ela franziu a testa e apertou os lábios, pensando. Depois de um instante, ficou animada e indicou o solar com a cabeça.

— Pode ser que encontremos uma carroça em um dos galpões.

— Não vão estar trancados? O novo proprietário ainda não se mudou para cá?

— Acho que ele nunca vai se mudar — Lucy disse, tirando um grampo do cabelo. — Mas isso não importa.

Collins observava-a, confuso.

— Eu quase tenho medo de perguntar o que está se passando nessa sua linda cabecinha.

Ela corou ligeiramente, mas sorriu, mostrando o grampo para ele.

— Lembra de Ben, meu amigo de infância? O que me convenceu a enterrar meu sapo com a cobra?

— Sim — ele pronunciou a palavra bem devagar.

— Ele também me ensinou a abrir fechaduras com um grampo de cabelo.

Collins arregalou os olhos para ela. Minha nossa, a mulher estava falando sério. Ela sabia forçar uma fechadura, ou pelo menos acreditava que podia, e estava pensando em arrombar o galpão.

— Essa é uma habilidade bastante incomum para uma filha de vigário — Collins disse.

Contentamento tomou a expressão dela, e Lucy passou o braço pelo dele, puxando-o na direção do solar.

— Não se preocupe, Collins. Nós só vamos pegar a carroça emprestada; não vamos roubá-la.

— Por que isso não me tranquiliza?

Ela deu um tapinha no braço dele.

— Tranquilize-se com isto, então: se você está nervoso para emprestar uma carroça de um proprietário ausente, é muito improvável que você fosse um ladrão em sua vida anterior.

— Parece que só na minha nova vida — ele murmurou, fazendo-a parar. — Antes que você me arraste pelo mato alto da campina, posso fazer uma pergunta?

— Claro.

— Como você propõe que retiremos a carroça do galpão sem a ajuda de um ou dois cavalos?

Ela mordeu o lábio inferior e olhou para o estábulo.

— Droga, você tem razão. Vamos precisar de Zeus e Athena, não é?

— A menos que você esteja planejando acrescentar "cavalo" à descrição das minhas funções e queira *me* atrelar à carroça, então, sim.

Os lábios dela se torceram antes de se apertarem numa linha reta e ela aquiescer.

— Você pode ir buscar os cavalos enquanto eu arrombo a fechadura?

Ela tinha tanto medo de cavalos que nem queria conduzir um pela campina? Como uma mulher tão aventurosa quanto ela não queria aprender a cavalgar era algo que o intrigava. De algum modo, algum dia, Collins jurou, ele daria um jeito de colocar a Srta. Lucy Beresford no dorso de um cavalo, e iria lhe mostrar como era magnífica a sensação de cavalgar com o vento.

Collins soltou o braço dela e gesticulou para o galpão.

— Muito bem, Srta. Beresford, vá em frente e arrombe sua fechadura. Mas devo avisá-la de que, se formos pegos, eu sei bancar surdo, mudo e incrivelmente estúpido. O magistrado não vai ter escolha a não ser prendê-la.

— Ah — ela disse. — Então você é um ator. Diga-me, o nome Drury Lane lhe parece familiar? Que tal Haymarket ou Covent Garden? Você canta, por acaso? Ópera? Acho que você deveria tentar algumas notas, para que possamos ver.

A garota era incorrigível e, embora ele detestasse admitir, irresistível. Ele não pôde evitar entrar na brincadeira.

— Não sou ator nem cantor de ópera, mas, aparentemente, eu sei interpretar muito bem o herói.

— A que atos heroicos você está se referindo? — ela perguntou, enquanto seu cabelo batia no rosto.

— Ajudar uma donzela em perigo, é óbvio.

— Que donzela?

— Você, é óbvio.

Ela estreitou os olhos.

— Não sou uma donzela em perigo.

— Tem certeza disso? — ele perguntou, desafiando-a com o olhar. — Porque eu acredito que você acabou de me pedir para salvá-la de ter que levar um cavalo pela campina até aquele edifício.

14

Os dedos de Lucy agarravam com força a guia do cavalo, como se isso pudesse, de algum modo, evitar que o animal se aproximasse. Ela logo percebeu que não tinha nada a temer. Athena não pretendia perseguir Lucy nem pisoteá-la, porque Athena, como ficou claro, não pretendia fazer nada. A égua apenas cheirava o solo e, de vez em quando, abanava a cauda.

Hesitante, Lucy puxava a corda. Como a égua não reagiu, ela puxou com mais força. Ainda assim, sem reação.

— O que há de errado com ela? — Lucy perguntou ao conde, aborrecida com a facilidade com que ele montou Zeus sem selá-lo e agora conduzia o cavalo.

— Você só precisa mostrar para Athena quem é que manda — ele disse. — Acho que você veria que isso é mais fácil se montasse no animal. Eu posso selá-la, se você quiser.

— Não, eu não quero. — Lucy franziu o cenho para a égua, imaginando como alguém pode mostrar para um animal quem está no comando e quem não está. Ela pigarreou. — Athena, nós vamos roubar, digo, *emprestar* uma carroça naquele galpão do outro lado da campina, e receio que eu precise da sua ajuda.

Athena levantou a cabeça por um momento, mas baixou-a em seguida e continuou cheirando a grama.

— Parece que esta égua não está mais disposta do que você a arrombar o galpão.

— Acho que eu me precipitei em sugerir uma hora. — Ele riu.

— Acho que sim — Lucy concordou. — Mas agora é tarde para retirar a sugestão. Ela já se instalou na minha cabeça e não irá sair. Nós vamos arar aquele pedaço de solo, vamos plantar sementes e vamos ver os vegetais crescerem. — Embora a ideia de uma horta empolgasse Lucy, seu desejo de prosseguir com o plano não era necessariamente alimentado por seu desejo de ver os vegetais crescerem. Na verdade, a horta lhe dava algo em que pensar que não pesava na sua consciência.

— Nós podemos começar devagar, sabe? — disse Lorde Drayson. — Podemos arrancar as ervas daninhas da área existente e plantar só algumas coisas. Se tudo der certo, quem sabe no próximo ano... — As palavras dele sumiram rapidamente, porque os dois sabiam que o próximo ano seria bem diferente deste.

— Não — Lucy disse com firmeza. — Se vamos fazer isso, vamos fazer direito. Vamos levar estes animais teimosos até o galpão, atrelá-los à carroça e pegar aquele arado.

— Você esqueceu da parte em que arromba a fechadura — ele disse.

— Se continuar a ser impertinente — Lucy ralhou —, vou mandá-lo buscar o arado sem carroça nem cavalo, e você vai ter que trazer a coisa no lombo.

— Essa pode acabar sendo a opção mais rápida — ele provocou, torcendo os lábios ao assistir à luta de Lucy com Athena para obrigar a égua a se mexer.

— Oh, fique quieto — Lucy disse, irritada.

Lorde Drayson riu e Lucy olhou feio para ele. O homem conseguia irritá-la de um modo que ninguém mais era capaz. Ele parecia se deliciar em provocá-la, e por que continuava caindo nas provocações dele, Lucy não sabia explicar.

— Fique aí. — Ele levou Zeus até ela e riu quando Lucy largou a corda e se afastou.

— Ele não vai comer você. — O conde usou aquela voz de comando que com frequência a irritava tanto quanto suas provocações.

— Eu sei — Lucy disse, sem convicção. Ela observava a bocarra do cavalo, e pensou que, se o animal quisesse, poderia facilmente arrancar um pedaço do seu ombro. Quanto mais o cavalo se aproximava, mais o corpo de Lucy tremia. Deus, o que havia de errado com ela?

Collins puxou a cabeça de Zeus para a esquerda, virando o animal até que a perna do conde raspou em Lucy. O corpo dela tremeu de novo, mas não de medo.

Lorde Drayson abaixou-se e estendeu a mão.

— Monte comigo — ele disse, a voz gentil. — Eu lhe dou minha palavra de que nada de ruim vai acontecer com você.

— Mas...

— Lucy. — Dessa vez, ele usar o primeiro nome dela não a irritou. O modo como ele falou, num tom suave, abafado, fez com que parecesse mais uma expressão de afeto, amaciando o coração dela e ao mesmo tempo o incendiando.

— Confie em mim — ele disse, mantendo a mão estendida.

Lucy percebeu que de fato confiava nele, naquele homem que tinha passado de senhorio odiado a amigo em uma questão de dias. Ela confiava o suficiente para colocar sua mão na dele e permitir que a puxasse para cima do cavalo sentando-a, à frente dele, como se Lucy não pesasse mais que um gatinho. As pernas dela ficaram penduradas de um lado, e o cavalo pareceu desconfortável debaixo dela, mas, assim que o conde puxou o corpo de Lucy para junto do seu, ela se sentiu segura. Na verdade, Lucy sentiu-se mais do que segura. Uma sensação deliciosa começou no peito dela e irradiou para o resto do corpo, aquecendo-a de um modo que nem o sol nem uma lareira conseguiriam.

Lorde Drayson manobrou Zeus de modo a ficar perto de Athena para pegar a corda da guia. Depois que a segurou com firmeza, bastou um estalo da língua para colocar os dois animais em movimento lento na direção do galpão.

— Eu lhe disse que ajuda ficar por cima. — A respiração dele roçava o pescoço de Lucy, fazendo comichões descerem por suas costas. Além do pai, Lucy nunca tinha ficado assim tão perto de um homem, não desse modo. Depois da queda do conde, ela e Georgy tiveram de passar os braços ao redor do peito dele para colocá-lo na cama, mas aquilo foi diferente. Lorde Drayson era um inimigo desprezível então. Agora, contudo... bem, Lucy não sabia mais o que pensar.

Ela já não sentia animosidade pelo conde, exceto quando ele a provocava, mas nem isso era verdadeira animosidade. Lucy também não podia negar que ele estava sempre a surpreendê-la. Ela esperava que ele reclamasse de todos os deveres, ou que, pelo menos, os fizesse de má vontade, sem empenho. Mas Lorde Drayson limpou a chaminé da lareira, esfregou o salão amarelo, fez maravilhas no estábulo e no pátio e atacou com energia todas as outras tarefas que ela lhe deu. No momento ele estava até mesmo disposto a ajudá-la a invadir um galpão e arar o solo para plantar uma horta. A horta *dela*.

Nem mesmo o jardineiro teria concordado com esse plano.

A princípio, Lucy tinha pensado que Lorde Drayson era frio e egoísta, o tipo de pessoa de quem ninguém daria falta. Mas agora ela não podia deixar de imaginar se alguém estava preocupado com a ausência dele, e quem essa pessoa, ou essas pessoas, poderiam ser. Sua família, com certeza. Amigos, possivelmente. Haveria uma mulher na vida dele? O corpo inteiro de Lucy ficou rígido com o pensamento. Será que o conde era casado, ou tinha algum tipo de compromisso com alguma mulher?

— Relaxe, Lucy — o conde disse e no instante seguinte soltou uma imprecação. — Maldição, parece que eu não consigo evitar chamá-la assim. Sai com tanta naturalidade. Por que será?

— Não sei, Collins — Lucy respondeu com sinceridade. — Talvez seja porque você não me tem em alta estima.

— Pelo contrário — ele respondeu. — Eu a tenho na mais alta estima, e talvez esse seja o meu problema.

Ele disse isso tão à vontade, como se estivesse refletindo em voz alta e não fosse para ninguém ouvi-lo. Mas Lucy ouviu com clareza aquelas palavras. Elas preencheram sua alma e fizeram seu corpo ficar ainda mais rígido. Elas fizeram seu coração acelerar e sua cabeça girar. Com os braços dele ao redor de sua cintura, o peito sólido em suas costas e a respiração dele em seu pescoço, Lucy sentia suas emoções embaralhadas. Ela precisava descer de Zeus e pôr um fim naquilo. Com ou sem esposa, ele não podia segurá-la daquele modo, nem dizer aquele tipo de coisa para ela, nem fazê-la se sentir tão... confusa. O plano dela não incluía o desenvolvimento de sentimentos entre os dois. Isso só causaria complicações adicionais quando a verdade finalmente viesse à tona.

— Você está ficando tensa de novo — disse o conde junto à sua orelha. — Você precisa aprender a cavalgar *com* o cavalo, não contra ele.

Lucy quis fazer o corpo relaxar, redirecionando seus pensamentos para os movimentos de Zeus em vez de ficar concentrada no homem sentado atrás dela.

— Assim é melhor — ele disse. — Agora, pegue as rédeas.

— Eu? — Lucy exclamou, encolhendo-se junto a ele. — Perdeu o juízo?

Ele riu e ela sentiu as reverberações em sua coluna. Lucy queria derreter junto a Lorde Drayson e saltar do animal ao mesmo tempo. Se pelo menos o chão não estivesse tão longe.

— Este animal é a criatura mais dócil que eu já montei — ele disse. — Você deveria pegar as rédeas e ver por si mesma.

Lucy se sentiu fraca e trêmula, mas não tinha certeza se era o cavalo ou Lorde Drayson que provocava essas sensações. Provavelmente uma combinação dos dois. Ainda assim, ela se viu permitindo ao conde que passasse as rédeas para suas mãos, que manteve sob as dele.

— Pronto — ele disse em voz baixa, mostrando-lhe como conduzir o cavalo para um lado e para outro. — Não é tão ruim, é?

Pelo contrário. A mente de Lucy nunca esteve em maior torvelinho. Tudo naquela situação era errado, errado, errado. Se Lorde Drayson soubesse quem ele era de fato — e quem ela era —, não pensaria em tocá-la dessa forma, não sussurraria em seu ouvido nem a teria em qualquer nível de estima.

Quando chegaram enfim ao galpão, Lorde Drayson deu um pequeno aperto em sua mão.

— Mantenha Zeus firme um instante — ele disse e, antes que Lucy percebesse o que estava acontecendo, desceu do cavalo e ergueu as duas mãos para ajudá-la a desmontar. De repente, em cima do cavalo pareceu-lhe muito mais seguro.

Mas Zeus deu um passo à frente, Lucy entrou em pânico e pulou nos braços do conde. Ele a pegou, rindo, e a segurou apertado contra si por um instante, antes de soltar a cintura dela e segurá-la pelos ombros.

— Então, diga-me — ele começou —, qual é a sensação de sobreviver a uma cavalgada sem sela?

— A sensação é... — Lucy olhou para os impressionantes olhos azuis dele e seus pensamentos perderam qualquer coerência quando sentimentos e emoções trombaram e se misturaram dentro dela. Admiração, medo, confusão, desejo, culpa... estavam todos lá, brigando como um grupo de garotos desordeiros do interior.

— Eu não poderia concordar mais — disse o conde em voz baixa, como se Lucy tivesse concluído sua frase.

Lentamente, ele deslizou o dorso dos dedos pela maçã do rosto dela, provocando sensações que Lucy nunca tinha sentido.

— Você é linda — ele murmurou.

Soltando uma exclamação, ela se afastou do toque dele, recuando um passo.

— E se você for casado? — ela disparou. — Ou tiver um compromisso com alguém? Ou...?

O maxilar dele ficou tenso, e ele deixou a mão cair ao lado do corpo.

— Você me considera o tipo de homem que fugiria da esposa ou da noiva? Você disse que eu apareci à sua porta como um covarde, fugindo de algo no meu passado.

— Isso — Lucy murmurou, pois foi exatamente isso que ela tinha dito a ele, embora não pudesse estar mais longe da verdade.

— Eu nunca deixaria um ente amado abandonado à própria sorte — o conde disse com firmeza. — Disso eu tenho certeza.

— Claro que não deixaria — Lucy disse, censurando-se por ter inventado mentira tão cruel. Era exatamente por esse motivo que mocinhas impressionáveis não deviam ler romances. Estes colocam ideias tolas na cabeça delas, ideias que surgem nos momentos mais inconvenientes. Ela deveria ter contado a verdade para Lorde Drayson no momento em que ele abriu os olhos.

— Mas você faz bem em se afastar de mim — ele disse, suspirando, passando os dedos pelo cabelo ondulado. — Você não me conhece e eu também não me conheço. — Ele fez uma pausa, o olhar perdido na distância, sem se fixar em nada. — Alguns dias atrás eu estava certo de que você sabia mais sobre o meu passado do que queria admitir, mas não creio mais nisso. Você não é o tipo de pessoa que enganaria outra de propósito. Agora eu sei disso, e peço sinceras desculpas por pensar o contrário.

Lucy nunca sentiu necessidade maior de soltar uma imprecação. Na briga entre suas emoções, a culpa derrubou todas as outras e agora reinava triunfante sobre elas. Culpa, vergonha, remorso. No que ela tinha se transformado? O conde tinha razão numa coisa. Ele de fato a tinha em estima alta demais. Lucy temia o dia em que desmoronaria aos olhos dele.

Ela desviou os olhos do belo rosto dele, desejando ter a coragem de pôr a verdade para fora. Em vez disso, engoliu as palavras, pois precisava de tempo para pensar, para se preparar, para imaginar um modo de contar para ele que era uma pessoa pior do que ele podia imaginar.

Por que diabos ela tinha quebrado sua promessa de nunca mais mentir?

Lucy ergueu os olhos e viu que Lorde Drayson a observava. Antes que ele pudesse verbalizar seus pensamentos, ela pescou o grampo de cabelo no bolso e seguiu em frente com determinação.

— Pronto para aprender a arrombar uma fechadura, Collins?

— Mais pronto do que nunca, Srta. Beresford.

Lucy hesitou por apenas um momento antes de enfiar o grampo na fechadura velha e enferrujada. Ela queria dizer para o conde que não merecia nenhum tipo de respeito, e que ele deveria chamá-la de Lucille, pois era esse nome que sua mãe usava quando precisava chamar a atenção da filha.

Como era triste alguém se esforçar tanto durante a vida toda para chegar a um lugar e, numa questão de dias, regredir totalmente.

15

Para grande satisfação de Collins, ele e a Srta. Beresford não encontraram apenas uma carroça no galpão, mas também um arado. Este era bem velho. A madeira estava seca e quebradiça, e o metal, enferrujado, mas parecia sólido o bastante para fazer o trabalho, de modo que Collins o colocou na caçamba da carroça, atrelou os dois cavalos e ajudou Lucy a subir na boleia. O braço dele roçou no dela, e Lucy se afastou de imediato, deixando espaço suficiente entre eles para sentar uma criança. Aquilo era muito diferente da aconchegante cavalgada em pelo que eles tinham feito antes, mas provavelmente era melhor assim. Embora Collins tivesse garantido a Lucy que nunca deixaria alguém para trás, era fato que ele não fazia ideia o que — ou quem — tinha deixado em seu passado.

Seria ele capaz de fugir de uma família, ou simplesmente fugir da vida, de modo geral? Collins esperava que não. Ele ansiava pela volta de sua memória, mas havia momentos, como agora, em que não podia deixar de imaginar se não seria melhor não saber o que o levara até ali. Mas a vida não podia continuar daquela maneira para sempre. Gostasse ou não do que viria, ele precisava saber a verdade.

Com Lucy rígida e quieta ao seu lado, eles voltaram para a casa da viúva em relativo silêncio, cada um perdido em seus próprios pensamentos. Quando chegaram, Lucy arrumou uma desculpa qualquer — algo a respeito de ajudar com o almoço — e desapareceu dentro de casa. Collins a observou entrar, censurando-se pelo que tinha feito antes. Quem ele era para tomar liberdades com a filha de um vigário respeitável? Lucy estava certa ao lembrá-lo de seu lugar e insistir nisso com firmeza.

Suspirando, ele saltou da carroça e apertou os olhos na direção do sol, que estava a pino, prometendo luz suficiente para arar a terra e devolver o equipamento emprestado ao seu devido lugar antes que escurecesse. Se ele se apressasse, talvez ainda sobrasse tempo para aquela corrida até a cidade, para que Lucy pudesse comprar as sementes e Collins encontrasse o médico.

Infelizmente, o trabalho não transcorreu com a rapidez que ele esperava. Demorou algum tempo para que ele aprendesse a usar o arado de modo efetivo, e, quando enfim começou a progredir, Georgina lhe trouxe pão recém-assado, acompanhado de presunto, queijo e uma jarra de cerveja. Ele ficou grato pelo intervalo e apreciou a refeição antes de voltar ao trabalho pesado.

Horas depois, Collins fez uma pausa para massagear suas mãos doloridas e feridas. Nesse momento, ele viu Lucy saindo apressada de casa e andando em sentido oposto ao dele. Collins fez Zeus parar e observou os movimentos rápidos dela. Lucy seguia pelo caminho da carruagem, provavelmente na direção da cidade. Ele franziu a testa e olhou para o céu. Ela estava tão decidida a comprar as sementes que iria a pé, e tão tarde? Ele não conseguia pensar em outra razão para aquela saída apressada.

Rapidamente, Collins desengatou Zeus do arado e levou o animal cansado de volta ao estábulo. Então atrelou Athena à charrete e subiu na boleia, estalando as rédeas. Menos de dez minutos depois, ele saiu do caminho da carruagem na estrada, em perseguição muito lenta a Lucy. Ele só podia esperar que estivesse indo na direção certa.

— Vamos lá, garota. Eu sei que você pode fazer melhor do que isto — Collins tentou encorajar a égua, estalando as rédeas de novo. Naquele ritmo em que Athena se arrastava, eles só alcançariam Lucy quando ela estivesse voltando da cidade para casa.

Após um pouco mais de estímulo, Athena, enfim, iniciou um galope leve, embora só depois de várias curvas na estrada Collins, finalmente, tenha avistado Lucy. Ela parecia ter um passo rápido.

Quando Collins se aproximou, Lucy olhou para trás uma vez, depois outra antes de parar e se virar para esperá-lo.

— O que você está fazendo? — ela disparou quando ele parou a charrete ao lado dela.

— Acompanhando você até a cidade — ele respondeu, estendendo a mão para ajudá-la a subir no assento a seu lado. Ela estava linda num vestido rosa com touca combinando.

— Eu não pedi para você me acompanhar, Collins — ela disse, recusando-se a pegar a mão dele.

— Você não precisa pedir — ele respondeu, calmo. — Eu sei qual é meu dever como cocheiro.

— Eu preferia que você fizesse seu dever de jardineiro e terminasse de arar a horta.

— Quase acabei, já. Zeus precisava de uma pausa. — As duas afirmações eram verdadeiras. Collins precisaria de mais uma hora, no máximo, para terminar de arar, agora que ele sabia o que estava fazendo. — Se tivesse se dado ao trabalho de ir olhar, veria por si mesma.

Ela olhou para a estrada por onde eles tinham vindo.

— Mas...

— Você não tinha a intenção de caminhar até a cidade, desacompanhada, a esta hora — disse Collins. — O que sua mãe diria?

— Ela me daria um beijo e diria "não demore", pois eu faço isso o tempo todo. Esta parte do interior é mais leniente em relação a essa bobagem de decoro.

— Ou talvez leniente sejam as Beresford — Collins provocou.

Os lindos olhos castanhos dela chisparam de raiva, lembrando-o da conversa que tiveram logo que ele acordou, junto com outra lembrança distante que ele não conseguia recuperar. Quantas vezes ela tinha ficado brava com ele no passado?

Collins pigarreou.

— Desculpe-me, Srta. Beresford. Parece que preciso pedir seu perdão mais uma vez. Mas, se me permite, será que sua mãe realmente aprovaria uma viagem até a cidade quase no fim da tarde? É provável que escureça antes que possa voltar.

Lucy abriu a boca para discutir, mas a fechou e desviou o olhar. Quando enfim falou, foi para responder em voz baixa.

— Não, Collins, ela não aprovaria. Imagino que eu deveria ter esperado até amanhã.

— Então esta parte do interior não é tão leniente assim — Collins disse com um meio sorriso. — Georgina não passará em breve por aqui, para ir visitar a família? Por que você não aproveitou a carona que ela vai pegar com... o Sr. Crandall, é esse o nome?

— Eles só vão sair após o jantar, e o comércio vai estar fechado a essa altura — Lucy explicou.

— Muito bem, então — Collins disse, estendendo a mão para ela mais uma vez. — Posso lhe oferecer uma carona, Srta. Beresford, para que possa comprar suas sementes e voltar para casa antes que o sol se ponha?

Ela ainda hesitou, mordendo o lábio inferior.

— O povo da cidade — ela disse, enfim. — Pode haver fofoca.

Collins ergueu a sobrancelha.

— Muita gente emprega um cocheiro, Srta. Beresford.

— Sim, mas... — ela começou, mas logo mudou de ideia. — Ah, deixe para lá. Acredito que seja mesmo uma preocupação tola. Sim, Collins, vai ser bom ir de charrete. — Ela só aceitou a mão dele até subir na boleia da charrete, depois a soltou, sentando-se o mais longe dele possível.

Collins estalou as rédeas e eles partiram, trotando em direção à cidade num ritmo tranquilo. Dessa vez ele não se importou com a lentidão da viagem e deixou a égua determinar o ritmo que quisesse.

— Você decidiu que tipos de semente vai comprar? — Collins perguntou, num esforço para começar uma conversa. Ele sentiu falta da companhia de Lucy nas últimas horas e recusava-se a passar o que restava da viagem em silêncio.

— Imagino que isso vai depender do que há à venda — disse Lucy. — Acredito que o dono do mercado vá poder me dar algumas sugestões.

— Tenho certeza que sim — Collins concordou e a conversa terminou. Alguma coisa lhe dizia que ele nunca fora bom em conversa-fiada. Parecia algo muito cansativo, que não fazia o estilo dele. Talvez o silêncio fosse preferível, pois ele se recusava, terminantemente, a comentar sobre o clima.

— Está um dia lindo, não acha? — Lucy perguntou. Quando Collins riu, ela virou a cabeça para ele. — O que há de tão engraçado nisso.

— Parece que conversa-fiada não combina conosco, não acha?

Ela riu baixo.

— Parece que não. Tenho horror a isso, na verdade. E você já sabe como eu gosto de dias ensolarados.

— Você deixou isso muito claro pela manhã.

Ela caiu no silêncio. Outra curva na estrada depois, Lucy falou de novo.

— Você é muito bom com as rédeas. Quem o ensinou a... — Ela logo parou, corando. — Que tolice a minha fazer uma pergunta a que você não pode responder.

— Minha falta de memória de fato dificulta uma conversa — ele disse, tentando não ficar aborrecido com o grande vazio em seu passado. Ele deu um olhar rápido para Lucy, notando sua expressão pensativa, e puxou as rédeas, fazendo Athena e a charrete pararem.

— O que você está fazendo? — Lucy olhou para trás. — Tem algum problema com a charrete?

— A charrete está ótima.

— Então por que você parou?

— Eu só estava pensando que você também não sabe responder a essa pergunta.

— Que pergunta? — Ela franziu a testa, confusa.

— Diga-me, Srta. Beresford, quem a ensinou a conduzir uma charrete? — ele perguntou, erguendo uma sobrancelha para ela. — Não é interessante que nenhum de nós possa responder a essa pergunta, mas por razões completamente diferentes?

O corpo dela enrijeceu, e Lucy cravou os dedos nas pernas, observando-o com atenção.

— O que quer dizer, Collins?

— Só que seria como uma medalha no meu peito se um dia você pudesse dizer que seu mordomo/criado/cocheiro/jardineiro a ensinou a conduzir.

— E se eu não tiver vontade de colocar essa medalha no seu peito?

Ignorando a pergunta, Collins mudou de posição para encará-la, apoiando um cotovelo no próprio joelho.

— Quem sabe nós não fazemos uma competição?

— Uma competição? — ela disse, um pouco irritada. — Você já sabe como conduzir.

— Sim, mas eu não sei quem me ensinou a fazer isso. Pode ter sido meu pai, um amigo, um primo, um irmão, ou quem sabe? Pode ser que eu tenha aprendido sozinho. Espero algum dia lembrar da resposta, mas por enquanto é um mistério. Então, o que eu proponho é isto: o primeiro a conseguir uma resposta para essa pergunta ganha.

O olhar dela foi do rosto dele para as rédeas e voltou para ele.

— Ganha o quê, exatamente? Uma medalha no peito? Porque não dou o menor valor para a capacidade de me gabar de algo.

Collins a observou com interesse. Será que a linda filha do vigário estava propondo uma aposta de verdade? Isso o pegou um pouco desprevenido, porque Collins imaginava que ela rejeitaria de imediato o desafio. Mas lá estava ela, não apenas estudando a possibilidade, mas disposta a estabelecer os termos.

Ele apoiou o queixo na mão enquanto refletia a respeito.

— Já sei — ele disse, depois de um instante. — Outro dia eu estava remexendo nas coisas do porão e topei com uma coisa que alguém pode até dizer que é um chapéu. É alto, preto, com uma aba larga, costurada para cima de um lado. Acredito que é de feltro e tem uma pena vermelha muito curiosa se projetando de um dos lados.

— Eu sei qual é — disse Lucy. — Foi deixado pelos moradores anteriores, e, como eu não soube o que fazer com aquela coisa, deixei-a no porão. É um horror, não concorda?

— E, portanto, perfeito para nossa aposta.

Ela arqueou uma sobrancelha, curiosa.

— Continue — Lucy pediu.

— Proponho que o perdedor deva usar esse chapéu durante um dia inteiro. Uma visita obrigatória à cidade também pode ser exigida.

— Mas é um chapéu de homem! — Lucy protestou.

— Tenho absoluta certeza de que você ficaria arrasadora com ele, se for necessário — disse Collins. — Não está com medo de perder, está? Pense em como eu ficaria ridículo usando aquilo.

Baseado no modo como ela mordeu o lábio inferior, Collins percebeu que Lucy estava considerando a aposta. Ele quase podia ouvir as engrenagens na cabeça dela, enquanto Lucy observava Athena, as rédeas e ele próprio.

— Você jura ser o melhor professor de condução de charrete que puder? — ela perguntou.

— Com certeza — ele disse.

— O que vai ser necessário para eu provar que sou uma condutora competente?

Ele pensou um pouco antes de responder.

— Você vai ter que conduzir a charrete até a cidade e voltar, sem ajuda.

— Sozinha? — Ela franziu o cenho.

— Claro que não. Vou estar ao seu lado, mas não posso lhe ajudar com as rédeas nem lhe dar qualquer instrução.

Ela suspirou, mordeu o lábio inferior mais uma vez e, enfim, anuiu.

— Muito bem, Collins. Aceito o desafio, então prepare-se para usar aquele chapéu ridículo. — Ela se aproximou dele e estendeu as mãos. — As rédeas, por favor.

16

O PASSEIO ATÉ A CIDADE não foi menos que um fiasco. Lucy era uma aluna deplorável, com mãos moles demais e um coração ainda mais suave. Ela não queria puxar as rédeas, nem bater com elas no dorso de Athena; não queria nem mesmo guiar a égua na direção correta. Ela desejava apenas segurar as rédeas e permitir que o animal fosse para onde quisesse. E o que Athena mais queria fazer era comer a grama fresca às margens da estrada.

— Athena, você está se comportando mal — Lucy disse, frustrada. — Você pode comer mais tarde. Neste momento precisa se mexer.

— Você tem que mostrar para ela quem está no comando — Collins tentou explicar.

— E como é que eu faço isso, mesmo? — Lucy retrucou.

Com delicadeza, Collins tirou as rédeas das mãos dela, estalou-as duas vezes e puxou com força para a esquerda.

— Vá, garota. Agora vá.

Athena respondeu, e, assim que voltaram para a estrada, Collins devolveu as rédeas para Lucy.

Agora que a égua estava se movendo, parecia que Lucy não conseguia relaxar. Ela puxou as rédeas para a esquerda, e, quando Athena se aproximou perigosamente desse lado da estrada, Lucy a puxou para a direita, depois para a esquerda de novo, fazendo Athena se mover em ziguezague pelo caminho. Ela se revelou a cocheira mais abominável que Collins já tinha conhecido. Não era de admirar que a mãe dela insistisse em conduzir os veículos quando necessário.

Quando finalmente chegaram à cidade, por sorte com o cavalo e a charrete intactos, Collins não teve escolha senão assumir as rédeas, por receio de que Lucy trombasse com outro veículo ou, pior, que atropelasse um pedestre. Nenhum transeunte estava a salvo com ela às rédeas.

— Eu acho, Srta. Beresford — Collins disse enquanto parava a charrete diante do armazém —, que é melhor você comprar alguns enfeites para melhorar um pouco aquele chapéu medonho. Pois acredito, de verdade, que será você quem terá que usá-lo.

— Oh, fique quieto — ela disse, brava, recusando a ajuda de Collins ao descer da charrete.

— Você precisa de ajuda no armazém? — ele perguntou, na esperança de que ela o dispensasse, o que lhe daria tempo de procurar o médico.

A irritação de Lucy para com ele funcionou a seu favor.

— Não — ela respondeu, já indo em direção à porta do estabelecimento. — Você pode voltar para me buscar dentro de uma hora.

— Muito bem, senhorita — ele disse, com sotaque *cockney*, incapaz de conter o sorriso quando ela entrou na loja.

Enfim, Collins podia fazer o que quisesse, e tinha uma hora inteira à sua disposição. Ele avaliou rapidamente a rua, de uma extremidade a outra, imaginando por onde começar. Alguém poderia considerar a vila de Askern charmosa, mas Collins não percebia nada de familiar no local. Da loja de chapéus à estalagem e às ruas de paralelepípedos, tudo lhe era estranho. As pessoas passavam de um lado para outro, às vezes em veículos, e muitas lançavam olhares curiosos em sua direção.

Aqui não é meu lugar, ele pensou. Nenhuma pessoa dava qualquer sinal de reconhecê-lo.

Collins suspirou e interpelou um transeunte.

— Com licença, senhor. Poderia me dizer onde posso encontrar o médico a esta hora do dia?

O homem inclinou a cabeça para a outra ponta da rua.

— O consultório do doutor fica no norte da vila, mas precisa ter sorte pra encontrar ele lá. É difícil achar o homem. Ele tá sempre testando as águas e escrevinhando no livrinho.

Collins agradeceu, inclinando a cabeça, e foi para o norte, mas, como o outro tinha lhe avisado, o médico não estava à vista, e o proprietário da taverna ao lado disse que fazia horas que não o via.

— Dá uma olhada no lago — o taverneiro resmungou. — Ele disse que tá escrevendo um livro sobre as águas ou coisa assim. Ele passa mais tempo fazendo isso do que cuidando das pessoas. Esse doutor é um tonto.

Ao ouvir essa orientação, Collins saiu da taverna com o otimismo já não tão grande quanto antes. Mesmo assim foi até o lago, onde soube que o médico com frequência ia até a estalagem, e talvez pudesse encontrá-lo lá. Então, lá foi Collins até a estalagem, onde descobriu que desencontrou do doutor por questão de uma hora.

Maldição, pensou Collins ao sair da estalagem, sem saber para onde seguir. Nenhum cliente do local soube lhe dizer onde o médico estaria. Talvez de volta ao dito consultório?

Deixando Athena e a charrete na estalagem, Collins voltou caminhando até o consultório. O sol estava começando a descer no horizonte, ameaçando-o com o céu escuro. Ele não tinha muito tempo antes de ter de pegar a Srta. Beresford.

Não longe dali, um cavalo relinchou e Collins olhou em sua direção, então parou e observou com mais atenção. Mantido preso atrás de uma cerca frágil, o cavalo árabe preto parecia deslocado e até... familiar. Collins andou na direção do animal e uma lembrança começou a emergir, ficando presa entre o conhecido e o desconhecido. Um homem e seu filho enchiam uma cocheira ali perto e, desconfiados, observavam Collins se aproximar.

— Você precisa de alguma coisa? — o homem perguntou, segurando o filho perto pela mão.

— Este cavalo — Collins disse. — Onde o conseguiu?

— É uma beleza, né? — exclamou o homem. — Achei ele andando nas colinas perto daqui. Estava com uma sela chique, mas faltava uma ferradura, então eu acalmei o bicho e trouxe ele até aqui pra ferrar esse casco. Estou tentando achar o dono. Reconhece ele?

A lembrança estava tão próxima que Collins quase podia enxergá-la. Ele reconhecia o cavalo, mas não sabia de onde. Não conseguia lembrar do nome do animal.

— Eu...

— Querido, está na hora do jantar. — Uma mulher apareceu na porta dos fundos da casinha pequena, mas bem-arrumada, e acenou para o garotinho. Ela deu um olhar de curiosidade para Collins, mas não disse nada. O garoto correu até ela, que o pegou nos braços e o carregou para dentro.

Mas o termo carinhoso... *Querido*. Isso significava algo. Collins sentia, quase via, mas era como uma mosca irritante, que zunia ao seu redor, sem que ele conseguisse pegá-la.

— Você é novo em Askern? — o homem perguntou, olhando com desconfiança para Collins.

— Acho que sim — ele respondeu. — As Beresford me empregaram recentemente como... cocheiro, entre outras coisas.

— Você não fala como um cocheiro.

— Eu também acho isso estranho. — Collins acariciou o focinho do árabe, revirando a memória em busca de algo mais que uma familiaridade difusa. Estava ali, tão próximo, mas ainda fora de alcance, fazendo-o sentir que poderia enlouquecer a qualquer momento.

— Minha prima, Georgy, trabalha para as Beresford. Conhece ela?

— Conheço — respondeu Collins. — É uma moça boa e trabalha muito. A Srta. Lucy gosta bastante dela.

— E a Georgy também gosta muito da Srta. Lucy. Ela e a mãe foram muito boas com a Georgy. — Ele continuou observando Collins com atenção, sua expressão indicando mais confusão que qualquer outra coisa. — As coisas devem estar melhores para as Beresford, se contrataram você. Fico feliz de saber. Já tava na hora de alguma coisa boa acontecer com elas, pra variar.

Collins desviou o olhar do cavalo, voltando-se para o homem, que não podia ser muito mais velho que ele próprio. Usando calças puídas e uma camisa suja, era óbvio que tinha passado o dia em algum trabalho braçal.

— Como assim, "para variar"? — Collins perguntou. — Está se referindo ao falecimento do pai da Srta. Lucy?

— Isso, e também que ele deixou as duas sem nada. Elas tariam na rua não fosse pelo Lorde Drayson.

Lorde Drayson.

O nome coçou o cérebro de Collins, remexendo, agitando e abrindo lembranças. Como engrenagens que se interligam, cenas de seu passado começaram a emergir e se unir. Sua casa em Danbury. Sua família. O pai, agora falecido. As sobrinhas. Querido. Tanglewood. Olhos escuros, brilhantes. Tudo voltou em uma torrente avassaladora de fatos, imagens, detalhes... até o momento em que saiu cavalgando da casa da viúva debaixo da chuva gelada. Tudo fazia sentido agora. Por que ele queria dar ordens em ver de recebê-las. Por que sabia lidar com cavalos mas não tinha ideia de como limpar uma chaminé, cuidar de um jardim ou polir prata. Por que ele detestava aquela camisa rosa horrenda.

— Senhor? — perguntou o ferreiro. — Está se sentindo bem?

Collins piscou algumas vezes antes de poder responder.

— Estou muito bem, obrigado. E eu conheço esse cavalo. O nome dele é Querido e tem uma cicatriz redonda atrás da pata direita traseira.

O ferreiro inspecionou o local no mesmo instante e levantou a sobrancelha, impressionado.

— Tem mesmo.

— Se você me fizer a gentileza de guardar o cavalo por mais alguns dias, eu poderei lhe fornecer mais provas, e ainda providenciarei um belo pagamento por sua bondade para com este animal.

O ferreiro passou a mão ao longo da pelagem lustrosa de Querido.

— Posso perguntar de quem ele é?

— Claro. Ele pertence a Colin Cavendish, quinto Conde de Drayson — respondeu o conde. *E Lucy Beresford, filha do falecido vigário, sabe exatamente quem eu sou.*

Colin seguiu pela rua, o maxilar travado e as mãos fechadas. Ele tinha sido manipulado como um completo idiota, e por qual motivo? A Srta. Beresford queria se vingar? Ela esperava que a memória dele nunca voltasse, para poder continuar na casa da viúva pelo tempo que desejasse? Ela o tinha colocado de propósito numa situação comprometedora com a esperança de que ele fosse honrado e a pedisse em casamento?

O que diabo tinha inspirado tal fraude — tal desrespeito pela integridade, pelo decoro, pela simples decência? Colin deveria estar em Londres na semana anterior. Sua irmã e seu criado pessoal deveriam estar mortos de preocupação, imaginando o que poderia ter acontecido com ele. Sua mãe estaria sabendo? Haveria alguém procurando por ele?

Será que a Srta. Beresford tinha considerado tudo isso?

A raiva queimou Colin como uma boa dose de conhaque — algo de que ele bem precisava no momento. Ele virou na direção da estalagem e apressou o passo, entrando no estabelecimento logo depois. A vontade de uma bebida forte morreu em seus lábios quando percebeu que não poderia pagar. Colin soltou uma imprecação.

Onde ela teria escondido a bolsa dele? E suas roupas? Suas botas?

Colin sentou na cadeira mais próxima e olhou pela janela. Já tinha passado da hora de buscar a Srta. Beresford, mas ele não ligou. Ela podia esperar por ele, para variar, ou voltar para casa a pé — não que aquela fosse continuar a ser a casa dela por muito tempo. Ele cuidaria disso imediatamente.

Uma pontada na consciência o incomodou ao pensar nisso, mas ele pôs a consciência de lado. A Srta. Beresford tinha lhe parecido autêntica e gentil. Que razão ela poderia ter para fazer algo tão desprezível? Colin não conseguia entender. Será que Georgina também sabia? Claro que sabia. As duas eram íntimas, parceiras no crime.

Um homem corpulento puxou uma cadeira à frente de Colin e sentou com um drinque na mão. Parecia que a barba ruiva dele não era lavada ou escovada há semanas. O conde olhou para ele querendo — *precisando de* — respostas.

— Por acaso você conhece a Srta. Lucy Beresford? — ele perguntou.

— Todo mundo conhece a Srta. Lucy — o homem grunhiu depois de observar Colin por um momento.

— Que tipo de pessoa ela é?

O homem colocou o copo na mesa, e Colin observou o líquido escuro oscilar para um lado e para outro até se aquietar.

— Quem quer saber? — o outro perguntou, desconfiado.

O conde voltou a olhar pela janela, onde gotículas batiam e escorriam. Quando tinha começado a chover?

— Ninguém que importe — Colin finalmente respondeu. — Esqueça que eu perguntei.

O homem tomou outro gole demorado. Quando desceu o copo outra vez, ele falou.

— A Srta. Lucy é o tipo de pessoa que levou sopa, flores e pão fresco para mim e minha mulher, e se ofereceu para cuidar da nossa filha, para que a gente tivesse o que comer. Ela sempre tem alguma coisa boa para dizer. As pessoas gostam dela por aqui.

— Faz tempo que você a conhece? — Colin perguntou.

— Quase toda minha vida — o ruivo respondeu. — A Srta. Lucy e meu irmão, o Ben, aprontavam todo tipo de coisa. Arrombar fechadura, fazer corrida de gafanhoto, enterrar cobra.

O conde anuiu. Então ela não tinha mentido sobre tudo. A chuva continuava a escorrer pela janela e ele sentiu parte de sua raiva se esvair. Ele também conhecia a Srta. Lucy; sua inteligência, seu modo franco de falar, suas curvas suaves e seus momentos de raiva. A alma dela parecia emanar bondade, e era por isso que ele não entendia as mentiras. O que ela diria se ele exigisse respostas? Ela continuaria a mentir ou Colin finalmente ouviria a verdade — toda a verdade?

Um relâmpago riscou o céu, e o estrondo do trovão veio momentos depois. O som tirou Colin de seus pensamentos e enrugou sua testa de preocupação. Onde estaria Lucy nesse momento? Teria se refugiado numa loja, ou ignorado o céu cinzento e começado a voltar a pé? Apesar da fraude, ela não merecia estar sozinha debaixo daquela chuva.

Colin se levantou imediatamente, agradeceu ao outro homem com um movimento de cabeça e saiu em busca de Lucy.

17

LUCY JÁ TINHA ANDADO metade do caminho de volta para casa quando Collins parou a charrete ao lado dela. Após esperar em frente ao mercado por vinte minutos, sua paciência se esgotou e ela começou a andar. Menos de dez minutos depois ela se arrependeu da decisão. As nuvens cinzentas começaram a derramar chuva, que rapidamente ensopou seu vestido fino de musselina e fez murchar a touca de palha. Cada rajada de vento a fazia se encolher e tremer, e, dentro das luvas finas, os dedos de Lucy ficaram dormentes. Era espantosa a rapidez com que a temperatura caía quando o sol não estava mais no céu para espalhar seu calor.

— Vo-você está a-atrasado, C-Collins. — A voz de Lucy tremia de frio. Ela devia estar parecendo contrariada, mas sua frustração não era toda direcionada a ele. A caminhada no frio tinha lhe dado tempo para ponderar sobre seu problema, e a pessoa que mais a contrariava era ela mesma.

O conde lhe ofereceu a mão, que Lucy aceitou, grata, e subiu na charrete. Quanto antes voltassem para casa, tanto antes ela poderia se enrolar num cobertor diante da lareira.

— Desculpe-me por eu me ter atrasado — disse Collins, parecendo distraído. — Eu tive um probleminha que precisei resolver.

Lucy colocou suas compras sobre as pernas e se abraçou, num esforço para conservar um pouco do calor do corpo.

— Que t-tipo de problema? E-está tudo bem?

— Não foi nada que eu não pudesse resolver. — Ele a observou com atenção e franziu a testa. — Você está encharcada. E parece estar congelando. *Você* está bem?

— Não s-sei o que lhe d-deu essa ideia — ela disse, sem conseguir evitar gaguejar. — E-estou que-quente como le-lenha na lareira. — Se ela pensasse assim, quem sabe se sentiria mais quente. Se pelo menos Athena apertasse o passo.

Lorde Drayson olhou preocupado para ela.

— Vou colocar muito mais lenha no fogo quando voltarmos para sua casa. Pode ser que eu coloque você também, já que gosta de se sentir quente assim.

— P-parece maravilhoso — ela disse quando outra rajada de vento a açoitou.

O conde tirou uma das luvas de cocheiro e levou a mão nua até o rosto dela.

— Bom Deus, mulher, você está mesmo fria.

Ele deslizou no banco para perto dela e passou seu braço às costas de Lucy, aconchegando-a junto a si. Ele começou a esfregar o braço dela para aquecê-la. Era uma sensação estranha sentir tanto frio e calor ao mesmo tempo.

Lucy tentou se afastar porque era o certo a fazer, mas foi, na melhor das hipóteses, uma tentativa débil. Ela tentou com palavras, então.

— Collins, ag-agradeço o q-que está tentando fazer, m-mas não é decoroso. Você p-precisa tirar seu braço do m-meu corpo.

— Não vou fazer nada disso — ele retrucou. — Não quando parece que estou segurando um bloco de gelo.

— P-refiro falar de fogo — ela disse, decidindo que preferia se aconchegar mais nele do que se afastar. A sensação era tão boa, e o cheiro dele, tão masculino... cheiro de terra, trabalho árduo e sândalo. O aroma a lembrou do pai. Uma rajada de vento penetrou o vestido delgado de Lucy, que se aninhou ainda mais nele.

— Como é que vo-você está tão quente? — ela perguntou. — O v-vento está tão frio e você também es-está molhado.

— Só molhado, não encharcado até a alma, como você. — O conde continuou a esfregar o braço dela, agora com maior intensidade, ao mesmo tempo que estalava as rédeas, encorajando Athena a se mover com mais rapidez.

— Eu ia dizer para você conduzir no meu lugar — ele disse —, mas provavelmente você nos jogaria fora da estrada, e imagino que prefira chegar logo em casa.

Lucy percebeu que ele estava tentando distraí-la do frio, e sentiu-se grata pelo esforço.

— V-vou deixar para amanhã — ela disse. — Preciso aprender o mais rápido po-possível, para que não tenha q-que usar aquele chapéu me-medonho. V-vermelho não me cai bem.

— Eu discordo — ele disse. — Com frequência vejo um tom rosado no seu rosto e acho encantador.

— En-encantador é aquele sujeito com a serpente — Lucy disse, constrangida por falar sobre sua aparência, ou pelo fato de Collins notar a frequência com que ela fica corada perto dele.

— Encantador pode ser o criado trazendo o chá — ele sugeriu.

— Chá... i-isso parece bem en-encantador — ela admitiu.

— Eu preparo uma xícara para você quando voltarmos.

A conversa descontraída só serviu para aumentar a culpa de Lucy. Lorde Drayson não a trataria com tamanha gentileza se soubesse da fraude que ela encenava. Lucy não merecia tanta gentileza, nem que ele lhe preparasse um chá. Passava da hora de ela contar a verdade e aceitar as consequências de sua decisão precipitada e estúpida. Mas como? Quando? Ela não sabia nem como começar uma conversa dessas.

Lucy se sentia aprisionada no meio de um grande lamaçal criado por ela mesma, e a culpa era só dela. Talvez ela devesse revelar tudo naquele momento, mesmo, e terminar com aquilo. Depois que ele a deixou congelando na chuva, talvez maneirasse com ela. O mais provável, contudo, era que a jogasse na lateral da estrada e a deixasse para morrer, do mesmo modo que a jovem tinha pensado em fazer quando o encontrou, após o acidente.

Talvez hoje fosse o dia em que ela colheria o que tinha plantado.

Lucy inspirou fundo, tremendo.

— Col... — ela se interrompeu, percebendo que não podia mais chamá-lo assim. O fato de já tê-lo feito era outro testemunho de que Lucy não era tão boa quando Lorde Drayson parecia acreditar. Então ela pigarreou e recomeçou. — P-preciso lhe contar uma c-coisa.

Uma longa pausa se seguiu e a mão dele parou de aquecer o braço dela. O conde deu uma olhada rápida na direção de Lucy, mas não disse nada para encorajá-la.

— Eu fiz a-algo muito ruim. S-sabe, eu...

— Comprou as sementes? — Ele apontou para o volume sobre as pernas dela. — Reparei no pacote. O que você comprou?

— Cenoura, es-espinafre, couve-flor e e-ervilhas — ela respondeu. — M-mas não é isso que quero contar p-para você.

— Seja o que for, pode esperar até você estar quente e confortável — ele disse, voltando a esfregar o braço dela com a mão. — Estou vendo a casa, agora. Estamos quase lá.

Mesmo debaixo de chuva e neblina, a casa da viúva nunca esteve mais linda ou acolhedora. Seu lar a chamava do mesmo modo que o céu claro e o sol quente a tinham chamado pela manhã, só que agora ela mal podia esperar para estar lá dentro.

— A-acho q-que vou deixar você p-pegar aquela xí-xícara de chá p-para mim, afinal — a voz de Lucy saiu num sussurro. — M-mas só desta ú-última vez.

O conde não disse nada. Ele só apertou mais o corpo dela junto ao dele e estalou as rédeas mais algumas vezes. Então exclamou "Ôa!" e a charrete parou de repente. Não fosse pelo braço do conde ao seu redor, Lucy teria sido arremessada do assento.

Então Lorde Drayson pulou da charrete e pegou Lucy nos braços, deixando Athena e o veículo onde estavam, e a carregou para dentro de casa.

— Georgina! — ele chamou assim que entrou. — Georgina, onde você está?

— Ela g-gosta de ser chamada de Georgy — Lucy disse. — E e-la não está, le-lembra? A mãe está doente e precisava dela.

— E agora você vai ficar doente se não a esquentarmos logo. — Ele deitou Lucy no sofá e colocou uma manta ao redor dela antes de ir até a lareira para acender o fogo. Vários minutos depois, a lareira começou a crepitar, e Lucy sentiu a chegada do calor maravilhoso. Ela se enrolou numa bola e descansou a cabeça no braço do sofá.

— Nós precisamos colocar roupas secas em você.

— "Nós"? — Lucy apertou mais a manta ao redor dos ombros. Seu corpo podia estar dormente, mas seu cérebro continuava intacto, e não havia nada de "nós" em se tratando de ela trocar de roupa.

O conde revirou os olhos.

— Diga-me onde eu posso encontrar roupas secas para que *você* se troque.

Ela estava cansada demais, com frio demais, para discutir.

— No an-andar de cima. Segunda porta à direita. E t-tente parar de me dar ordens.

Ele correu escada acima e voltou logo depois, jogando uma combinação e um vestido azul de dia ao lado dela, no sofá. Lucy teria ficado com vergonha por ele ter mexido nas suas roupas íntimas se aquele vestido seco não parecesse tão atraente no momento. Ela deixaria a vergonha para outro dia e apenas agradeceria.

— O-obrigada.

— Vou cuidar de Athena enquanto você se troca, depois vou descobrir como usar a chaleira. — Ele saiu antes que ela pudesse lhe agradecer outra vez.

No momento em que Lucy tirou a manta que a envolvia, o ar frio pareceu sacudi-la. Ela não perdeu tempo para fechar as cortinas e tirar seu vestido rosa favorito. A combinação molhada também caiu, e ela foi rápida em vestir as roupas secas, fazendo tudo isso em frente ao fogo. Então pegou uma colcha e deitou no chão, tentando absorver aquele calor.

Quando a tremedeira de seu corpo começou a diminuir, os pensamentos de Lucy se voltaram para o conde, para como devia estar gelado lá fora, no estábulo frio, cuidando da égua quando deveria estar em sua casa, em Danbury, desfrutando a convivência com sua família.

Com grande relutância, Lucy se afastou da lareira. Mantendo a colcha bem apertada ao redor do corpo, ela foi até a cozinha. Quinze minutos depois, voltou à sala de estar com duas canecas fumegantes de chá, quando ouviu uma batida na porta. Uma fresta foi aberta e a voz do conde se fez ouvir.

— Está vestida?

— Estou — Lucy respondeu. — Entre e se aqueça com um pouco de chá. — Ela lhe entregou uma caneca assim que ele entrou, depois voltou ao seu lugar diante da lareira, sobre o tapete, onde bebericou o líquido quente. Ele queimou sua garganta ao descer, mas o efeito tranquilizante e aconchegante a fez suspirar.

— Você não prefere se sentar no sofá? — o conde perguntou, encostando o ombro na porta antes de tomar um gole do chá. O cabelo dele estava molhado e seu rosto começava a mostrar a barba de um dia. Seus olhos adquiriram um tom azul-escuro que fez o coração dela acelerar.

— Eu prefiro ficar exatamente onde estou — disse Lucy. — Você pode sentar no sofá, se quiser.

— Estou molhado e cheirando a estábulo.

— Isso não tem importância, mas talvez seja melhor você também se trocar — disse Lucy. — Roupas secas fizeram toda a diferença para mim. Já estou me sentindo muito melhor.

O conde tomou outro gole, colocou a caneca sobre a mesa lateral e pediu licença, provavelmente para seguir a sugestão dela. Na casa silenciosa, Lucy ouviu os passos dele descendo a escada, o que a fez sentir outra onda de culpa. Ele não deveria estar alojado lá embaixo, onde o ar era ainda mais úmido e gelado. O rapaz deveria estar no andar de cima, onde é quente e aconchegante, com um criado pronto para ajudá-lo.

E mais, Lucy tomou ciência de que não deveria estar sozinha na casa com ele. O que ela estava pensando quando deu a noite de folga para Georgina? Sim, a criada era necessária em outro lugar, mas também era necessária ali, nesse momento. A mãe de Lucy ficaria chocada se pudesse ver a filha agora, enrolada em frente ao fogo, sozinha na casa, tendo apenas o estimado Conde de Drayson como companhia.

Às vezes Lucy se perguntava se algum dia desenvolveria a sabedoria que deveria vir com a idade.

18

COLIN ENCAROU SEU REFLEXO no espelhinho sobre a cômoda. Agora que tinha se limpado e vestido roupas secas, não estava muito diferente do que pela manhã. Mas ele se sentia diferente. Mais velho, com mais conhecimento, e confuso com as emoções que o assaltavam.

Após sair da estalagem, Colin estava pronto para exigir uma explicação no momento em que pusesse os olhos em Lucy. Mas, depois que a ajudou a subir na charrete e ela começou a tremer e gaguejar daquele modo penoso, o coração dele amoleceu, e ele se viu incapaz de exigir qualquer coisa dela.

Ela tinha tremido encostada nele, encaixando-se perfeitamente no vão entre seu braço e seu flanco, e provocou todo tipo de distúrbio em suas emoções. Ele queria beijá-la e sacudi-la ao mesmo tempo. Nada fazia sentido. *Ela* não fazia sentido. E o desejo intenso que ele tinha de acreditar no melhor dela, embora conhecesse o pior, também não fazia sentido.

Foi então que Lucy disse que precisava lhe contar algo. Colin sentiu a tensão no corpo dela, percebeu a culpa e a preocupação em sua expressão, viu o medo em seus olhos e soube, exatamente, o que ela queria lhe contar. Era o que Colin pensava que queria dela, o que estava pronto para exigir, mas, quando chegou o momento da confissão, ele entrou em pânico e mudou o rumo da conversa, adiando-a para outro momento.

Por quê?

Essa pergunta o perturbou o resto do caminho até a casa. Somente depois que Lucy lhe entregou a caneca fumegante de chá e se acomodou, encantadora, na frente do fogo, olhando para ele com aqueles olhos hipnotizantes, Colin, enfim, entendeu. O momento em que ela confessasse, ou que ele admitisse saber sua verdadeira identidade, seria o momento em que tudo acabaria. Não haveria mais lições de montaria, conversas, tarefas a serem feitas em conjunto, nem olhares, provocações ou toques. Ela ficaria, ele iria embora e nada mais seria o mesmo.

Por que isso o incomodava tanto? Colin possuía uma propriedade imensa em Danbury, várias outras espalhadas pelo país, uma casa em Londres, uma família maravilhosa esperando por sua volta e todos os confortos de que um nobre rico desfrutava. Ainda assim, ele queria permanecer ali, naquela casinha de viúva, dormindo no porão em um quarto úmido e apertado, sem ventilação.

Talvez ele estivesse enlouquecendo. Talvez quisesse uma chance para se vingar. Ou talvez quisesse continuar a ouvir Lucy rindo, a provocar um sorriso em seus lábios, a fazê-la corar, a observá-la arrombar uma fechadura com um grampo, ou a permitir que ela os jogasse numa vala com sua incapacidade de conduzir uma charrete.

Colin não entendia exatamente o que Lucy Beresford representava para ele, mas sabia que era mais do que qualquer outra mulher tinha significado em sua vida. Ele apenas precisava de mais tempo para entender seus sentimentos.

Lentamente, Colin subiu a escada, passou pela cozinha e seguiu pelo corredor até onde Lucy o esperava na sala. Ela tinha terminado o chá, e a caneca descansava no chão de madeira perto de onde ela permanecia sentada. A colcha caía sobre seus ombros como um xale, e havia um livro em suas mãos. Com alguns fios de cabelo caindo em sua testa e rosto, ela nunca esteve mais cativante.

Sozinhos. Estamos totalmente sozinhos.

Esse pensamento destacou-se na mente de Colin como um aviso, dizendo-lhe para se afastar, voltando ao porão. Mesmo assim, ele entrou na sala, incapaz de resistir à atração que Lucy exercia sobre ele.

— Tem certeza de que não vai ficar mais à vontade no sofá? — ele perguntou.

Ela ergueu o rosto para ele e sorriu. Foi um sorriso radiante, repleto de provocação, alegria e, talvez, algo mais. Ela inclinou a cabeça de um modo encantador.

— Você ficaria chocado se soubesse que este é meu lugar favorito para ler?

Colin precisava se concentrar em outra coisa que não os lábios dela e como estavam beijáveis nesse momento, então se agachou diante dela e tirou o livro de suas mãos.

— *Robinson Crusoé* — ele leu em voz alta, equilibrando-se nos calcanhares. — Escolha interessante.

— Você já leu? — Ela pegou o livro de volta e folheou algumas páginas.

— Li.

— Gostou?

— Não — ele respondeu com sinceridade. — E você?

Ela deu uma risada leve e colocou o livro de lado. Então levou os joelhos junto ao peito, ajeitou o vestido para manter os tornozelos cobertos e abraçou as pernas.

— Era uma das leituras favoritas do meu pai. Eu sempre gostei de um bom romance, e adorava papai, então me esforcei ao máximo para terminar o livro, mas não consegui. Nunca serei capaz de entender o que meu pai viu nessa história.

— Crusoé encontrou Deus enquanto náufrago numa ilha. Será esse o motivo?

— Talvez — ela aquiesceu. — Ainda assim eu preferiria que Crusoé encontrasse um leão, ou fizesse amizade com um chimpanzé, ou algo mais empolgante do que secar uvas para fazer passas. Ele é tão... aborrecido.

O conde riu e se virou para sentar ao lado dela no tapete, apoiando um braço no próprio joelho.

— Ninguém poderia acusá-la de ser aborrecida, Srta. Beresford.

— Aceito isso como um elogio — ela disse.

— E é mesmo.

Os olhares se encontraram e Colin notou manchas douradas imersas no castanho-escuro. Essas manchas faziam com que os olhos dela ficassem mais complexos, mais profundos, mais hipnotizantes. Antes que Colin pudesse questionar seus motivos, ou lembrar dos eventos que os tinham levado àquele momento, sua mão se ergueu para tocar com leveza a face dela. O sorriso de Lucy congelou-se como estava e o corpo dela ficou rígido. Mas ela não se afastou.

— Você não está mais fria — ele disse.

— Não — ela sussurrou. — Estou bem quente agora. Talvez até quente demais. Acho que é melhor eu ir para o sofá.

— Acho que é melhor você ir — ele concordou, mas ela continuou exatamente onde estava. Com exceção do peito, que subia e descia com rapidez, ela permaneceu parada, os olhos brilhando com incerteza, medo e até desejo.

Colin mudou de posição e levou a outra mão ao rosto dela. Lucy tremeu com o toque, mas permaneceu sentada ao lado dele. Foi só quando ele suspirou: "Acho que vou beijar você" que ela piscou e tirou o rosto da mão dele, virando-se para o outro lado.

Colin quis gemer de frustração, mas ao mesmo tempo sentiu certo alívio. Qualquer mulher que estivesse tentando forçá-lo a se casar não teria se afastado. Isso lhe deu esperança de que as razões para ela mentir não eram tão abomináveis quanto ele tinha receado.

Lucy contorceu as mãos por alguns momentos antes de voltar a olhar para ele.

— Você acha que pode existir uma razão boa o suficiente para mentir? — ela perguntou com a voz suave, surpreendendo-o em seus pensamentos.

Antes desse dia, Colin teria respondido "não" no mesmo instante, pois não conseguia respeitar um mentiroso. Mas ele não estava vivendo uma mentira, agora? Sua memória tinha finalmente voltado, mas ele tomou a decisão de não revelar isso para Lucy.

O mundo, Colin percebeu, não era dividido apenas em verdades e mentiras, em certo ou errado. Havia um meio-termo precário, onde alguém podia ir para um lado e para outro, sem estar exatamente certo ou errado. Isso o lembrou da corda que ele e o irmão costumavam estender entre duas árvores, sobre a qual tentavam andar sem cair, embora, com frequência, caíssem para um lado ou para o outro. Onde cairiam ele e Lucy quando aquilo terminasse?

Em vez de responder à pergunta, Colin a devolveu para Lucy:

— O que você acha?

Ela suspirou e fechou os olhos por um momento antes de obrigá-los a fitar os dele.

— Não. Eu acho que não. Eu *preciso* lhe contar uma coisa.

Colin levantou a mão de Lucy e passou seus dedos pelas pontas dos dedos dela.

— Isso vai mudar as coisas entre nós?

— Vai — ela suspirou, fechando os olhos.

Ele tocou o queixo dela, virando-lhe o rosto com delicadeza para si.

— Eu não quero que as coisas mudem — ele murmurou.

— Eu também não — ela sussurrou. — Mas...

Antes que ela pudesse dizer mais alguma coisa, Colin se inclinou e a beijou. Uma pequena exclamação escapou dos lábios dela e seu corpo ficou rígido, mas a boca dele continuou na dela, movendo-se com delicadeza mas determinação, ensinando-lhe como era ser beijada. Aos poucos, ela começou a reagir, primeiro com os lábios, depois com as mãos, que deslizaram pelos braços dele, subindo até o pescoço. A pele de Colin se incendiou com o toque. Beijar Lucy era como correr no vento montado em Querido, ou pular da árvore mais alta para mergulhar na superfície fria de um lago num dia quente de verão. Era empolgante, revigorante e incrível.

Empregando grande força de vontade, Colin, enfim, a soltou. Lucy era tão inocente quanto revigorante, e ele não se aproveitaria dela desse modo. Lucy ficou olhando para ele com os olhos arregalados, o rosto corado e o cabelo meio que desfeito. Colin teve de desviar o olhar, ou se perderia de vez.

Que diabo tinha dado nele?

— Esqueci do meu lugar de novo, Srta. Beresford.

Ela demorou um momento para responder.

— Pelo menos você tem um motivo para se esquecer. Qual é o meu? — ela murmurou.

Ela parecia perdida e ansiosa, como se não entendesse o que estava acontecendo. Colin a compreendeu, porque sentia o mesmo. Lentamente, ele se levantou, oferecendo-lhe a mão e uma desculpa.

— Você foi deixada na chuva e congelou por completo. É óbvio que isso paralisou sua mente.

— Sim. — Ela colocou a mão na dele e lhe deu um sorriso tímido. — É uma desculpa excelente. Vou aceitá-la.

Colin a ajudou a se levantar, querendo puxá-la para si e carregá-la até o quarto mais próximo. Mas obrigou sua mão a soltar a dela e pigarreou.

— Que tal assaltarmos a cozinha para comermos algo? Talvez um pouco de comida satisfaça nossa... fome.

Um vermelho forte tingiu as faces dela e Lucy anuiu.

— Isso, nós precisamos comer.

Eles foram até a cozinha, onde ela fez uma confusão com a chaleira e vasculhou a despensa, o tempo todo evitando olhar para ele. Eles se sentaram à mesa um de frente para o outro e comeram pão com queijo, beberam mais chá e tentaram fingir que nada tinha mudado.

Os dedos de Lucy tamborilavam um ritmo irregular na superfície da mesa, na cozinha escura, enquanto esperava ansiosamente pela criada. Era quase meia-noite quando Georgina enfim passou pela porta. Lucy praticamente pulou da banqueta em que estava sentada e agarrou a mão da criada.

— Venha comigo — Lucy sussurrou. — Em silêncio, por favor.

— Srta. Lucy, o que que tá acontecendo?

— Silêncio, Georgy. — Lucy arrastou a pobre criada escada acima até seu quarto, onde fechou a porta assim que entraram. Ela encarou a moça com os olhos arregalados e disparou: — Ele me beijou.

— Quê?

— Lorde Drayson — Lucy continuou. — Ele me beijou. E talvez eu o tenha beijado, e... — O peso da situação desabou sobre ela, que caiu na cama e cobriu o rosto com as mãos. — Oh, Georgy, como eu fui deixar isso acontecer? Sir Walter Scott sabia bem do que estava falando quando escreveu aquilo sobre redes intricadas. Sempre que eu abro a boca, e mesmo quando não a abro, as mentiras se enrolam mais apertadas na verdade, e agora não sei se serei capaz de desenrolá-las. Está uma confusão tão grande e eu não sei o que fazer. Por que você tinha que sair justo hoje? A propósito, como está sua mãe? Espero que ela esteja se sentindo melhor.

Georgina sentou na cama ao lado de Lucy, parecendo cansada e mais frágil do que de costume.

— Mamãe vai ficar bem, não precisa ficar preocupada com isso. Me desculpe por sair. — Ela fez uma pausa antes de soltar um suspiro pesado. —A senhorita não devia ter beijado ele.

— Eu sei, eu sei, eu sei — Lucy gemeu, levantando-se de um pulo e começando a andar de um lado para outro. — Não acabei de falar isso? Mas agora está feito, Georgy, e não dá para desfazer. O que eu vou fazer agora?

Georgina cobriu um bocejo com as costas da mão antes de responder.

— Pra mim parece que a senhorita só tem dois caminhos, Srta. Lucy. Pode dizer a verdade para ele ou continuar se enroscando na mentira.

Lucy já sabia o que precisava fazer, mas ouvir Georgina sendo tão direta a respeito pareceu tornar tudo menos complicado.

— Tem razão. É isso mesmo que vou fazer, mesmo que ele não queira ouvir a verdade.

Georgina franziu a testa, confusa.

— Não importa — disse Lucy, com um gesto de pouco-caso. — Tenho certeza que ele irá me desprezar, ficar furioso e possivelmente me expulsar agora mesmo, mas pelo menos minha consciência vai ficar tranquila. Quero dizer, o mais tranquila possível.

Georgina se levantou e deu um tapinha no ombro de Lucy.

— É melhor assim. Quem sabe ele não fica tão brabo quanto a senhorita tá pensando? Tá na cara que ele gosta da senhorita.

— Esse sentimento vai acabar de repente assim que ele souber que está muito acima de mim em condição social, integridade e altura. Collins, o criado, pode ter desenvolvido algum sentimento por mim, mas o Conde de Drayson nunca contemplaria a possibilidade de um relacionamento com uma filha de costureira mentirosa, isso eu posso lhe garantir.

Georgina pegou as mãos de Lucy e obrigou sua patroa a olhar para ela.

— Tua mãe é a Sra. Beresford, a esposa bondosa do falecido Sr. Beresford, e você é filha deles. Não se esqueça disso.

Lucy passou os braços ao redor da criada e a apertou.

— Você é minha amiga mais querida, Georgy. *Você* não se esqueça disso.

Georgina sorriu, mas foi um sorriso cansado, então Lucy logo a afastou.

— Desculpe-me, Georgy. Estou mantendo você acordada até muito tarde. Precisa dormir agora, pois amanhã pode ser que tenhamos muito que empacotar.

Georgina lhe deu um olhar de compaixão antes de desaparecer no corredor escuro e fechar a porta. Lucy ficou encarando a parede por um momento, sentindo-se repentinamente sozinha. Embora tivesse gostado da independência que veio com a ausência da mãe, Lucy sentiu uma falta pavorosa dela. Ela ansiava pelos braços reconfortantes da Sra. Beresford, por sua sabedoria, pelo modo como sabia tornar mais leve um problema sério.

O problema era que Lucy tinha certeza de que nem sua mãe conseguiria consertar tudo dessa vez.

19

Lucy foi até a casa do Sr. Shepherd assim que terminou de comer suas torradas. O céu estava cinzento e o ar, um pouco frio, o que a fez apertar o xale ao redor do tronco. Por sorte o conde já tinha acordado e estava arando o restante da horta. Em um esforço para evitá-lo, Lucy saiu pela porta da frente e se manteve fora da vista, seguindo o caminho ligeiramente malcuidado que atravessava o mato entre Tanglewood e Knotting Tree, onde o Sr. Shepherd tinha morado a maior parte de sua vida adulta. Tendo perdido a esposa pouco depois do casamento, ele foi morar em Askern para recomeçar a vida, mas acabou se tornando um recluso ao longo dos anos. Os Beresford tornaram-se seus amigos e o apresentaram à sociedade local, e, embora ele comparecesse a um jantar ou uma reunião de vez em quando, preferia ficar no conforto de sua casa, rodeado pela imensa biblioteca, que continha todos os livros imagináveis.

Lucy sempre gostou de visitar o Sr. Shepherd — era incrível como ele conhecia todos os assuntos —, e ela e a mãe se esforçavam para dar uma passada em Knotting Tree na maioria das quartas-feiras e dos sábados. Como estivera ocupada na última quarta-feira, e ainda não estava pronta para encarar Lorde Drayson, Lucy optou por visitar o Sr. Shepherd. Afinal, era sábado e ele a estaria esperando.

Ela levantou a saia lilás um pouco mais alto para passar por cima de um tronco caído que bloqueava o caminho e continuou por mais cem metros antes de sair do meio das árvores e avistar Knotting Tree. Era uma casa grande e majestosa — que o Sr. Shepherd, certa vez, tinha chamado de cavernosa demais para seu gosto. Mas, no momento em que colocou os olhos na imensa biblioteca, não conseguiu se imaginar em nenhum outro lugar. "Os livros alimentam minha alma", ele sempre dizia. "Sem eles, eu não seria nada além de uma casca."

Lucy achava triste que ele pensasse assim. Se pelo menos percebesse que gente também alimenta a alma dos outros, talvez não fosse tão solitário. Pois ele era solitário. Seus olhos se iluminavam toda vez que ela e a mãe apareciam, e se apagavam quando elas se despediam para ir embora.

Ela ergueu a saia mais uma vez para subir os degraus da frente, então pegou a aldrava e deu algumas batidas rápidas. Um momento depois, a porta foi aberta pelo mordomo sombrio do Sr. Shepherd.

— Olá, Geoffries — disse Lucy, com um grande sorriso. — Como você está hoje?

O que restava do cabelo escuro dele permaneceu exatamente no mesmo lugar quando ele fez uma reverência, como se os fios estivessem colados na cabeça.

— Estou bem, Srta. Beresford, obrigado.

Às vezes Lucy se perguntava se algum dia Geoffries se sentia mal. Ele nunca dizia nada que não fosse "bem", e às vezes incomodava Lucy que aquele homem parecesse não sentir nenhuma outra coisa. Talvez ele pensasse que não era permitido a criados sentir qualquer outra coisa.

— Estou aqui para ver o Sr. Shepherd. Ele está em casa? — Era uma pergunta tola, pois ambos sabiam que ele estava. O Sr. Shepherd acordava com o nascer do sol e passava todas as manhãs escondido na biblioteca, rodeado pelas coisas que ele mais amava no mundo.

— Sim, senhorita. Ele a está esperando. Se puder me seguir, eu a levarei até a biblioteca.

— Obrigada, Geoffries. — Os passos deles ecoaram pelo grande vestíbulo, e Lucy não pôde deixar de imaginar se alguém conseguiria se sentir em casa naquele lugar.

Geoffries abriu uma das portas meticulosamente entalhadas que davam acesso à biblioteca e anunciou:

— A Srta. Beresford está aqui para vê-lo, Sr. Shepherd.

No mesmo instante o Sr. Shepherd colocou de lado o livro que estava lendo e se levantou, tirando os óculos. Embora o homem passasse a maioria de seus dias sentado na poltrona favorita ou à sua escrivaninha, seu corpo continuava parecendo saudável e robusto. Ele devia andar bastante de um lado para outro, Lucy decidiu. Isso ou ele tinha uma vida secreta, cheia de aventuras, da qual ela não sabia nada. Qualquer coisa era possível com o Sr.

Shepherd. Ele era quase uma década mais velho que a mãe de Lucy, mas ainda tinha a cabeça cheia de um cabelo espesso e cada vez mais grisalho.

— Lucy, como é ótimo vê-la hoje. — Ele se adiantou e segurou as mãos dela. — Com sua mãe fora, eu não sabia se podia esperar ou não uma visita sua.

— Peço desculpas por não ter vindo na quarta-feira.

Ele fez um gesto de pouco-caso.

— Nunca se desculpe por ter uma vida ocupada e plena. Fico feliz que você esteja aqui agora, e é isso que importa. — Ele apontou um sofá próximo. — Sente-se, minha cara, e conte-me o que tem feito na ausência da sua mãe.

Lucy sentou e deu um sorriso alegre para o Sr. Shepherd.

— Eu decidi plantar minha própria horta, o senhor acredita?

O Sr. Shepherd sentou ao lado dela e pegou a mão de Lucy, inspecionando suas unhas e encontrando uma pequena quantidade de terra debaixo delas.

— As unhas nunca mentem — ele disse e Lucy riu.

— Eu tentei remover toda a terra, mas ela entra nos menores cantinhos e se recusa a sair. Vou me esforçar mais antes de mamãe voltar, ou ela mesma vai querer limpá-las. Receio que eu seja a maior provação dela.

O Sr. Shepherd apontou um dedo para Lucy.

— E você também é a maior alegria dela, não tenha dúvida disso.

— Tem razão, Sr. Shepherd. Se eu não fosse uma provação na maioria dos dias, então ela nunca saberia admirar meus raros momentos angelicais, não é?

Ele jogou a cabeça para trás e riu, como se "angelical" fosse um modo absurdo de descrevê-la. Se Lucy não gostasse tanto do Sr. Shepherd, ela poderia até se ofender.

— Você me faz rir tanto, às vezes — ele disse, enfim. — Eu sempre achei que você deveria escrever um livro sobre a sua vida. Seria a mais divertida das comédias.

Uma comédia de erros, Lucy pensou, principalmente se incluísse as aventuras da última semana. Do modo como ela vinha complicando a própria vida, era provável que esta se tornasse uma tragédia. Uma tragicomédia. Existia esse tipo de história?

— Talvez um dia eu faça isso — ela respondeu. — Mas seria só para o senhor. E para minha mãe, eu acho. As pessoas bem-educadas iriam pensar que sou uma caipira arruaceira que não pode respirar o mesmo ar que elas.

— Que tolas essas pessoas seriam, então — ele disse, gentil.

— O senhor sempre foi bondoso demais. Eu e mamãe sentimos sua falta na festa da casa Bidding, duas semanas atrás. Por que o senhor não foi?

— Um livro novo sobre ervas chegou pelo correio e eu fiz a besteira de abri-lo. Depois que comecei a ler, não consegui mais largá-lo.

Lucy arqueou uma sobrancelha.

— Admita, Sr. Shepherd, que não quis largar o livro porque não queria encontrar gente, nem socializar ou ter que inventar outro modo de dissuadir uma certa Sra. Wallace. Ela está de olho no senhor, não está?

— Sim, receio que esteja. Ela deixou suas intenções bem óbvias — ele disse com uma expressão de sofrimento. — Receio que ela veja como seu dever me transformar de recluso em sociável.

— Tornando-se sua esposa, sem dúvida — Lucy disse, irônica.

— Ela não declarou isso, mas, a julgar pelo modo como se pendura no meu braço e ri de qualquer comentário que eu faça, mesmo quando não é nem remotamente engraçado, eu diria que ela deve estar querendo alguma coisa que eu nunca pretendi lhe dar.

Lucy observava atentamente o Sr. Shepherd, dando-se conta de que ele tinha se tornando querido para ela e sua família.

— Nunca mais pretende se casar? — ela perguntou, em voz baixa. Era uma pergunta que quis fazer muitas vezes no passado, mas nunca teve coragem. Hoje, contudo, Lucy não conseguiu se segurar. Ela só esperava que ele não a julgasse impertinente. Embora a opinião de certas pessoas não fizesse a menor diferença para Lucy, a dele fazia.

O Sr. Shepherd abriu a boca para responder quando a porta da biblioteca foi aberta e um criado entrou carregando uma bandeja com chá e biscoitos. Ele agradeceu ao homem, permitiu que Lucy servisse chá para ambos e bebericou lentamente até que o criado desaparecesse e eles ficassem sozinhos mais uma vez.

Lucy imaginou que o Sr. Shepherd fosse usar a interrupção como desculpa para mudar de assunto, mas não.

— Se eu casar de novo, será por amor — ele declarou. — Não será para ter companhia, nem por ascensão social e muito menos por dinheiro. Apenas por amor.

— Você nunca se sente só?

Ele baixou a xícara e refletiu sobre a pergunta.

— Imagino que às vezes, pois aguardo as visitas que você e sua mãe me fazem, mas meus livros são ótima companhia. Raramente me sinto só na minha biblioteca.

— De verdade? — Lucy perguntou, pois não conseguia acreditar nisso. Ela também apreciava um bom livro, mas este não podia substituir a ligação humana. As sensações que ela experimentou quando Lorde Drayson a beijou nunca poderiam ser reproduzidas num livro, não importava o quão bom fosse o escritor. A pele arrepiada, os calafrios descendo pelas costas, calor que começava no ventre e se espalhava por todo o corpo, aquecendo-a de um modo que o fogo nunca conseguiria.

— Você está ficando corada. — O Sr. Shepherd sorriu por trás da xícara de chá. — Eu adoraria poder enxergar dentro de sua encantadora cabecinha neste momento.

Lucy colocou a xícara no pires de forma ruidosa e pegou um biscoito para mordiscar. O Sr. Shepherd era muito perspicaz. Ela olhava para tudo, menos para seu anfitrião.

— Lucy? — ele disse, enfim. — Aconteceu alguma coisa?

— Não — ela respondeu com excesso de determinação, ainda mais considerando que ela ainda não conseguia fitá-lo nos olhos.

Ele riu e também apoiou a xícara no pires, recostando-se no divã com os braços atrás da cabeça.

— Quando o gato sai, os ratos fazem a festa, hein?

Lucy sentiu as bochechas ficarem ainda mais quentes. Sim, o Sr. Shepherd era perspicaz demais. Ela devia se arriscar a confiar nele? Seria esse o verdadeiro motivo pelo qual Lucy não queria perder a costumeira visita de sábado — porque ela sabia que o Sr. Shepherd agiria como um pai?

Lucy mordeu o lábio por um momento antes de finalmente obrigar seus olhos a encontrarem os dele.

— Eu não chamaria de “fazer a festa”.

— Como você chamaria, então? — ele perguntou, observando-a atentamente. — Quando o gato sai, o que os gatos fazem... Lucy?

Ela ficou mudando o biscoito de posição com as mãos até ele se tornar um monte de migalhas. Quando não restava nada mais para despedaçar, ela começou a falar.

— Os ratos pensam em assassinato, mentem, roubam... bem, eu deveria dizer “pegam emprestado”... e, hum... divertem-se com o criado, embora ele não seja um criado de verdade, só acredite que é.

Além de arregalar um pouco os olhos, a expressão do Sr. Shepherd permaneceu impassível. Ele parecia esperar que ela continuasse, mas, como ela não continuou, ele passou as mãos pelas calças, tirando migalhas inexistentes, depois se inclinou para a frente, apoiou os cotovelos nos joelhos e fixou o olhar nela.

— Não pude deixar de notar que você não incluiu traição na sua lista de pecados.

Lucy piscou, surpresa, sem entender o que ele queria dizer com isso.

— Eu não traí, Sr. Shepherd. Pelo menos não no sentido normal da palavra.

— Ah — ele fez. — Aí está, então. Você não está tão perdida assim. E você disse que apenas *pensou* em assassinato, correto? Não cometeu o ato?

— Não, senhor — exclamou Lucy, sentindo-se um pouco mais animada com a brincadeira dele, que não estava chocado nem assombrado, e não parecia ter diminuído sua estima por ela. Se pelo menos sua mãe pudesse reagir do mesmo modo.

— Muito bem, então — disse o Sr. Shepherd, esfregando as mãos. — Agora que você sumarizou seus pecados...

— Quer dizer "confessou" — interrompeu Lucy.

— Não, eu quero dizer sumarizou — ele afirmou. — Sou um intelectual, não um vigário, e de nada me servem confissões. Sumários, por outro, são um ótimo lugar para se começar.

— Começar? — ela perguntou.

— Isso mesmo. — Ele anuiu. — Você me fisgou como um peixe no anzol. Agora, por favor, tenha pena deste velho solitário, pois eu realmente preciso ouvir a versão não resumida da história.

Lucy colocou seu prato cheio de migalhas sobre a mesa lateral e juntou as mãos.

— Muito bem, Sr. Shepherd. Eu vou lhe contar minha história completa com uma condição. Precisa prometer que, quando eu terminar, o senhor não vai chamar as autoridades nem me mandar para o hospício de Bedlam.

Os lábios dele se contorceram quando ele respondeu.

— Tem minha palavra.

E assim Lucy começou sua história, apresentando o Sr. Shepherd ao homem pavoroso que surgiu à sua porta há menos de uma semana. Ela enfeitou um pouco aqui, exagerou um tanto ali, omitiu alguns detalhes menos importantes — como um beijo ardente — e, finalmente, concluiu:

— Então, o fato, Sr. Shepherd, é que talvez não continuemos a ser vizinhos por muito tempo. Tenho quase certeza de que minha mãe e eu precisaremos arrumar outro lugar para morar antes do que gostaríamos.

Lucy não sabia precisar quando a expressão divertida do Sr. Shepherd se transformou em algo mais parecido com choque, mas tinha acontecido.

O Sr. Shepherd, homem de tantas palavras, parecia um tanto perdido nesse momento.

— Bom Deus, Lucy — ele exclamou quando enfim conseguiu falar. — Você deveria escrever um livro.

— Talvez eu devesse mesmo — ela concordou, sentindo sua melancolia anterior voltar. Um peso arqueou seus ombros, fazendo-a se curvar. Tudo iria mudar. Não era possível um final para aquela situação que deixasse todos os envolvidos felizes e contentes.

— Quando sua mãe volta? — perguntou o Sr. Shepherd.

— Na próxima sexta-feira — ela respondeu.

Ele soltou um suspiro longo e pesado.

— Tudo devidamente considerado, creio que Lorde Drayson precisa encontrar outro lugar para ficar assim que possível. Georgina não basta como acompanhante, e, se essa história se espalhar...

Ele pareceu tão sério — de um modo que Lucy nunca tinha visto. Isso a assustou. Se o Sr. Shepherd, um otimista incansável, acreditava que a situação de Lucy era tão séria, então ela tinha exagerado de verdade dessa vez. Doía-lhe que tivesse estragado por completo sua primeira e provavelmente única chance de demonstrar sua independência. Quando ela aprenderia a ser sábia como a mãe ou o Sr. Shepherd? Quando ela ficaria adulta?

— Eu sei — Lucy conseguiu dizer. Ela sentia como se tivesse regredido ao dia em que mentiu sobre a corrida de gafanhotos para seus pais e sentiu na alma a decepção deles. Só que dessa vez era o Sr. Shepherd que parecia decepcionado. Não havia nada pior do que perder o respeito de alguém que se ama.

Como se lesse os pensamentos dela, o Sr. Shepherd pegou gentilmente as mãos dela e as apertou de leve.

— Se você quiser, posso acompanhá-la para explicar tudo a Lorde Drayson.

— Por favor, deixe que eu faço isso — Lucy se apressou em responder. — Tenho certeza de que ele não gostaria de público para uma conversa dessas, e, bem, eu preciso fazer isso sozinha.

— Muito bem — ele concordou. — Mas pode lhe dizer que ele é bem-vindo em Knotting Tree, para ficar quanto tempo desejar. Estou aqui para ajudá-la do modo que for possível.

— Obrigada — Lucy levantou devagar, desejando poder voltar ao dia em que abriu a porta para Lorde Drayson. Dessa vez ela não gritaria com ele, nem o condenaria nem bateria a porta na cara dele. Ela aceitaria seu destino como uma mulher adulta, enviaria uma carta contando a péssima notícia para a mãe e agradeceria ao conde pelo que ele e o pai tinham feito pelas Beresford até o momento. Talvez assim ele não tivesse saído correndo, de modo tão imprudente, evitando a queda do cavalo.

Conforme Lucy se afastava de Knotting Tree, ela inspirou o ar fresco da quase primavera e ergueu o rosto para a parte mais clara do céu, sabendo que o sol se escondia atrás da cobertura de nuvens. Apesar de todos os seus arrependimentos, estava certamente mais sábia hoje do que ontem, e a consciência disso a animou um pouco. Talvez ainda houvesse esperança para ela.

20

LUCY ENCONTROU O CONDE no estábulo, tirando Athena de sua baia. Ele estava descansado e atraente, e a lembrança do beijo voltou com um sobressalto. Seu coração apressou o ritmo, e Lucy sentiu uma necessidade repentina de sair correndo. Momentos atrás, enquanto caminhava pelo mato que separava Tanglewood de Knotting Tree, ela se sentia tão corajosa, tão pronta para dizer a verdade e aceitar as consequências. Mas apenas ver Lorde Drayson colocou toda sua coragem para correr, como dezenas de ratos em fuga.

— Amarelo lhe cai bem, Srta. Beresford — disse o conde quando a avistou. Admiração iluminava os olhos dele, e seus lábios se curvaram num sorriso. — Você parece o próprio sol nesta manhã.

— Obrigada — ela disse, preocupada demais para se animar com o elogio. Ela desejou que ele voltasse a lhe dar ordens e fazer exigências, daquele modo soberbo que ela tanto tinha desprezado. Isso facilitaria sua confissão. — Acho que já fomos além de "Srta. Beresford", não? Eu lhe dou permissão para me chamar de Lucy. E aonde está levando Athena?

— Sua chegada não poderia ser mais oportuna, Srta. Beresford. Eu vou atrelá-la à charrete para sua próxima lição. E eu tenho errado ao chamá-la por seu primeiro nome. Enquanto eu for seu cocheiro, você vai ser a Srta. Beresford.

— O problema é esse, *sir*. — Ela decidiu usar "sir" nesse momento porque já não conseguia chamá-lo de Collins, mas também não era capaz de dizer seu título. — A verdade é que você não é meu cocheiro. De fato, você...

— De fato estou ansioso para vê-la com aquele chapéu medonho — ele a interrompeu, olhando para Lucy por cima do ombro. — É claro que estou. Mas também prometi fazer o meu melhor para ensiná-la a conduzir, e promessa é promessa, não? Você também quer aprender a atrelar um cavalo à charrete ou isso fica para outro dia?

Se pelo menos fosse haver outro dia, Lucy pensou, triste, enquanto o seguia até a charrete.

— Antes que você continue, há algo de grande importância que eu preciso muito lhe dizer, e que não pode esperar nem mais um momento.

Ele continuou a atrelar a égua, como se não tivesse ouvido uma palavra do que Lucy tinha dito, ou talvez não quisesse ouvir, o que era estranho. Se Lucy estivesse no lugar dele, iria querer saber, uma vez que sua curiosidade seria enorme.

Lorde Drayson terminou com Athena e deu um tapa no flanco dela.

— Seja o que for que a senhorita tenha para dizer, pode esperar até depois da nossa aula.

— Não pode, não. — Ela cruzou os braços para enfatizar sua seriedade, mas, como antes, ele pareceu não ligar.

— Pode, sim — ele insistiu com um pouco mais de firmeza enquanto estendia a mão para Lucy. Sua boca se curvou num sorriso que fez o coração dela disparar de novo. — Hoje o dia não está tão lindo quanto ontem, mas está um pouco quente e não devemos desperdiçar a oportunidade. Proponho um passeio revigorante antes de plantarmos suas preciosas sementes.

Lucy percebeu que uma conversa muito necessária não fazia parte dos planos dele para o dia, mas se recusou a aceitar o adiamento.

— E eu proponho que nós conversemos *agora*.

Ele suspirou, mas manteve a mão estendida para ela.

— Depois do nosso passeio, por favor, Lucy? Mais um passeio é tudo que eu peço. — Era ao mesmo tempo um pedido e uma promessa, que, acompanhados do primeiro nome dela, fizeram Lucy sentir sua resistência começar a desmoronar. Por que ele mostrava tanta má vontade para ouvi-la?

— Além do mais — ele acrescentou, com um sorriso maroto —, eu já sei o que você está planejando dizer, e não quero ouvir.

— E o que você acredita que estou planejando dizer? — Lucy perguntou, de repente ansiosa. Será que a memória lhe tinha voltado? Não. Ele estaria gritando com ela e exigindo respostas. Não estaria tentando convencê-la a passear com ele. Ou quem sabe o motivo de ele querer passear com ela fosse um desejo de estrangulá-la sem que ninguém testemunhasse, para poder deixar o corpo dela para os grilos e gafanhotos.

Lorde Drayson se aproximou dela e, de repente, ficou muito difícil para Lucy respirar. Nossa, ele era mesmo divino. Ele falou lentamente:

— Você está planejando dizer que é incapaz de aprender a arte de conduzir animais e deseja ser liberada das consequências da nossa aposta.

Lucy arregalou os olhos para o conde, confusa. Com certeza ele não pensava mesmo algo tão ridículo. Ela podia ter medo de cavalos, mas nunca se rebaixaria à covardia de desistir da aposta.

— Eu nunca...

— Prove — ele a interrompeu. — Permita-me ajudá-la a subir na charrete, para que você mostre para mim que pode se sair melhor do que ontem.

— Eu posso — ela disse, pois certamente não poderia se sair pior. — Mas não até...

— Nada de "mas". — Ele colocou o dedo sobre os lábios dela, fazendo o coração de Lucy cair no chão.

A cabeça dela tornou-se incapaz de qualquer pensamento coerente, e a única coisa que ela conseguiu dizer foi uma repetição das palavras dele:

— Nada de "mas".

Os lábios dele abriram um sorriso ainda maior quando ele pegou sua mão e a ajudou a subir na charrete. Dessa vez não houve muita resistência. Ela subiu devagar, sentindo como se tivesse perdido a primeira batalha de uma guerra que estava destinada a perder.

Assim que o conde se juntou a ela na boleia, Lucy pegou as rédeas e as estalou do modo que Lorde Drayson tinha ensinado. Para sua surpresa, Athena começou a andar.

Ela estava boquiaberta quando olhou para o conde, primeiro de espanto, depois de triunfo.

— Não lhe disse que eu me sairia melhor do que ontem?

As mãos dele seguraram as dela e puxaram as rédeas para a esquerda, evitando que a roda da charrete batesse na estaca de uma cerca.

— Não ponha a charrete na frente da égua, Lu... Srta. Beresford... ou isso será sua ruína.

Lucy olhou feio para o conde antes de assumir de novo o controle das rédeas, dessa vez mantendo a concentração em Athena e aonde ela queria que a égua fosse. Ela estava se saindo muito melhor, e até mesmo se viu apreciando o passeio.

— Diga-me, Srta. Beresford — começou o conde —, o que você faria se um assaltante surgisse de trás das árvores e apontasse uma arma para você?

Lucy fingiu não ficar surpresa com a pergunta e manteve a expressão impassível.

— Eu pararia Athena assim. — Ela puxou as rédeas e sentiu um pequeno triunfo quando a égua parou de andar. — Então eu diria para o sujeito:

"O que o senhor quer roubar de mim? Minha charrete? Meu cavalo? Meu vestido? Porque receio que isso seja tudo que eu possa oferecer, a menos que deseje ouvir um sermão sobre os méritos de uma vida longe do crime. Sou filha de um vigário, sabe, então tenho muito a dizer a respeito disso".

O conde riu e seu ombro roçou o dela, fazendo com que o braço de Lucy ficasse todo arrepiado.

— Eu quase sinto pena do infeliz.

— Infeliz, pois sim. Ele está tentando me roubar.

— Sim, e como resultado vai receber um sermão sobre a importância da integridade.

Integridade. Quem era Lucy para dar um sermão sobre esse assunto em especial? Ela franziu a testa quando um versículo muito citado da Bíblia lhe veio à mente: *Aquele dentre vós que não tiver pecados, que atire a primeira pedra*.

Lucy não poderia atirar *aquela* pedra.

— E se uma carruagem viesse correndo na nossa direção pelo outro lado da estrada? — perguntou Lorde Drayson. — Como você reagiria?

Satisfeita em afastar seus pensamentos carregados de culpa, Lucy desviou Athena para a lateral da estrada. O conde só teve de segurar sua mão uma vez para evitar que a charrete caísse numa vala.

A aula continuou e, duas horas depois, Lucy conduzia o veículo pelo caminho com muito mais confiança em sua capacidade de condutora. Após sair da casa do Sr. Shepherd sentindo-se uma colegial irresponsável, o passeio a animou, pois ela percebeu que conseguia, finalmente, fazer algo direito. E não era qualquer coisa; Lucy sabia conduzir uma charrete.

Desde a morte do pai, ela se preocupava com o que aconteceria se o mesmo destino atingisse sua mãe. Lucy levava uma vida tão protegida que nunca se sentira pronta para ficar sozinha. Esse foi um dos motivos pelos quais ela tinha implorado para ficar em casa com Georgina. Queria provar para si mesma, e para a mãe, que podia muito bem cuidar de si própria caso se tornasse órfã ou solteirona. Além disso, Lucy não sentiu a menor vontade de acompanhar a mãe. Ela não tinha nenhum desejo de se ver aprisionada naquela choupana que suas primas chamavam de lar. Da última vez que estivera lá, Lucy jurou nunca mais voltar. O lugar era imundo e cheio de crianças, duas das quais tiveram de compartilhar uma cama com Lucy.

No fim, a Sra. Beresford cedeu, só porque sabia como sua filha ficaria infeliz se tivesse de acompanhá-la. E foi assim que Lucy ficou em casa. Agora lá estava ela, conduzindo uma charrete e se preparando para plantar sementes em sua horta — tudo devido ao encorajamento de Lorde Drayson. Como era triste que, enquanto ela fazia de tudo para deixá-lo no escuro, ele, de muitas maneiras, tinha lhe mostrado a luz.

A culpa a comia por dentro enquanto ela dirigia a charrete de volta ao estábulo e parava Athena com eficiência.

— Bravo, Srta. Beresford. — O conde a aplaudiu. — Bravo. Talvez ainda haja esperança para você.

Lucy não pôde evitar se sentir um pouco envaidecida com o elogio. Quando ele a ergueu para ajudá-la a descer da boleia, ela até mesmo perguntou:

— Isso me faz a vencedora de nossa aposta? Agora posso me vangloriar e buscar o chapéu que você vai usar?

Ele a colocou no chão e sorriu, mantendo as mãos na cintura dela.

— Vanglorie-se à vontade, Srta. Beresford. Você fez por merecer.

— Devo tudo a você. — Ela tentou manter o tom leve, mas suas palavras soaram mais sombrias do que divertidas. Lucy engoliu em seco, sabendo que tinha chegado a hora da conversa. Ele tinha lhe pedido que esperassem até depois do passeio, e foi o que ela fez. Mas, antes que Lucy o enraivecesse com a verdade, ela queria que o conde soubesse o quanto ela lhe devia.

— Obrigada, Col... sir — ela começou, ainda com as mãos nos ombros dele. — Não só por me ensinar a conduzir um veículo, mas por me ajudar com a horta e por me fazer ter um pouco menos de medo de cavalos.

— Ficarei feliz em ajudá-la a se livrar por completo do medo de animais, se me permitir — ele disse.

Os dedos de Lucy remexiam o colarinho da camisa dele. O que ela diria a seguir faria com que ele retirasse a oferta, assim como as mãos de sua cintura. Se ela pudesse viver um pouco mais naquele conto de fadas. Se...

— Quando nos conhecemos — Lucy começou —, eu não tive uma boa opinião a seu respeito e, como resultado, fiz algo... eu *disse* algo, na verdade... que eu...

— Você tem uma opinião boa a meu respeito agora, Lucy? — Ele a puxou para mais perto, e ela permitiu.

— Pensei que você não fosse mais me chamar assim — ela sussurrou.

— Parece que não consigo evitar.

Lucy estava totalmente nos braços dele, seu corpo encostado no dele, e ela se sentia mais do que feliz de ficar assim. Mas não deveria. Ela precisava lhe contar a verdade — agora — antes que ele fizesse algo de que sem dúvida iria se arrepender.

— Vou perguntar de novo — ele disse, observando o rosto dela. — Você tem uma opinião boa a meu respeito agora?

Lucy fechou os olhos, não querendo ver o carinho nos olhos dele se transformar em raiva.

— A melhor possível — ela respondeu —, mas...

Ela soltou uma exclamação quando os lábios quentes dele desceram sobre os seus, silenciando aquelas palavras tão difíceis de dizer. Essa seria a última vez que ela beijaria o Conde de Drayson, então Lucy abandonou a cautela e enlaçou o pescoço dele com seus braços, participando do beijo com um fervor que teria chocado sua mãe. Ela queria se lembrar desse momento para sempre — queria lembrar dele —, então passou os dedos pelo cabelo do conde, sentindo cada saliência e curva de sua cabeça. O sabor dele era de pêssego em conserva, e seu cheiro, de ar livre com um toque familiar de sândalo.

Era um beijo de recordação e adeus, e Lucy não se conteve, desejando que pudesse ser um beijo de recomeço.

— Lucy Beresford, afaste-se desse homem agora mesmo! — guinchou uma voz que fez o estômago de Lucy se torcer em nós. Ela se afastou do conde e olhou para ele por um breve momento, antes de fechar os olhos de vergonha. De todas as pessoas que poderiam tê-los surpreendido, precisava ser a Sra. Bidding?

A mulher estava parada não muito longe, com as mãos nos quadris, os lábios apertados e o rosto mais vermelho do que Lucy jamais tinha visto. Aquele tom ficava horrível com a fita laranja amarrada debaixo do queixo da mulher.

— Explique-se, meu senhor! — ela ordenou ao conde. — Como ousa tirar vantagem desta jovem na ausência da mãe dela?

Lucy olhou para Lorde Drayson, surpresa por ele não parecer nem um pouco constrangido ou envergonhado. Como é que ele não tremia de medo como ela? Era óbvio que o conde não tinha tido o desprazer de conhecer a Sra. Bidding. Ele pigarreou.

— Está totalmente certa em apontar meu erro, Sra....

— Bidding — a mulher completou.

— Sra. Bidding — ele repetiu. — Estou completamente errado e peço desculpas por me aproveitar de uma moça tão inocente quanto a Srta. Beresford. Não tenho outra desculpa se não dizer que a beleza dela sufocou meu bom senso.

— Você a comprometeu — disse a Sra. Bidding, que não costumava medir suas palavras. — Como representante da mãe dela, exijo que faça o que a honra exige.

Lucy arregalou os olhos, boquiaberta, para a Sra. Bidding. Certamente a mulher não estava sugerindo que o conde fizesse uma proposta de casamento para ela. Bom Deus! Lucy não podia expor Lorde Drayson agora, ou a Sra. Bidding iria insistir no casamento.

Sentindo uma necessidade urgente de proteger Lorde Drayson, Lucy obrigou-se a falar com calma.

— Quer que meu cocheiro me peça em casamento, Sra. Bidding? Por mais que eu admire seu empenho em cuidar de mim na ausência da minha mãe, não acredito que ela aprovaria esse noivado.

— Sou primeiro seu mordomo, não seu cocheiro — o conde interveio, como se isso ajudasse em algo, e ele sabia muito bem que não ajudava.

— Seu mordomo! — A Sra. Bidding nunca tinha parecido mais assombrada. O rosto dela estava literalmente roxo, o que, por estranho que parecesse, contribuiu para relaxar os nervos de Lucy. Foi isso ou ver os lábios trêmulos do conde. Uma situação séria de repente ficou cômica, e Lucy teve de dominar a vontade de rir.

— Você é muito melhor cocheiro que mordomo — Lucy disse para o conde. — Então acho que essa será sua função daqui em diante.

— Sua mãe contratou um cocheiro? — Era óbvio que a Sra. Bidding estava tentando entender a situação. — Por que só agora fiquei sabendo disso?

— Fui eu que o contratei — disse Lucy. — Ou, para ser mais precisa, Georgy e eu o encontramos ferido na estrada, então o trouxemos para casa, como qualquer bom cristão faria. Quando acordou, ele não lembrava nem o próprio nome, então eu o tornei nosso cocheiro enquanto esperamos que sua memória volte. Não vi motivo para desperdiçar esses músculos tão bons. — Então Lucy fechou a boca, sabendo que tinha ido longe demais. Não ajudava que os ombros do conde estivessem tremendo com o esforço de conter a risada.

Os olhos da Sra. Bidding ficaram muito arregalados.

— Lucy, quero que você entre agora e prepare seu baú de viagem. Vou levá-la para a minha casa e postar uma carta para sua mãe. Quanto a você... — Ela olhou feio para o conde, esperando que ele lhe dissesse o nome.

— Collins — ele disse, sustentando sem receio o olhar da Sra. Bidding.

— Collins — ela cuspiu o nome como se ele não fosse nada além de uma escova de chaminé. — Você vai embora desta casa imediatamente. Eu não quero mais ver sua pessoa perto da Srta. Beresford, ou de Askern, nunca mais. Fui clara?

A expressão do conde perdeu todo o bom humor.

— Bastante — ele disse. Então, fazendo uma reverência para Lucy, acrescentou. — Foi um prazer, Srta. Beresford. Espero que algum dia possamos nos reencontrar.

— Não se eu puder evitar — espumou a Sra. Bidding, pegando Lucy pelo braço e arrastando-a para longe.

Lucy entrou em pânico. O conde não podia ir embora sem saber a verdade. Aonde ele iria? O que faria? Quando sua memória voltaria? Lucy não podia permitir que ele fosse embora sem qualquer explicação, mas o que ela poderia fazer?

Lucy firmou os pés e tentou uma última súplica em favor do conde.

— Sra. Bidding, se eu for com você, com certeza Collins pode ficar. Pelo menos até sua memória ou minha mãe voltar. A senhora não pode, em sã consciência, mandá-lo embora quando ele ainda precisa da nossa ajuda.

— Eu posso e vou — ela respondeu, com firmeza. — Ele abusou demais da sua ajuda, trazendo desgraça para você e sua família. Se uma palavra sobre isto sair daqui, você estará arruinada. Não consegue ver isso? Só espero que meu cocheiro tenha mais honra que este homem. Ele deveria se sentir grato por eu ainda não ter mandado chamar o magistrado.

— Mas... — Lucy pensava freneticamente, sem saber o que mais poderia fazer. A Sra. Bidding voltou a arrastá-la na direção da casa, aumentando a distância entre ela e Lorde Drayson. Não demorou para que ela estivesse dentro de casa.

Georgina veio da cozinha com a testa franzida de preocupação.

— Qual o problema, Srta. Lucy? — ela perguntou.

Lucy soltou o braço da mão da Sra. Bidding, deu um olhar de alerta para a mulher e inspirou fundo antes de se voltar para a criada.

— Você me ajuda a fazer a mala, Georgy? Parece que tenho que ir com a Sra. Bidding até mamãe voltar.

Georgina aquiesceu e seguiu sua patroa escada acima. A Sra. Bidding foi logo atrás, ficando parada à entrada do quarto de Lucy como uma sentinela severa enquanto as duas moças arrumavam o baú. Lucy esperava ter alguns minutos a sós com a criada, mas não seria possível.

Com a ajuda do cavalariço da Sra. Bidding, o baú foi carregado até o térreo e depois colocado na traseira da carruagem. Lucy olhou para o estábulo, mas o conde não estava mais lá. Antes de subir na carruagem e sacrificar sua liberdade, ela passou os braços ao redor de Georgina, numa despedida dramática.

— As roupas e os objetos pessoais de Lorde Drayson estão na gaveta de baixo do meu guarda-roupa — ela sussurrou na orelha de Georgina.

— Por favor, entregue tudo para ele e leve-o até a casa do Sr. Shepherd. Ele vai saber explicar tudo. — Georgina também saberia, mas Lucy não queria jogar tanta responsabilidade nos ombros da doce criada, não quando o Sr. Shepherd poderia explicar tudo com mais facilidade e eloquência.

Georgina aquiesceu, parecendo aliviada e preocupada ao mesmo tempo. Lucy subiu na carruagem com passos pesados, rezando para que tudo desse certo. Quando os cavalos puxaram a carruagem da Sra. Bidding pela trilha, Lucy olhou para trás, para o estábulo vazio, com muitos arrependimentos.

Se pelo menos Lorde Drayson não tivesse caído do cavalo. Se pelo menos ela não tivesse mentido. Se pelo menos o coração dela se aquietasse.

21

NO DIA SEGUINTE À SAÍDA forçada de Lucy de sua casa, o Sr. Shepherd enviou um bilhete à moça que dizia:

Pode parar de se preocupar. Está tudo bem.
—Sr. Shepherd

Lucy franziu o rosto para o bilhete. O que, exatamente, isso queria dizer? Que Lorde Drayson tinha, enfim, descoberto sua verdadeira identidade ou que as Beresford poderiam permanecer na casa da viúva por enquanto? Estaria Georgina empacotando tudo enquanto Lucy permanecia confinada ao quarto na casa da Sra. Bidding?

Para um intelectual que adorava ler obras extensas, o Sr. Shepherd não parecia adepto a redigir missivas detalhadas. Não era de admirar que nunca tivesse escrito um livro.

Lucy perguntou à Sra. Bidding se elas poderiam ir visitar o Sr. Shepherd para pedir mais esclarecimentos, mas sua anfitriã não permitiu. Nem que ela lhe escrevesse uma carta em resposta.

— Você não vai manter nenhuma comunicação com qualquer pessoa fora desta casa até que sua mãe volte para supervisioná-la — foi sua palavra final.

Então Lucy jogou o bilhete do Sr. Shepherd no fogo e desabou na cama, sentindo-se uma prisioneira. Embora o quarto em que a Sra. Bidding a tinha colocado fosse maior do que o de Lucy na casa da viúva, ela detestava o modo como estava presa, sem comunicação com o resto do mundo.

Lucy teve permissão para fazer as refeições com a família e passar o tempo na sala de estar com a Sra. Bidding, ouvindo sermões sobre etiqueta enquanto aprimorava suas habilidades em bordado e caligrafia, mas Lucy preferia o silêncio de seu quarto, onde ficava a maior parte do tempo.

Com três dias de prisão, Lucy estava pronta para fugir pela janela e descer pela parede de pedra. Ela tinha estudado as saliências e reentrâncias abaixo de sua janela e decidiu que seria possível, ainda que um pouco perigoso, fazer isso. Assim, foi com grande alívio que recebeu sua convocação à sala de estar na manhã de seu quarto dia. Sua mãe tinha finalmente chegado, e Lucy nunca sentiu maior alegria ao ver alguém.

Os círculos escuros ao redor dos olhos da Sra. Beresford atestavam seu cansaço, mas, pelo estado do vestido de viagem e da touca, parecia que tinha acabado de vesti-los. Além de alguns fios soltos do cabelo cor de mogno, ela estava bem-arrumada como sempre.

Aparentemente, a Sra. Bidding tinha assumido para si a tarefa de contar para a Sra. Beresford sobre o comportamento deplorável de sua única filha, pois a expressão da mãe estava bem sombria. Lucy tentou não se aborrecer com o fato de não poder fazer sua própria confissão. A Sra. Bidding não sabia da história toda, e Lucy só podia imaginar a versão exagerada — e sem dúvida depreciativa — que sua mãe tinha sido obrigada a escutar.

A Sra. Beresford estava sentada numa poltrona, toda rígida, parecendo mais magra do que quando partiu. Ela olhou para a filha com severidade.

— Nós vamos conversar em casa, Lucille. Por favor, agradeça à Sra. Bidding por cuidar de você e pegue suas coisas.

Obediente, Lucy fez uma mesura para sua anfitriã.

— Obrigada, Sra. Bidding. Serei eternamente grata. — Lucy esperou ter soado mais sincera do que se sentia. Então segurou as saias e praticamente saiu correndo da sala. Sem dúvida a mãe lhe faria muitos sermões, mas Lucy não podia negar que estava entusiasmada de voltar para casa.

— Como estão a tia Beth e o novo bebê? — Lucy perguntou depois que estavam na carruagem, seguindo na direção de casa. Sua mãe suspirou.

— Ela finalmente deu à luz ao garoto que tanto queriam, e está se recuperando bem.

— Que boa notícia — disse Lucy, tentando parecer o mais alegre possível.

— Se eu pudesse voltar para casa e receber notícias assim tão boas. — A mãe lhe deu um olhar que dizia *É melhor eu gostar mais da sua versão dos fatos do que a da Sra. Bidding, ou você vai ficar trancada em outra torre.*

Lucy engoliu em seco e olhou pela janela, sabendo que a mãe também não gostaria da versão de Lucy. Ela sentiu cada depressão e lombada da estrada durante o longo trajeto até sua casa. Georgina as recebeu na entrada, ajudou a levar para dentro o baú de Lucy e disse que tinha preparado chá e biscoitos, caso mãe e filha quisessem um lanche.

Com a mão no guarda-corpo, a Sra. Beresford inspirou fundo.

— Eu gostaria de me lavar primeiro, Georgy. Preciso limpar meu corpo e minha alma antes de compartilhar seu maravilhoso lanche com minha filha.

Sua filha. A Sra. Beresford não conseguia nem mesmo usar o nome de Lucy.

— Vou manter o chá quente para a senhora — disse Georgy. — Precisa de ajuda?

— Eu posso me arrumar sozinha, obrigada. — Sem nem olhar para *sua filha*, a Sra. Beresford subiu a escada com movimentos lentos e pesados. No mesmo instante, Lucy sentiu-se culpada. Sua mãe tinha passado quase duas semanas ajudando a irmã necessitada, para ser recebida em casa com problemas piores, e tudo porque a Sra. Beresford tinha cometido o erro de confiar na filha adulta.

Lucy olhou para Georgina de um modo solene.

— Bem, Georgy, parece que meu plano para nos salvar foi um fracasso absoluto. Eu deveria ter escutado você.

Georgina lhe ofereceu um olhar de compaixão, então apontou a cabeça na direção da cozinha.

— Eu fiz um bolo para a sua volta e a da Sra. Beresford. Tem sido um horror de tão quieto por aqui. Quer uma fatia?

Lucy respondeu com um sorriso forçado.

— É de limão?

— E existe de outro tipo?

— Se existe, não deveria. — O sorriso de Lucy tornou-se mais genuíno. — Eu adoraria uma fatia, Georgy. Bem grande.

Georgina foi na frente e cortou uma fatia grande para Lucy e uma pequena para si quando Lucy insistiu que a criada a acompanhasse.

— Conte-me o que aconteceu com Lorde Drayson — disse Lucy, deliciando-se no sabor complexo do maravilhoso bolo de limão de Georgina, tentando não parecer ansiosa demais por notícias do conde.

— Não sei de muita coisa. — Georgina franziu a testa. — Eu entreguei as coisas dele pra ele e mostrei o caminho pelo mato até a casa do seu Shepherd. Não vi mais o conde. Teve alguma notícia de Knotting Tree?

— Só um bilhete curto dizendo que "está tudo bem".

— Está tudo bem? — Georgina repetiu. — Que que ele quer dizer com isso?

— Não tenho a menor ideia — disse Lucy. — Não dá para entender, dá?

Georgina meneou a cabeça, também parecendo decepcionada, o que não era de admirar. Lorde Drayson tinha se tornado amigo das duas, e Georgina também devia estar querendo notícias.

— Assim que eu puder, vou fazer uma visita para o Sr. Shepherd — Lucy prometeu. — Imagino que você não tenha recebido nenhuma notificação de despejo?

— Despejo? — disse uma voz atrás dela. — Do que você está falando, Lucy?

Lucy congelou e Georgina levantou de um pulo, começando a tirar os pratos sujos.

— A senhora quer bolo com seu chá, Sra. Beresford? — ela perguntou, dando a Lucy alguns momentos para se recompor.

A mãe de Lucy ignorou Georgina e apenas olhou feio para a filha.

— Lucy, está na hora de você se explicar. Preciso saber o que aconteceu na minha ausência.

Lucy bufou e aquiesceu antes de se levantar lentamente. Os efeitos positivos do bolo de limão desapareceram num instante. A hora do acerto de contas tinha chegado.

— Vamos nos retirar para o salão amarelo, mãe. Georgy pode nos trazer chá e nós... poderemos conversar.

E elas conversaram. Sentadas na sala que um dia esteve coberta de cinzas e fuligem, Lucy contou tudo para a mãe, começando com o momento em que o conde apareceu à sua porta e terminando com o modo abrutalhado como a Sra. Bidding a levou embora, tratando-a como uma criança que não sabe se comportar. Assim como em sua narrativa para o Sr. Shepherd, os únicos elementos que Lucy guardou para si foram os dois beijos. Não se podia falar essas coisas para a própria mãe, ainda mais quando esta era a viúva de um vigário.

— Eu sei que provavelmente você nunca mais irá confiar em mim, mãe, e não a culpo, mas... bem, não existe "mas", na verdade. Eu agradeço por você ter me deixado contar a história toda. A Sra. Bidding nem perguntou. Não que eu tivesse lhe contado, se perguntasse.

Durante toda a narrativa, a Sra. Beresford não mostrou nenhum sinal de emoção, nem mesmo quando Lucy mencionou que logo elas estariam sem casa. A mãe apenas ficou sentada, as costas eretas, bebericando o chá. Os biscoitos e a fatia de bolo permaneceram intocados no prato.

— Essa é a história toda? — a Sra. Beresford perguntou, levantando uma sobrancelha.

Lucy olhou para baixo, sabendo do que a mãe estava falando. Infelizmente, a Sra. Bidding tinha testemunhado uma das cenas que Lucy teria mantido em segredo para sempre.

— Não exatamente — ela admitiu de má vontade, sentindo o rosto esquentar como se aquecido pelo sol. — O conde..., ahn...

— Beijou-a? — a mãe completou, de forma mais contundente do que Lucy jamais a tinha ouvido falar.

Os olhos de Lucy voaram para os da mãe. Ela ficou surpresa ao ver um toque de bom humor neles.

— Sim.

A Sra. Beresford aquiesceu e logo disfarçou seus sentimentos de novo.

— A Sra. Bidding sugeriu que foi um beijo bastante apaixonado.

Maldita Sra. Bidding com seus olhos enxeridos e sua língua solta!, Lucy pensou, brava, sentindo o rosto ficar ainda mais quente.

— Talvez tenha sido — Lucy admitiu, em voz mais baixa dessa vez. Ela não deu nenhuma desculpa por seu comportamento, porque não tinha nenhuma. Ela havia cedido a uma tentação forte, e embora estivesse arrependida por se comportar de forma indecorosa, não se arrependia do beijo. Tinha gostado demais das carícias do conde, e guardaria essas lembranças até o dia em que partisse deste mundo.

Qual é o meu castigo, mãe?, ela quis perguntar. *Por favor, vamos logo com isso para que este constrangimento termine.*

Mais uma vez, a mãe a surpreendeu.

— A Sra. Bidding me contou que você beijou um cocheiro, não um conde — ela disse.

— A Sra. Bidding só sabe do pouco que viu. Não achei aconselhável lhe contar mais.

A mãe inclinou a cabeça para o lado e estudou a filha.

— Mesmo que com essa informação ela exigisse que ele fizesse o que era honrado?

Lucy ficou tensa e levantou o queixo.

— Você não pretende pedir isso ao conde, não é, mamãe? Não é assim que desejo contrair matrimônio.

Por um breve instante, Lucy pensou ver uma faísca de orgulho nos olhos da mãe, mas a Sra. Beresford colocou a xícara na mesa lateral e, quando levantou os olhos outra vez, o brilho tinha desaparecido.

— Lucy, existe algo que nunca lhe contei, algo que eu não planejava lhe contar, mas acredito que este seja o momento. — A Sra. Beresford alisou as dobras da saia com as mãos. — Seu pai e eu não tivemos o que se poderia chamar de corte normal. Uma tarde ele acompanhou a irmã até a loja em que eu trabalhava, e fui eu que a ajudei a escolher o desenho e o tecido de seu traje. Menos de dois dias depois ele voltou sozinho, dizendo que desejava encomendar um novo par de luvas para a mãe, e que queria falar com a Srta. Julia Jenkins sobre essa encomenda. Ele me chamou mesmo de "Srta.", dá para acreditar? E essa foi a primeira de muitas compras.

O brilho nos olhos da mãe se transformou em uma tristeza que intrigou Lucy.

— Os boatos logo começaram. Conversas. Sussurros. As pessoas acreditavam que seu pai e eu... bem, não posso culpá-las, na verdade. Ninguém do nível dele sequer pensaria em tomar uma simples costureira para esposa, então o que restava para as pessoas pensarem?

Quando Lucy compreendeu o que a mãe queria dizer, ficou boquiaberta de indignação.

— Que você era tão respeitável, se não mais, quanto qualquer mulher da nobreza. Como ousaram? — Lucy exclamou.

A Sra. Beresford se inclinou para a frente e pegou as mãos da filha.

— Lucy, existem expectativas neste mundo. Regras de decoro. Se você não as seguir, existem consequências. Você pode pensar que a Sra. Bidding a atrapalhou quando a levou embora e a manteve confinada até eu voltar, mas na realidade ela lhe prestou um grande serviço. Ela resguardou sua reputação. Fui eu que lhe fiz um desserviço deixando-a sozinha, apenas com Georgina como acompanhante. Por isso, só posso culpar a mim mesma.

Lucy sentiu qualquer esperança de uma futura independência se esvair, como as pétalas de um dente-de-leão ao vento, sendo levada para além do seu alcance.

— Assim que eu soube da fofoca a respeito de seu pai e eu — a mãe continuou —, eu pedi para ele parar de me procurar. Mas ele não quis saber, e eu, jovem e inexperiente como era, não insisti. Então começamos a nos ver em segredo. Durante algum tempo aquilo foi empolgante, e eu me senti muito apaixonada por seu pai. Mas numa noite terrível nós fomos descobertos nos beijando, de forma muito parecida com a maneira como a Sra. Bidding encontrou você e o conde. Só que, no meu caso, a notícia se espalhou, e a pouca reputação que eu possuía foi destruída, sem chance de ser reconquistada. Fui considerada uma mulher desgraçada. Perdi o emprego e a dignidade, e, como meus pais permitiram que eu continuasse vivendo na casa deles, também foram desprezados. Seu pai se sentiu péssimo e insistiu em fazer o que era honrado para me salvar da perdição, e foi assim que nos casamos.

— Ele não a teria pedido em casamento se não a amasse, mamãe — Lucy observou, de repente sentindo uma necessidade aguda de proteger os pais. Ela sempre imaginara que os dois se casaram por amor, sem se importarem com o que os outros pensassem sobre as diferenças de classe social entre eles. Foi um golpe triste descobrir que o motivo para seus pais se casarem tinha sido o julgamento dos outros.

Não, Lucy se recusou a acreditar nisso. Seus pais teriam se casado mais cedo ou mais tarde. Eles se amavam demais para se afastarem.

— Oh, ele me amou de certa forma, imagino — sua mãe continuou. — E esse amor ficou mais forte e profundo com o passar dos anos. Mas ele perdeu tanto ao se casar comigo. Seu pai tinha grandes sonhos de lutar pelo país e provar que era um herói. Seu avô estava preparado para comprar uma comissão para ele, mas, quando seu pai me pediu em casamento, a família o rejeitou e todos os seus sonhos se desfizeram. O único motivo pelo qual estamos nesta casa agora é porque o avô do atual Conde de Drayson era um velho amigo da família. Ele ficou com pena de nós e nos ofereceu uma vida em Askern. Foi muita bondade dele, e ficamos imensamente gratos, mas isso também acabou com a amizade da família de seu pai com o velho conde. — Um sorriso triste levantou os cantos da boca da Sra. Beresford. — O velho conde disse, certa vez, que podia ter perdido um amigo com aquilo tudo, mas tinha ganhado um filho. E era melhor um filho do que um amigo.

Lucy recostou-se na cadeira, chocada e sem fala. Ela não sabia que seus pais tinham tido um passado tão complicado. Eles sempre pareceram tão extáticos de felicidade, tão perfeitamente adaptados àquela vida que, agora ela sabia, tinha sido imposta a eles.

— Seu pai me disse que não se arrependia, e que mesmo sem escândalo teria pedido minha mão — continuou a Sra. Beresford. — Mas eu sempre imaginei se era verdade. Ele teria ido para a guerra, lutado como um herói e vivido a vida que tinha planejado. Não sei se esses planos me incluíam. Sim, nós aprendemos a nos amar intensamente e tivemos uma vida maravilhosa juntos — e você nós trouxe tanta alegria —, mas eu não desejaria o mesmo início de vida para você. Então, para responder a sua pergunta, não, jamais tentarei obrigar o conde a pedir sua mão. Eu gostaria, contudo, de deitá-lo sobre minhas pernas e lhe dar umas palmadas.

Os lábios de Lucy se arquearam ligeiramente.

— Ele é um bom homem, mamãe. Fui eu que me comportei de maneira imperdoável.

— É óbvio, também, que não posso castigar você, considerando que seu pai e eu nos beijamos várias vezes antes de sermos descobertos, mas fico grata por ter sido a Sra. Bidding, e não outra pessoa, que surpreendeu vocês. Ela pode ser um pouco severa e autoritária às vezes, mas não posso desejar uma amiga mais leal.

Lucy gostou do modo como a mãe encarava a situação. Isso a fazia respeitar, ainda que a contragosto, a Sra. Bidding, e Lucy decidiu enviar uma carta de agradecimento a ela assim que pudesse. Mas antes ela precisava discutir mais um assunto com a mãe.

— Mamãe, você não está nem um pouco preocupada com a possibilidade de perder a casa? O conde deve ter ficado furioso quando soube da minha fraude, e a qualquer momento nós podemos ter que... — Lucy parou de falar quando viu o gesto de pouco-caso da mãe.

— Nós vamos ficar bem, minha querida — a mãe lhe garantiu.

— Como pode ter tanta certeza? — Lucy perguntou. — Você não conhece o conde tão bem quanto eu.

— Não, mas eu conheço o Sr. Shepherd — ela disse, com certa hesitação na voz.

Lucy franziu a testa, sem entender o que o Sr. Shepherd tinha a ver com aquilo tudo.

A Sra. Beresford recomeçou, hesitante.

— Lembra da última vez que visitamos juntas o Sr. Shepherd e ele pediu para falar comigo em particular?

Lucy aquiesceu.

— Está se referindo ao baile que ele queria dar para mim?

A mãe ficou corada.

— Receio que isso seja uma mentira, porque eu não quis lhe contar a verdadeira conversa que tivemos.

— Mãe. — Lucy tentou parecer chocada de verdade, embora por dentro seu coração tenha se aquecido. Todas essas revelações faziam Lucy se sentir menos uma filha problemática e mais uma amiga e confidente. Ela nunca tinha se sentido tão próxima da mãe.

— O Sr. Shepherd não se ofereceu para lhe dar um baile — a mãe disse, com cuidado. — Na verdade, ele pediu minha mão. Parece que ele tem nutrido certo carinho por mim há algum tempo, e... não preciso dizer que fiquei chocada.

— Você vai se casar com o Sr. Shepherd? — Lucy exclamou, estarrecida. Ela tentou imaginar o Sr. Shepherd e a mãe envoltos num beijo apaixonado, mas no mesmo instante desejou não ter imaginado.

— Eu só disse para ele que precisava de algum tempo para pensar, e que lhe daria minha resposta depois que voltasse da casa da minha irmã, assim que conseguisse conversar com você.

— E o que você decidiu? — Lucy perguntou, sem saber como devia se sentir a respeito desta última revelação.

A mãe suspirou.

— Para ser honesta, não decidi. Até hoje só pensei no Sr. Shepherd como um bom vizinho, não um possível marido. Eu tinha planejado explicar para ele que precisava de mais tempo, para ver se conseguiria pensar nele de um modo romântico. Ele é tão diferente do seu pai. Mas agora... bem, parece que estou destinada a me casar de novo por necessidade e não por vontade. — Ela sorriu ao dizer isso, mas Lucy sentiu um aperto no coração por sua mãe, que já tinha passado por isso antes. Não era justo que precisasse passar de novo.

— Com certeza deve haver outra coisa que nós possamos...

— Vai ficar tudo bem, Lucy — a mãe a interrompeu, apertando sua mão. — O Sr. Shepherd é um bom homem, dono de uma ótima conversa. Estou confiante de que, com o tempo, irei desenvolver sentimentos carinhosos por ele também. Ele tem sido tão bom conosco.

De repente, Lucy se sentiu mais adulta do que no dia em que a mãe a deixara sozinha com Georgina. Ela se deu conta de que maturidade tinha menos a ver com independência e mais com descobrir que a vida não era só rosas e lírios, mas também espinhos e situações complexas que uma pessoa adulta enfrenta com determinação e coragem, como sua mãe estava disposta a fazer naquele momento.

Ainda assim, Lucy não estava preparada para permitir que a mãe enfrentasse esta última situação complexa — pelo menos não ainda.

— Acho que você deveria esperar um pouco para dar sua resposta ao Sr. Shepherd — Lucy disse. — Primeiro vamos esperar para ver como Lorde Drayson irá retaliar.

— E você acha que isso é justo com o Sr. Shepherd? — a Sra. Beresford perguntou em voz baixa.

— É justo você se casar com ele quando seus motivos são diferentes dos dele? — Lucy argumentou.

— Não — foi a resposta da mãe, cujo rosto se fechou em seguida.

— Então vamos esperar, acreditar e rezar — disse Lucy. — Eu descobri que Lorde Drayson tem um coração. Quem sabe, depois que sua raiva passar, ele possa permitir que o coração mande em sua razão e assim nos deixe ficar na casa da viúva. — Embora a voz de Lucy demonstrasse confiança, no fundo ela se sentia como se estivesse em campo aberto, durante uma tempestade, esperando que um raio a atingisse.

22

NA MANHÃ SEGUINTE, LUCY acordou cedo e foi até a casa do Sr. Shepherd, ansiosa para questioná-lo sobre seu encontro com o conde e o que ele quis dizer com "Está tudo bem". Infelizmente, não estava tudo bem em Knotting Tree. O Sr. Shepherd tinha pegado um resfriado terrível e estava confinado em seus aposentos.

— Espero que ele se recupere logo — Lucy disse ao mordomo, tentando se convencer de que a notícia a deixava aflita porque ela se preocupava com o bem-estar do Sr. Shepherd, não porque aquilo adiava uma conversa que Lucy queria muito ter com o vizinho. Mas a triste verdade era que ela estava tão preocupada com seu próprio bem-estar quanto com o do Sr. Shepherd. Que porcaria de filha de vigário ela estava se saindo.

Sentindo-se culpada, Lucy voltou para casa e, com a ajuda de Georgina, fez bolinhos de damasco para o Sr. Shepherd — um dos lanches favoritos dele. Isso deu a ela algo em que pensar, algo que fazer com as mãos e serviu para amenizar um pouco a sensação de culpa. Enquanto arrumava os bolsos cuidadosamente numa cesta, sua mãe entrou na cozinha.

— Minha nossa, dormi demais, não? — exclamou a Sra. Beresford, roubando uma das guloseimas e a enfiando na boca. — Você deve me achar uma preguiçosa.

Lucy beijou a mãe no rosto.

— É perfeitamente compreensível, depois das semanas que enfrentou. O Sr. Shepherd está doente, então Georgy e eu fizemos bolinhos para ele. Vou levar para o mordomo dele agora mesmo. Deixamos alguns para você, porque sabemos que são seus favoritos.

A Sra. Beresford franziu a testa.

— Ele está muito mal?

— Não. Acho que é só um resfriado. Geoffries acredita que até o começo da próxima semana ele deve estar se sentindo bem o bastante para receber visitas.

— Muito bem. Quando levar os bolinhos, diga ao Geoffries que segunda-feira eu irei vê-lo. Recebemos alguma correspondência hoje?

— Não de Lorde Drayson, se é o que quer saber — disse Lucy, colocando o guardanapo sobre o prato. — Mas no estúdio há uma pilha de cartas que chegaram enquanto você estava fora.

A mãe se sentou numa banqueta e comeu mais um bolinho.

— Isso pode esperar um pouco. Acordei faminta hoje, e pretendo me deliciar com estas guloseimas. Georgy, você é um espetáculo na cozinha.

Georgina ficou corada de satisfação.

— Obrigada, madame. Minha mãe diz que eu podia ser cozinheira num lugar grande, mas eu digo que em nenhum lugar seria tão bem tratada como aqui.

A Sra. Beresford colocou a mão sobre a da criada.

— Você é adorável, Georgy. Sei que deve estar tão preocupada quanto nós a respeito de termos que ir embora desta casa, mas quero que saiba que você sempre terá um lugar conosco, se assim desejar.

Uma expressão de alegria e alívio iluminou o rosto de Georgina.

— Obrigada, Sra. Beresford. Essa é uma boa notícia.

Lucy percebeu que poderia ter aliviado a aflição de Georgina horas antes, mas esteve preocupada demais consigo mesma para pensar na criada. A Sra. Beresford, por outro lado, sempre colocava os problemas dos outros antes dos dela, e um dia, Lucy jurou, ela aprenderia a ser mais como sua mãe.

Com a cesta na mão, Lucy saiu pela porta e levantou o rosto para o sol que se esgueirava por entre as nuvens, provocando-a e estimulando-a enquanto ela ia novamente até Knotting Tree. Quando saiu de entre as árvores e viu a grande casa de pedra, ela experimentou uma sensação de paz renovada, que acalmou seu lado mais egoísta. Ela podia esperar para falar com o Sr. Shepherd quando ele estivesse recuperado por completo. E, quando o visse de novo, seria uma amiga dedicada, não uma vizinha ansiosa por informações.

Depois de entregar os bolinhos, Lucy plantou as sementes em sua horta. Ela se demorou, espalhando-as em fileiras bem-arrumadas e até mesmo entalhando os nomes dos vegetais em placas de madeira, para poder lembrar quais sementes plantou onde. Então aguou cada fileira com um velho regador enferrujado e se esforçou para não pensar em Lorde Drayson enquanto cantarolava.

O fim de semana foi feio, com o céu carregado e cinzento, temperaturas baixas e chuva, e tudo isso serviu para manter Lucy presa dentro de casa. A paz interior que ela tinha conseguido, e que tanto a aliviou, começou a sumir conforme mais dias se passavam sem notícias de Lorde Drayson. Mesmo a mãe parecia tensa, incapaz de ficar sentada por longos períodos de tempo, num estado constante de preocupação. Lucy tentou começar uma ou duas conversas com a mãe, mas, depois de ter de se repetir pela terceira vez, desistiu.

A chuva enfim cessou na manhã de terça-feira, e Lucy parou na entrada do salão amarelo para admirar pela janela o céu azul que despontava. Na lareira os troncos ardiam e estalavam, e veio-lhe a lembrança do conde coberto de fuligem e cinza. O rosto de Lucy ficou quente quando ela pensou no outro momento que os dois compartilharam sobre o tapete. Da horta ao estábulo, à cozinha e àquela sala, cada lugar guardava uma lembrança que Lucy não conseguia pôr de lado, não importava o quanto tentasse.

No começo, tratava-se de não perder aquela casa maravilhosa que ela e a mãe chamavam de lar. Mas, enquanto Lucy olhava ao redor e permitia que as lembranças fluíssem, ela percebeu que a situação se tratava de algo muito maior. Não era só a casa que ela estava para perder. Lucy também tinha perdido alguém que lhe era muito querido, e isso doía mais que tudo.

Passos soaram na escada e Lucy se virou, vendo a mãe descer enquanto calçava um par de luvas de pelica bem usadas.

— Vai a algum lugar? — Lucy perguntou.

— Knotting Tree. Agora que a chuva passou, eu quero ver como o Sr. Shepherd está. Quer me acompanhar? Pedi a Georgy que atrelasse Athena à charrete depois do café, então deve estar à nossa espera.

— Ahn... — Apesar da decisão de Lucy de se importar mais com a saúde do Sr. Shepherd do que com seu próprio bem-estar emocional, ela queria muito falar com ele. Mas sua mãe também precisava conversar com o vizinho a respeito de outras questões, mais pessoais, questões que não poderiam ser discutidas com Lucy presente.

— Eu adoraria sua companhia, minha querida — disse a mãe, como se pudesse ler os pensamentos da filha.

— Tem certeza? — Lucy perguntou.

— Absoluta. Acho que poderemos saber o que esperar de Lorde Drayson quando, enfim, recebermos alguma mensagem dele.

Lucy aquiesceu.

— Vou ficar muito feliz de acompanhá-la, mamãe. Mas, se você precisar de alguns momentos a sós com o Sr. Shepherd, é só dizer que eu volto a pé para casa.

— Você não vai fazer nada disso. O caminho a pé vai estar um lamaçal após toda essa chuva. Além do mais, o que eu preciso conversar com o Sr. Shepherd pode esperar um ou dois dias. Na verdade, é melhor que essa conversa fique para depois, já que ainda não tenho uma resposta para ele.

A Sra. Beresford aguardou no vestíbulo enquanto Lucy correu para pegar suas luvas e seu xale. Elas desceram juntas os degraus da entrada, e foram até onde Georgina as aguardava segurando a guia de Athena.

— Posso conduzir, mamãe? — Lucy perguntou, ansiosa para mostrar sua habilidade recém-adquirida com as rédeas.

— Você quer conduzir? — perguntou a mãe, dando-lhe um olhar surpreso.

— Quero. Talvez eu não seja tão boa quanto você, mas graças a Lorde Drayson acredito que eu possa nos levar até Knotting Tree sem qualquer incidente. Ele me desafiou a aprender a conduzir, e eu aprendi. — Mais lembranças vieram. A aposta que ela fez com Lorde Drayson. Cavalgar em pelo com os braços dele ao seu redor. O sorriso dele; a risada, o hálito quente em sua nuca.

A Sra. Beresford pigarreou e Lucy ergueu os olhos para ver a mãe já sentada na boleia. Ela apontou para as rédeas.

— Muito bem, então. Vamos ver o que você aprendeu.

Lucy subiu com rapidez na charrete e pegou as rédeas.

— Com sorte nós traremos alguma notícia — ela disse para Georgina.

— Mal posso esperar, senhorita. — Georgina fez uma mesura rápida e Lucy colocou Athena em um trote lento. É provável que de charrete elas demorassem mais do que andando pelo caminho entre as árvores, mas a estrada estava um pouco mais seca.

— Devo dizer que estou impressionada — exclamou a Sra. Beresford quando elas chegaram ao destino. — Muito bem, minha querida. Lorde Drayson lhe ensinou mais alguma coisa?

Lucy pensou logo nos beijos e sentiu um calor lhe subir ao rosto.

— Só que eu não deveria desistir de um pedaço de terra, que eu nunca devo mostrar medo para um animal e que sempre devo dizer a verdade.

Um brilho bem-humorado apareceu nos olhos da mãe.

— E você lhe ensinou algo?

Lucy deu um olhar travesso para a mãe.

— Na verdade, sim. Eu ensinei a ele como arrombar uma fechadura com um grampo de cabelo.

A Sra. Beresford riu baixo.

— Eu gostaria muito de conhecer esse Conde de Drayson algum dia. Fiquei curiosa. — Um cavalariço conhecido surgiu de algum lugar e a Sra. Beresford aceitou a ajuda dele para descer da charrete. Por trás da cabeleira de cachos claros, o garoto era pequeno e magro, não podendo ter mais do que doze ou treze anos.

— Obrigada, Roddy — a Sra. Beresford disse para o menino. Como ela sabia o nome dele, Lucy não tinha ideia, mas essa era outra coisa que a deixava com orgulho da mãe.

O garoto ficou corado e baixou a cabeça.

— O Sr. Shepherd disse que a gente tem que tratar as Beresford como realeza.

— Disse mesmo? — Um sorriso delicado tocou os lábios da Sra. Beresford.

— Sim, Sra. Beresford. Disse mesmo.

As duas foram recebidas por Geoffries e levadas até a sala matinal. O Sr. Shepherd estava sentado numa poltrona grande junto à lareira e segurava um livro, que baixou no momento em que as viu.

Ele se inclinou para a frente, como se para levantar, mas a Sra. Beresford rapidamente levantou a mão.

— Por favor, não se levante por nós, Sr. Shepherd. Ainda está se recuperando de sua doença e precisa guardar energia.

Ele a ignorou e levantou, embora um pouco mais devagar que de costume, depois arqueou uma sobrancelha para ela.

— O que é isso, Juliet? Eu lhe peço em casamento e você já pensa que pode me dar ordens, é isso? Então é bom que saiba que sempre me levantarei para você, minha cara.

— Francamente, Sr. Shepherd. — A Sra. Beresford ficou corada; se do elogio ou do modo franco como o Sr. Shepherd falou do pedido, Lucy não sabia dizer. Ela conteve um sorriso.

— Pensei que nós tivéssemos concordado que você me chamaria de Stephen — disse ele.

— E eu pensei que nós tivéssemos concordado que você não tocaria mais no assunto do casamento até eu estar pronta para conversar a respeito — retrucou a Sra. Beresford.

— Ah, mas você rompeu nosso acordo primeiro ao me chamar de Sr. Shepherd, o que me permitiu mencionar meu pedido, que você ainda precisa aceitar, se posso dizer. Talvez eu peça a ajuda de Lucy para persuadi-la. Nós formaríamos um casal perfeito, não acha, Lucy? O intelectual recluso e a viúva linda, gentil e cheia de vida. Devo dizer que adoro a ideia.

— Estou começando a achar que eu também. — Lucy riu. Era mais que delicioso ver a mãe ficar corada e se encolher diante de tal atenção. Quando foi a última vez que um homem declarou estar interessado nela?

— Stephen, você precisa parar, ou minha resposta vai ser um não enfático.

— E se eu parar? — Ele sorriu.

— Então vou poder lhe perguntar da sua saúde.

Com os olhos cintilando de bom humor, ele se recostou na poltrona e levou os dedos ao queixo.

— Não precisa perguntar, Juliet. Como pode ver, estou ótimo.

— Você parece um pouco fraco e pálido — disse a Sra. Beresford. — Acho que é melhor ir se deitar. Nós podemos voltar amanhã ou depois.

— Não — Lucy disparou, ao mesmo tempo que o Sr. Shepherd disse: "Eu gostaria que você ficasse".

Lucy fechou a boca quando o Sr. Shepherd virou o olhar curioso para ela.

— Eu sei por que *eu* não quero me deitar, mas e você, Lucy, por que não quer que eu me recolha?

Foi a vez de Lucy se encolher. Se pelo menos ela soubesse ser paciente e generosa como a mãe.

— É só que... bem, o senhor parece perfeitamente saudável para mim. Eu acho que seria uma pena que perdesse uma manhã tão linda recolhido em seu quarto. — Pronto, Lucy se parabenizou. Isso soou muito melhor do que *Eu me recuso a ir embora desta casa até você me explicar o que aconteceu quando Lorde Drayson estava aqui.*

— Sei — disse o Sr. Shepherd, um sorriso aparecendo lentamente em seu rosto. — Foi o que pensei. Agora, devo pedir um chá?

— Eu adoraria — disse Lucy, juntando as mãos e imaginando como poderia abordar, com educação, o assunto Lorde Drayson. Ela esperou até o anfitrião pedir o chá para Geoffries, mas, assim que o mordomo saiu, perguntou: — O senhor recebeu alguma visita recentemente, Sr. Shepherd? — ela tentou parecer indiferente, obrigando-se a não olhar para a mãe. Bisbilhotar não era próprio de uma dama.

— Não sei — foi a resposta do Sr. Shepherd. — Até esta manhã estive fechado no meu quarto por tantos dias que parece que fiquei semanas de cama. Se recebi alguma visita, Geoffrey deve tê-la dispensado.

— Mas e antes de ficar doente? — Lucy insistiu, acrescentando com rapidez: — Parece que faz uma eternidade desde a última vez que conversamos. Com certeza alguma novidade aconteceu com o senhor desde então.

Um brilho apareceu nos olhos do Sr. Shepherd, como se ele soubesse exatamente a que ela se referia e planejasse atormentá-la com isso.

— Não que eu me lembre no momento.

Lucy tentou de novo.

— O senhor conheceu alguém novo ultimamente?

O Sr. Shepherd riu e, enfim, anuiu.

— Agora que você perguntou, lembro que o Conde de Drayson passou para conversar há alguns dias.

A paciência de Lucy chegou ao fim.

— Sr. Shepherd, pelo amor de Deus, pare com essa brincadeira e diga-me o que conversou com Lorde Drayson.

— Lucy está muito ansiosa com isso, Stephen — acrescentou a Sra. Beresford.

Talvez tenha sido o tom de súplica de Lucy, ou a intervenção da Sra. Beresford, mas o Sr. Shepherd enfim parou de brincar.

— Receio não ter muito para lhe contar. Nossa conversa foi bem breve.

— Mas o senhor lhe disse qual era o nome dele, não disse? — Lucy perguntou, esperando que o conde não estivesse vagando por aí, sem saber de sua verdadeira identidade.

— Não foi necessário — disse o Sr. Shepherd. — O cavalheiro já sabia quem era. Geoffries o anunciou como Colin Cavendish, Conde de Drayson.

— Quê? — Lucy arregalou os olhos. Como podia? Georgina não tinha dito nada; ela teria contado para Lucy. Talvez ele tivesse encontrado um cartão de visita em suas coisas. Sim, devia ser isso.

— O que você conversou com ele? — perguntou a Sra. Beresford, interrompendo os pensamentos de Lucy.

— Como eu disse, não muita coisa. O conde apenas quis que eu soubesse que ele tinha recuperado completamente a memória e que precisava retornar a Danbury.

Lucy franziu a testa ao saber disso. Ele tinha recuperado a memória? Por completo? Quando? Talvez quando viu o nome impresso no cartão de visita... se, de fato, isso aconteceu. Há quanto tempo, exatamente, Colin Cavendish sabia que era Lorde Drayson? A testa dela se franziu quando Lucy pensou em seus últimos dias com ele. O modo como ele não a deixava falar indicava que fazia mais tempo do que ela pensava.

— E quanto à casa? — Lucy quis saber. — E minha fraude e... — *Eu?*, ela pensou, incapaz de pronunciar essa última preocupação. O franzido em sua testa ficou mais pronunciado quando percebeu como era ridícula essa ideia. Ela acreditava, sinceramente, que Lorde Drayson tinha começado a gostar dela como Lucy gostava dele? Não apenas ele não desejava permanecer em Askern, mas era um lorde, enquanto ela era apenas a filha pobre de um vigário.

— Quanto à casa eu não sei — continuou o Sr. Shepherd. — Lorde Drayson não me contou seus planos. A única coisa que posso lhe dizer é que ele não me pareceu bravo nem aborrecido, apenas reservado.

Então, nada de respostas, pensou Lucy, desanimada. A espera não tinha acabado, nem a ansiedade. Quanto tempo Lorde Drayson planeja aguardar antes de mostrar suas cartas? Não muito, ela esperava, pois Lucy não conseguiria continuar a viver normalmente quando tanta coisa podia lhe ser tirada a qualquer momento. Talvez ela e a mãe devessem começar a se preparar para deixar a casa da viúva assim que possível. Mas para onde elas iriam?

O Sr. Shepherd se inclinou para a frente e, num raro momento de seriedade, afirmou:

— Espero que vocês duas saibam que, caso se vejam sem ter onde morar, irei ajudá-las de todos os modos possíveis, quer você aceite ou não meu pedido de casamento, Juliet.

O coração de Lucy vibrou com essas palavras. Sim, o Sr. Shepherd era um homem bom. Lucy sempre soubera disso, mas nesse momento desejou que a mãe pudesse vê-lo de forma romântica — não porque ele poderia sustentá-las melhor do que elas próprias, mas porque Lucy acreditou, com sinceridade, que ele poderia fazer sua mãe feliz.

— Obrigada, Stephen — disse a Sra. Beresford, em voz baixa, obviamente também tocada pela bondade do Sr. Shepherd.

A porta foi aberta e a governanta, alegre e um pouco roliça, entrou carregando uma grande bandeja com todos os tipos de doces e chá. O Sr. Shepherd se animou.

— Ótimo momento, Sra. Holmes. Acaba de nos salvar de um excesso de sentimentalismo. O chá vai nos devolver a alegria, não é mesmo, Sra. Beresford?

— Vai mesmo, Sr....

— Stephen — ele a interrompeu.

— Stephen — ela se corrigiu. — Obrigada, Sra. Holmes. Tudo parece uma delícia.

A governanta juntou as mãos.

— Mais alguma coisa?

— Não, obrigada — respondeu a Sra. Beresford antes de perceber seu erro. — Quero dizer... — O rosto dela ficou vermelho de vergonha.

O Sr. Shepherd nunca pareceu mais satisfeito em toda a sua vida. O sorriso que ele abriu era quase grande demais para seu rosto.

— A Sra. Beresford tem razão, Sra. Holmes. Nunca vamos morrer de fome com você por perto.

A governanta fez uma mesura e saiu da sala.

Só depois que a Sra. Holmes fechou a porta atrás de si o Sr. Shepherd deu voz aos pensamentos que fizeram seus olhos dançarem de alegria.

— Está experimentando o papel de dona de casa, Juliet? Como se sente?

— Pouco à vontade, já que perguntou — ela retrucou.

Lucy riu, imaginando por que nunca tinha pensado no Sr. Shepherd e em sua mãe daquela forma. Parecia tão óbvio agora, como se um nevoeiro tivesse se desfeito, revelando o cenário. Ela só esperava que sua mãe também logo visse a paisagem.

23

MARÇO SE TRANSFORMOU EM ABRIL, e abril em maio. O clima mudava quase diariamente, provocando Lucy com sol num dia e chuva no seguinte, mudando o humor dela com a mesma frequência. Ela sentia como se estivesse caminhando em uma trilha irregular, com altos e baixos — e altos de novo.

Folhinhas começaram a emergir da terra, para deleite de Lucy, mas só até a jovem lembrar que talvez a horta não fosse dela por muito tempo, e então ela afundava de novo. Os dias se estendiam de modo quase doloroso enquanto as Beresford tentavam viver normalmente, aceitando convites para jantar, indo a concertos e recebendo visitas, sem saber o que o futuro lhes reservava. Aquilo era constrangedor e cansativo, e Lucy estava a ponto de escrever para o conde, fazendo-lhe a pergunta que tanto a atormentava: *Nós estamos para ser expulsas de casa ou você mudou de ideia?*

A falta de notícias significava o quê, afinal?

Enquanto isso, o Sr. Shepherd começou a cortejar a mãe de Lucy abertamente. Ele visitava a casa da viúva quase todos os dias, enviava flores ou pratos com as guloseimas favoritas da Sra. Beresford, e até mesmo comparecia com regularidade a eventos sociais. Ele foi de intelectual recluso a pretendente impetuoso, e a cidade inteira especulava a respeito de sua grande atenção para com a Sra. Beresford.

Certa noite, em particular, no começo de maio, Lucy e sua mãe voltavam para casa após um pequeno jantar oferecido por ninguém menos que o próprio Sr. Shepherd. Ele estivera todo envolvente e charmoso, até mesmo providenciando transporte para as Beresford irem de casa ao evento e, depois, voltarem para casa na confortável carruagem dele.

Conforme o veículo sacolejava, carregando as duas mulheres para casa, Lucy notou a alegria e a satisfação estampadas no rosto da mãe.

— Você está gostando cada vez mais do Sr. Shepherd, não, mamãe? Posso ver nos seus olhos.

A Sra. Beresford meneou a cabeça lentamente, como se ainda não tivesse certeza dos seus sentimentos.

— Que tipo de homem faz um pedido de casamento e depois começa a cortejar a mulher? — ela refletiu, olhando pela janela para o exterior escuro.

— O tipo que deseja que suas intenções sejam conhecidas desde o começo, depois as reforça enquanto espera com paciência que a mulher ceda. Quanto tempo mais você planeja mantê-lo em suspense, mamãe?

A mãe baixou o olhar para as mãos e remexeu na alça de sua bolsa.

— Preciso admitir que desenvolvi bastante afeto por ele. É maravilhoso ser cortejada abertamente por alguém que parece ter tanta certeza do que quer.

— Ele tem certeza, mamãe. O que ele quer é você.

— Ele deixou isso bem claro, não? — Ela riu baixo. Mas seu sorriso logo murchou quando encontrou os olhos da filha. — Seu pai também me cortejou, só que em segredo, e o que ele mais queria era ir para a guerra. De muitas maneiras, eu sinto como se passasse pelo oposto do que vivi no passado.

— E qual é o problema?

A Sra. Beresford levantou a cabeça e seu olhar penetrante atingiu o coração de Lucy.

— Nós tivemos sorte, sabe? Seu pai e eu desenvolvemos um profundo amor mútuo. E se acontecer o oposto entre mim e o Sr. Shepherd? — A voz dela estava tão baixa que Lucy mal conseguia ouvir as palavras acima do barulho das rodas da carruagem e dos cascos dos cavalos.

— E se não acontecer o oposto? — retrucou Lucy. — E se este for apenas um melhor início de outro capítulo de uma vida maravilhosa?

— Se eu tivesse certeza disso, aceitaria o pedido dele amanhã.

Lucy recostou-se e olhou pela janela, observando as sombras das árvores dançando ao luar.

— É possível termos certeza de qualquer coisa?

A pergunta dela encontrou silêncio, que foi seguido por um suspiro delicado.

— Acho que não — disse, enfim, a Sra. Beresford. — Nossa, estou começando a me perguntar quem é a mãe e quem é a filha.

— Oh, mamãe. — Lucy se inclinou para a frente e segurou as mãos da mãe. — Você sempre será minha mãe e eu, sua filha. Nós sempre ajudaremos uma à outra. É assim que as coisas são, certo?

A Sra. Beresford deu um aperto caloroso nos dedos da filha.

— Nestes últimos meses em que a observei, sinto como se tivesse observado uma rosa se transformar de botão delicado em algo muito maior. Que flor extraordinária você está se tornando, minha querida.

Lágrimas inesperadas brotaram nos olhos de Lucy. Ela teve de piscar várias vezes para afastá-las.

— Uma mãe não deve fazer a filha chorar — ela brincou.

A Sra. Beresford sorriu e se recostou. Apesar da escuridão que as envolvia, seus olhos tinham uma luz que Lucy não via desde o começo da doença de seu pai.

— Lembra da mentira que eu lhe contei certa vez, a respeito de o Sr. Shepherd se oferecer para lhe dar um baile?

— Lembro — Lucy respondeu, hesitante.

— Bem, esta noite ele fez de mim uma mulher sincera. Ele me disse que gostaria de oferecer um baile em sua homenagem.

— O quê? — Lucy exclamou, sentindo um nó apertar seu estômago. Um baile? Talvez, se houvesse um homem com quem ela quisesse dançar, Lucy pudesse ficar entusiasmada com a ideia, mas não havia uma multidão de jovens atraentes em Askern. Lucy preferiria um piquenique ou um jantar.

— Ele disse que já passou da hora de você ter seu baile e queria saber se seria inadequado que ele o oferecesse em sua homenagem.

— O que você disse? — Lucy perguntou enquanto pensava: *Por favor, diga que você lhe disse não.*

— Eu disse que era muita bondade dele pensar em você, mas algo assim seria bastante inadequado, pois não sou esposa dele e ele não é seu parente.

Lucy suspirou de alívio — que durou até sua mãe concluir:

— Mas acredito que eu tenha me precipitado.

— Como assim?

— Já tomei minha decisão — anunciou a Sra. Beresford. — Amanhã vou aceitar a corte do Sr. Shepherd, e nos casaremos assim que ele quiser.

Esquecendo o baile, Lucy pulou de seu assento e passou os braços ao redor da mãe.

— Oh, que maravilhoso! Você sabe que ele irá imediatamente atrás de uma licença especial de casamento, se é que já não tem uma.

— Que seja, então — disse a mãe, dando batidinhas no joelho da filha depois que esta sentou ao seu lado.

— Nós temos vivido com uma nuvem pairando sobre a cabeça há semanas demais. Está na hora de isso acabar. Assim que marcarmos uma data para o casamento, quero que escreva a Lorde Drayson informando-o de que sairemos da casa nesse dia. Stephen nos ofereceu seu coração, sua proteção e sua casa, e percebi que agora estou bastante animada por aceitar.

— Eu também estou animada — disse Lucy, o coração inchado de felicidade. — De fato, esta noite está se tornando muito feliz.

— Sim. E, depois que Stephen e eu nos casarmos — a mãe continuou —, poderemos dar um baile juntos para você, como marido e mulher. O que acha disso?

E lá foi Lucy para baixo de novo.

24

Prezado Lorde Drayson,

Espero que esta missiva o encontre bem. Gostaria de informá-lo de que minha mãe vai se casar dentro de duas semanas, no dia 9 de junho. Compreendo que você desejava que saíssemos da casa da viúva no começo de maio, mas espero que possa nos fazer a gentileza de permitir que fiquemos até minha mãe se tornar a Sra. Shepherd, quando iremos nos retirar de sua casa para residir na propriedade vizinha, Knotting Tree.

Sinceramente,
Srta. Lucy Beresford

Lucy assinou com um floreio, releu a carta e amassou o papel, formando uma bola que jogou na lareira, somando-a à dezena de bolas de papel que queimavam ali. Eram todas iguais — breves, impessoais e sem sentimento, como se ela e o conde se conhecessem apenas profissionalmente. Lucy não queria ser breve nem impessoal, mas havia tanta incerteza entre eles que ela não sabia o que mais poderia ser. Se ele tivesse se dado ao trabalho de escrever para ela, sua carta teria sido breve e impessoal ou ele teria colocado mais sentimento nela, que era como Lucy queria que fosse?

Lucy suspirou e teve certeza de um fato. Ela era a filha pobre de um vigário e não tinha nenhum direito de enviar uma carta de natureza pessoal para um conde. Então, ela pegou uma folha nova de papel e recomeçou. Enfim, assinou seu nome, desta vez sem floreios, e lacrou-a sem reler nada.

Georgina entrou correndo no quarto, tirando Lucy de seus pensamentos desconfortáveis.

— Oh, a senhorita precisa ver. Tem muita coisa acontecendo na casa grande.

Lucy deixou a carta sobre a escrivaninha e seguiu Georgina para fora de casa, rodeando-a e encontrando sua mãe, que estava parada fazendo sombra nos olhos com a mão. Lucy viu, do outro lado do gramado, além das árvores, várias carruagens seguindo pelo caminho até o Solar de Tanglewood.

— O que está acontecendo? — Lucy perguntou.

— É o que nós também gostaríamos de saber — respondeu a mãe. — Georgina disse ter notado mais movimento no solar durante as últimas semanas, com trabalhadores chegando e coisas assim, mas ela imaginou que estivessem preparando o lugar para vender. Agora, contudo, pela quantidade de bagagem presa a essas carruagens, parece que alguém está vindo para passar algum tempo.

— A senhora quer dizer muitos alguéns — acrescentou Georgina, com um tom de reverência na voz. — A senhora acha que já venderam tudo?

— Claro que não — disse Lucy. — Não com a nossa família morando aqui.

— A menos que Lorde Drayson tenha combinado com os novos proprietários que nos deixem ficar — disse a Sra. Beresford. — Ele respondeu sua carta, Lucy?

A filha franziu a testa. A data tinha sido marcada semanas atrás, o que significava que Lucy deveria ter enviado a carta também algumas semanas antes.

— Eu, ahn... quer dizer, não enviei a carta ainda.

— O quê? Por que não? — perguntou a mãe.

— Porque eu só a escrevi esta manhã — Lucy admitiu. — E com isso quero dizer que só escrevi meu rascunho final da carta esta manhã.

— Entendo — disse a Sra. Beresford naquele tom severo, do tipo *Estou decepcionada com você*, que às vezes usava. Então ela suspirou. — Bem, nós só podemos torcer para que as pessoas nessas carruagens não estejam esperando encontrar esta casa vazia, mas, se estiverem, vamos torcer para que tenham a gentileza de permitir que fiquemos aqui mais quinze dias.

Vou pedir ao Sr. Shepherd que os visite em breve, para que possamos descobrir quem são e o que esperam de nós.

— Você acha que pode ser ele? — Georgina perguntou.

— Lorde Drayson? — Lucy observou as carruagens perguntando-se a mesma coisa, mas logo rejeitou a ideia. — Não acredito que possa ser, Georgy. Lorde Drayson disse que a família dele estava feliz em Danbury e não tinha planos nem de fazer de Tanglewood uma residência temporária. Por isso queriam vender a propriedade.

— Mas isso foi antes de ele conhecer a senhorita. Pode ser...

— Georgy — Lucy a interrompeu rapidamente. A última coisa de que ela precisava era esperança de algo que não podia acontecer. Após ser ludibriado a assumir o papel de criado por uma garota tonta e inexperiente, Lorde Drayson nunca retornaria para um lugar em que não desejava morar. A menos... — Se for ele mesmo — Lucy disse, enfim —, o único motivo para Lorde Drayson estar aqui é se vingar de algum modo. Então vamos rezar para que nenhum dos ocupantes dessas carruagens seja o Conde de Drayson.

25

O Sr. Shepherd concordou em fazer uma visita a Tanglewood no dia seguinte à chegada das carruagens. Ele teria preferido esperar mais alguns dias, para que os novos moradores se instalassem, não fosse a insistência da Sra. Beresford.

— Precisamos saber o que está acontecendo, Stephen — ela exclamou. — Ou nossa pobre Lucy vai abrir um buraco no tapete de tanto andar de um lado para outro.

— Mas logo não será mais o seu tapete — respondeu, com lógica, o Sr. Shepherd, ganhando assim um olhar de advertência de sua noiva.

— Não, Stephen, mas Lucy será *sempre* sua enteada, então...

— Será a primeira coisa que farei amanhã pela manhã — ele disse, ganhando um beijo no rosto de sua futura esposa e um abraço de sua futura enteada.

Isso tinha acontecido no dia anterior — um dia sombrio, horrível, que manteve Lucy trancada dentro de casa por causa da chuva. No momento ela estava sentada à mesa do café da manhã, mexendo na comida e imaginando quem o Sr. Shepherd encontraria no Solar de Tanglewood. Seria o conde ou um novo proprietário? Ela não sabia o que preferia. Lucy só sabia que seu estômago não iria tolerar nem um pedaço de torrada.

Uma camada grossa de nuvens ainda recobria o céu, mas a chuva tinha diminuído, e assim Lucy deixou o café da manhã intocado e pegou um par de luvas de trabalho. Ela calçou as botas, colocou a touca de palha e saiu. Ervas daninhas começavam a invadir o canteiro dos vegetais, então ela decidiu começar por elas. Sua mãe com frequência a lembrava de que aquelas plantas não seriam suas por muito tempo, mas Lucy não se importava. Enquanto vivesse naquela casa, ela cuidaria da horta. E, depois que mudasse para Knotting Tree, ela continuaria cuidando da horta, que tinha se tornado algo mais do que apenas fileiras bem alinhadas de vegetais. Era algo que ela ainda compartilhava com Lorde Drayson, e Lucy não estava pronta para abrir mão daquilo.

Uma por uma, Lucy arrancou as ervas com facilidade do solo úmido. Ela inspirava o cheiro de terra e vegetação, sentindo quase imediatamente o efeito revigorante e purificador. Suas saias e luvas logo ficaram enlameadas, mas ela não ligou. Lucy continuou a extrair as ervas, determinada a não parar até que todas saíssem.

O som abafado de cascos atingindo a terra macia lhe chegou aos ouvidos e Lucy ficou rígida, prestando mais atenção. O som foi ficando mais alto até ela saber, com absoluta certeza, que um cavalo estava vindo do solar na direção da casa da viúva. Lentamente, levantou o olhar, e depois o resto do corpo. À distância ela avistou um homem usando chapéu de castor, montado num magnífico cavalo preto.

— Colin — ela sussurrou, incapaz de se mover. O coração dela batia em sincronia com os cascos do cavalo, percutindo alto em seus ouvidos. Sua respiração ficou curta e irregular, como se ela tivesse atravessado a campina correndo e não conseguisse mais recuperar o fôlego. Tudo que ela conseguiu fazer foi ficar parada observando a bela silhueta dele crescer enquanto ele se aproximava, até os detalhes se tornarem claros. Um casaco azul-escuro com melhor caimento do que qualquer uma das camisas de seu pai. Perneiras bege e luvas de montaria escuras. Um rosto recém-barbeado, suíças e aqueles incríveis olhos azuis, que ela sabia que eram azuis, mas que pareciam escuros e misteriosos sob a aba do chapéu.

Lucy nunca se sentiu mais mal preparada para algo.

Ele desacelerou o cavalo e deslizou da sela com elegância antes que o animal parasse. Com movimentos hábeis, ele amarrou as rédeas em uma estaca e deu uma batidinha no animal antes de se voltar para Lucy. Com as mãos atrás das costas, ele se aproximou em passos lentos, e tudo que Lucy conseguiu fazer foi tentar engolir um caroço de ansiedade que se recusava a ser engolido.

Colin tirou o chapéu e a examinou de alto a baixo, até que arqueou uma sobrancelha.

— Você costuma receber visitas coberta de lama, Srta. Beresford? — ele enfim perguntou.

Lucy abriu a boca para responder, mas fechou-a em seguida. Não sabia o que estava esperando que ele dissesse, mas com certeza não era isso. Ela baixou os olhos para a saia e as mãos enlameadas e se apressou em arrancar as luvas.

— Você costuma visitar as pessoas sem avisar, Lorde Drayson?

O sorriso dele se alargou, e ele baixou os olhos para os próprios pés, meneando a cabeça. Então se aproximou alguns passos, levantou os olhos para Lucy e estendeu a mão para tirar algo do rosto dela.

— Pronto — ele disse. — Agora você não está completamente enlameada.

Colin estava de luvas, mas a sensação vibrante de seu toque continuou no rosto dela mesmo depois de ele baixar a mão.

— Está aqui para me repreender, meu lorde? — ela soltou, incapaz de continuar se contendo. — Se não se importa, poderia fazer isso logo para liquidarmos a questão?

Ele a observou por um instante antes de inclinar a cabeça.

— Parece que estou irritado com você?

Lucy o fitou, confusa. Ele não parecia bravo ou contrariado por ela e a mãe continuarem morando na casa da viúva. Ele também não mencionou o fato de ela o chamar de Lorde Drayson.

— Essa me pareceu a conclusão mais provável, considerando o modo vergonhoso como o enganei — ela disse lentamente. — Mas, se não está bravo comigo, por que veio?

— À casa da viúva? — ele perguntou. — Verdade seja dita, eu precisava de um descanso. Temos recebido visitas sem parar desde que chegamos. Primeiro foi o Sr. Gilbert. Depois o Sr. e a Sra. Hudson, além de alguns outros.

— Você recebeu o Sr. Shepherd? — Lucy perguntou.

— Eu ficaria contente com uma visita do Sr. Shepherd — disse o conde. — Mas, até alguns momentos atrás, ele não tinha aparecido. Assim que o Sr. Bidding saiu, eu fiz o mesmo. Acho que não aguento mais perguntas. Se outra pessoa me perguntar por que me mudei para cá e quanto tempo pretendo ficar, vou enlouquecer.

Lucy franziu a testa. Aquela parecia uma conversa tão estranha depois de tudo que eles viveram juntos, para não mencionar a distância e o tempo que ficaram separados. Lorde Drayson comportava-se como se nada houvesse de errado entre eles, e Lucy não acreditava nisso. Como ele podia ter aceitado tudo aquilo tão facilmente? Qual era o verdadeiro objetivo dele ali? Com certeza ele não pretendia cair nas boas graças dos vizinhos quando só pretendia... Os olhos dela saltaram para os dele.

— Você disse que o Sr. Bidding veio visitá-lo? — ela perguntou.

— Disse. Você o conhece?

— Muito bem — ela respondeu com cuidado. — Mas não tão bem quanto conheço a Sra. Bidding. Receio que você também a conheça.

Ele pareceu refletir a respeito antes de responder com indiferença.

— O nome de fato me pareceu familiar. Imagino que vocês também tenham recebido o convite para a reunião que eles vão oferecer na sexta-feira?

Lucy sentiu a garganta apertar. Suas próximas palavras soaram como um sussurro rouco.

— Recebemos e já aceitamos.

— Maravilhoso. Vai ser bom ver um rosto conhecido no meio de todos.

Ela fez menção de pegar o braço dele, mas se conteve.

— Lorde Drayson, você não pode ir.

— Por que não? — Uma sobrancelha castanha foi arqueada enquanto ele a observava.

— Por que a Sra. Bidding o conhece apenas como meu cocheiro, e porque... — Bom Deus. Por que ela precisava explicar? Um conde de quinta geração deveria ser bem versado nos costumes da sociedade para saber o que aconteceria se o ex-cocheiro de Lucy se revelasse como sendo o Conde de Drayson.

— Imagino então que sua reputação esteja a salvo. — Ele falou como uma afirmação, mas havia uma pergunta subentendida em seus olhos.

— Está — ela respondeu. Foi por isso que ele tinha voltado? Não, claro que não. Por que ele se preocuparia com a reputação de uma mentirosa? — Parece que a Sra. Bidding não é uma fofoqueira.

— Fico aliviado por saber.

— Mas ela é muitas outras coisas — Lucy acrescentou rapidamente. — Ela é autoritária, teimosa, tem elevado padrão moral e uma memória muito aguçada. E é esse o motivo de você não poder ir à reunião ou se encontrar de novo com a Sra. Bidding. Isso só lhe traria problemas.

— Você se importa com meu bem-estar? — ele perguntou, tentando parecer despreocupado, mas havia certo nervosismo em sua voz.

Lucy desviou o rosto daqueles olhos penetrantes e inspirou fundo. Tinha chegado. O momento em que ela poderia desvelar sua alma, aliviar sua culpa e, com um pouco de sorte, acertar a situação — ou, pelo menos, acertar o que fosse possível depois do que ela tinha feito com ele.

— Não sei por que você está aqui — Lucy começou —, mas só posso supor que tenha a ver com justiça ou, quem sabe, para concluir essa história. O que eu fiz foi abominável e imperdoável. Eu fiquei furiosa e perturbada com a notícia que você me deu, e com a forma impessoal como a transmitiu. Reagi mal e me arrependo quase todos os dias da minha atitude precipitada. Por isso tudo, imploro seu perdão.

Os lábios dele se torceram um pouco.

— *Quase* todos os dias?

— Sim — ela respondeu com honestidade. — Houve uns poucos dias em que desejei muito que você fosse para o inferno, meu lorde.

Ele jogou a cabeça para trás e riu. O som ecoou nos ouvidos de Lucy e penetrou sua alma, lembrando-a dos bons momentos que os dois compartilharam e do quanto ela gostava dele. Do sorriso, da risada, do toque, da inteligência, da bondade... por que ele tinha voltado? Se ele ficasse muito tempo, seria a perdição dela.

— Esses dias foram no começo ou no fim? — ele perguntou.

— No começo — ela admitiu. — Só no começo. Quando, exatamente, sua memória voltou?

Ele colocou o chapéu debaixo do braço e deu de ombros.

— Não consigo me lembrar.

— Você está querendo me enganar.

Ele arqueou uma sobrancelha.

— Acredito que esse seria um caso do sujo falando do mal lavado.

— E eu acredito que você está tentando mudar o rumo da conversa.

— Tem razão. — Ele passou por ela para examinar a horta. — Diga-me, Lucy, Lucy, horteloa. — Ele a fitou, levantando uma sobrancelha. — Sua horta está a crescer?

Ela sorriu e terminou a cantiga, também modificando-a:

— Com pepinos verdes e belas cenouras, e com a ajuda de Lorde Drayson para vender. Não que nós vamos vender algo — ela acrescentou. — Mas você arou a terra, e arar não rima com crescer, e isso foi o melhor que consegui no momento. Agora pare de tentar me confundir. Quando sua memória voltou, meu lorde?

Ele se ajoelhou para examinar as plantas mais próximas, tocando com delicadeza a plaqueta de madeira rudemente entalhada que identificava a folhagem como "Cenouras".

— Eu gostava mais quando você me chamava de Collins. E gostaria mais ainda se me chamasse de Colin.

Lucy sacudiu a cabeça.

— Não seria apropriado — ela disse.

Lorde Drayson levantou e espanou a terra de suas luvas.

— Também não era apropriado que você me transformasse em seu criado — ele observou.

— Venho tentando consertar meus erros, *meu lorde* — ela enfatizou o título dele.

Lorde Drayson suspirou.

— Deduzo, então, que isso significa que não posso chamá-la de Lucy.

— Não pode.

— Que tal Lucille?

Ela torceu os lábios.

— Claro que não. Meu nome completo só deve ser usado quando estou muito encrencada.

Ele inclinou a cabeça para o lado e a observou, desconcertado.

— Como você sabe que não está encrencada agora?

Lucy não conseguiu entender o significado por trás das palavras. Aquela conversa toda estava começando a parecer quase um delírio, e ela continuava sem resposta para as dezenas de perguntas que se reviravam em sua cabeça.

— Lorde Drayson, por que resolveu voltar para Askern? Se é para garantir pessoalmente que sejamos removidas da casa da viúva, fique tranquilo que sairemos no dia nove de junho.

Os olhos dele se abriram mais com a notícia.

— Não foi por isso que eu vim. Você e sua mãe...

— Minha mãe vai se casar com o Sr. Shepherd e nós iremos morar com ele em menos de duas semanas. Sinto muito ainda não termos saído daqui, mas logo sairemos. Você está livre para vender Tanglewood para quem oferecer mais.

Lorde Drayson não pareceu contente com a notícia. Na verdade, ele pareceu mais perplexo do que qualquer outra coisa.

— Sua mãe vai se casar por necessidade ou ela quer se casar com o Sr. Shepherd?

— Ela quer se casar com ele — respondeu Lucy. — Ela desenvolveu muito carinho por ele, assim como eu.

— Fico feliz em saber. — Lorde Drayson anuiu, então recuou alguns passos, tirou o chapéu de sob o braço e o recolocou na cabeça. — Receio ter que ir embora agora, mas irei vê-la na noite de sexta-feira, na reunião.

Lucy abriu a boca para responder, mas ele já estava montando no cavalo. Lorde Drayson despediu-se com um toque na aba do chapéu e partiu, deixando Lucy mais confusa do que estava antes de sua chegada.

26

LUCY FICOU BOQUIABERTA ao ver a fila de carruagens à frente deles. Os Bidding eram conhecidos por dar festas bem aborrecidas, e com certeza nunca tiveram um comparecimento de pessoas como o dessa noite. As Beresford aceitaram o convite da Sra. Bidding só porque a Sra. Beresford tinha um coração de manteiga e não conseguia dizer não para uma amiga.

— O que é isso? — Lucy se virou para a mãe e para o Sr. Shepherd, sentados no banco à sua frente, na carruagem.

— Parece que vamos ter que esperar um pouco — disse a mãe dela, não parecendo nem um pouco surpresa.

— A chegada de Lorde Drayson causou uma comoção e tanto — acrescentou o Sr. Shepherd. — A Sra. Bidding deixou escapar que o conde tinha lhe feito a grande honra de aceitar o convite. De repente, todo mundo quis vir.

Lucy se recostou no assento, muito menos à vontade do que se sentia antes. Será que Lorde Drayson pretendia mesmo comparecer, mesmo após o aviso dela? Claro que não. Mas...

Ela juntou as mãos para não ficar remexendo em nada. Mesmo que ele comparecesse, podia ser que a Sra. Bidding não o reconhecesse e Lucy estaria se preocupando por nada.

A esperança dela não se sustentava. O conde era o tipo de homem que chamava a atenção aonde quer que fosse. Bastava um olhar para gravar para sempre suas belas feições na memória de alguém. Seria necessário um milagre para a Sra. Bidding não lembrar dele.

A festa estava adiantada e não ainda não havia sinal do conde. Lucy começou a respirar melhor e até aceitar, de um criado que passava, uma taça de alguma coisa. Ela examinou o líquido âmbar por um breve instante antes de dar um gole e examiná-lo de novo, dessa vez com maior interesse. O que quer que fosse, o gosto era maravilhoso, parecendo framboesa com ameixa e cereja em calda. Lucy tomou outro gole e sentiu que parte do nervosismo abandonava seu corpo.

Ela estava usando um de seus vestidos favoritos, de cetim rosa com uma sobressaia translúcida que dançava ao redor de seus pés, fazendo-a se sentir feminina e linda. Ela o reservava para ocasiões especiais ou para aquelas noites em que desejava se sentir o mais autoconfiante possível. Essa noite era uma dessas ocasiões. Ou, pelo menos, tinha sido. Se soubesse que o conde não planejava aparecer, ela poderia ter usado o vestido azul de linho bordado.

— Lucy, aí está você. — Patience Brooke passou o braço pelo de Lucy como se as duas fosse amigas íntimas, mas ela nem mesmo estava olhando para Lucy. Na ponta dos pés, Patience tentava enxergar por cima da cabeça dos outros, sem dúvida querendo ver se o conde tinha chegado. — Dá para acreditar nesta multidão?

— Com certeza a Sra. Bidding está muito feliz com o número de convidados que vieram — Lucy disse, tentando retirar seu braço do modo mais sutil possível.

— É bom estar, pois é provável que esta casa nunca mais veja outro sucesso como este. Lorde Drayson só precisa vir a uma das reuniões dos Bidding para aprender que nunca mais deve fazer isso. Você já o conheceu? Ouvi dizer que ele é muito atraente. — Os dedos dela apertaram ainda mais o braço de Lucy quando ela tentou se esticar mais.

Lucy tomou outro gole do líquido saboroso ao vasculhar o salão à procura da mãe.

Um silêncio se impôs à multidão, seguido por vozes murmurantes, e o corpo de Lucy ficou rígido. Ela apertou a taça na mão e virou devagar a cabeça para a entrada, onde o conde estava cumprimentando o Sr. e a Sra. Bidding. Vestido todo de preto, das botas às calças, ao colete e ao paletó, ele de fato estava muito atraente. As únicas coisas brancas nele eram o peitilho e a gravata. Definitivamente, ele era uma visão para se recordar.

Ao lado dele estava uma mulher que era quase tão alta quanto a Sra. Bidding, e que se conduzia com graça e elegância. Lucy deduziu que só podia ser a mãe dele, a Condessa Viúva de Drayson. Disseram-lhe que o conde tinha vindo para Askern com a família. Ao lado da mãe vinha uma mulher mais jovem, um pouco menor, que parecia ter a idade de Lucy. Seu cabelo castanho e os olhos claros pareciam muito com os do conde para que ela não fosse irmã dele. Os dois vestiam-se com muito mais elegância do que os outros convidados.

Enquanto a condessa conversava com o Sr. e a Sra. Bidding, o conde vasculhou o salão até seu olhar parar em Lucy. Um sorriso levantou os lábios dele antes que voltasse sua atenção para a anfitriã. Eles conversaram por mais um instante até o conde se afastar com a mãe e a irmã. Ele cumprimentava com um movimento de cabeça as pessoas por quem passava, e parava para apresentar sua família a poucas. Lucy parecia não conseguir tirar seus olhos do conde, que, lentamente, se aproximava dela.

— Acho que ele está vindo para cá — disse Patience, empolgada.

A Sra. Beresford materializou-se ao lado de Lucy e, com cuidado, tirou a bebida da mão da filha. Ela baixou a voz para que Patience não ouvisse.

— Relaxe, minha cara. Você parece a ponto de explodir.

— Por que ele veio? — Lucy suspirou, esforçando-se para controlar suas emoções, embora tremendo por dentro. O que a Sra. Bidding faria? Como ela reagiria? Será que ela lembrava dele?

— Só ele sabe de suas razões — sussurrou a Sra. Beresford, depois ergueu a cabeça para sorrir e cumprimentar a mais nova família em Askern. Lucy sentiu que seu coração iria sair do peito.

— Mãe. Harriet — disse Lorde Drayson. — Quero que conheçam a Srta. Beresford, que tornou minha primeira visita a este lugar tão... memorável.

Lucy sentiu o rosto esquentar. Ela não podia acreditar que Lorde Drayson tocava nesse assunto naquele momento. Lucy olhou ao redor, notando alguns olhares curiosos das pessoas próximas, e imediatamente dirigiu um olhar penetrante ao conde, depois fez uma rápida mesura para a condessa e sua filha.

— É um prazer — ela murmurou. — Posso também apresentar minha mãe?

Lady Drayson pareceu não se abalar com o comentário do filho.

— É um prazer conhecer vocês duas. Ouvi dizer que está para se casar em breve, Sra. Beresford. Posso desejar felicidades a você e ao Sr. Shepherd? Ele foi gentil e nos convidou para o casamento quando foi nos visitar, há alguns dias.

A Sra. Beresford sorriu.

— Vai ser um evento íntimo na nossa igreja, mas é muito bem-vinda, Lady Drayson. E você também, Lady Harriett.

— Adoro casamentos no interior — disse Lady Harriet, juntando as mãos em um gesto um pouco dramático. — Na verdade, adoro tudo relacionado ao interior. Já estou apaixonada por Yorkshire.

Lucy gostou instantaneamente das mulheres Drayson. Apesar de nobres, não pareciam se colocar acima dos outros. E o entusiasmo natural de Lady Harriett contrastava com a postura contida e respeitável de seu irmão.

— Vocês pretendem permanecer por muito tempo em Askern? — Lucy perguntou, sem conseguir segurar por mais tempo sua dúvida.

Lady Drayson olhou rapidamente para o filho antes de responder.

— Receio que nossos planos ainda não estejam prontos. Todos nós precisamos de uma mudança de ritmo. Pensamos que o ar de Yorkshire poderia nos fazer bem e aqui estamos.

— A sensação é a de uma grande aventura — exclamou Lady Harriett. — Acho que depois disto vou querer viajar pelo mundo.

Lucy manteve o sorriso estampado no rosto, embora não tivesse vontade de continuar sorrindo. A mãe e a irmã do conde também eram adeptas a evitar respostas diretas. Lucy olhou para Lorde Drayson, cuja boca, em contraste com a dela, se esforçava para *não* sorrir. Sem dúvida ele achava divertido mantê-la em suspense. Talvez essa fosse a forma que ele tinha de se vingar. Parecia que ele tinha retornado para provocar e atormentar Lucy, além de causar-lhe algum problema. Era a única explicação que fazia sentido.

Lucy permaneceu em silêncio e deixou que sua mãe conduzisse a conversa — pelo menos até Patience voltar trazendo a mãe dela, que logo pediu para ser apresentada aos novos moradores da cidade.

Patience não perdeu tempo para engatar uma conversa com o conde.

— Diga-me, meu lorde, o que o trouxe a uma vila humilde como Askern?

Um lampejo de aborrecimento passou pelo rosto de Lorde Drayson, que logo se recompôs e se curvou sobre a mão da moça.

— Ouvi boatos de que todas as outras mulheres não se comparavam às de Askern, então precisei vir conferir.

Lucy se esforçou para não revirar os olhos.

Patience sorriu com timidez.

— E meu lorde já decidiu se esses boatos são verdadeiros ou falsos?

— Verdadeiros, é claro. Pois estou neste momento diante das mulheres mais lindas que já vi. — O olhar dele vagou na direção de Lucy enquanto falava. Embora houvesse uma pontada de humor nos olhos dele, também havia carinho.

— Lorde Drayson — Patience disse. — Estou vendo que é um sedutor.

Ele voltou a atenção para Patience.

— Como pode me acusar de sedutor quando falo a verdade, Srta. Brooke?

— Se me dão licença. — Lucy aproveitou a oportunidade para escapar e foi procurar outra bebida, esperando assim acalmar seu coração aflito. No caminho, ela foi parada por algumas amigas, mas, no momento em que lhe perguntaram de Lorde Drayson, Lucy disse que estava com dor de cabeça e saiu por uma porta lateral, atravessou a biblioteca anexa e saiu para o terraço escuro, onde conseguiu respirar com um pouco mais de facilidade.

Estava uma noite fria, então Lucy passou os braços ao redor do tronco num esforço para se manter aquecida enquanto seu olhar vagava pelos jardins. Dentro de duas semanas sua vida mudaria de novo. Seria uma mudança boa, mas ainda assim uma mudança. Desde o instante em que seu pai ficou doente, foi uma novidade atrás da outra. A ausência de um ente amado, a mudança para a casa da viúva, a mãe voltando a costurar para fora e o amor recém-descoberto de Lucy pelas rosas. O caixão de seu pai fora enfeitado com uma pilha de flores. Elas ficaram tão lindas ali que Lucy decidiu cultivar um jardim de rosas para trazer mais dessa beleza ao mundo. Seu pai teria gostado disso. Ele também teria gostado que sua mãe encontrasse alguém com quem compartilhar a vida.

Lucy olhou para o céu noturno, onde trechos com estrelas brilhantes apareciam por entre as nuvens.

— Estou com saudade, papai — ela sussurrou, imaginando se ele conseguiria ouvir. Mesmo que não conseguisse, era bom voltar a falar com ele. — Mamãe vai se casar dentro de duas semanas, e vamos nos mudar para Knotting Tree. É um progresso em relação à casa da viúva, mas receio que eu vá me sentir mais solitária. Mamãe agora tem o Sr. Shepherd, e, embora eu também o tenha, em teoria, não será a mesma coisa. A verdade é que estou me sentindo meio perdida, ultimamente. Eu costumava acreditar que conseguiria viver o restante dos meus dias como uma solteirona excêntrica, mas isso já não me basta. Eu quero mais, papai. Eu quero algo que me preencha por dentro, como a vida que você e mamãe tinham; uma vida com objetivo e alguém com quem dividi-la. Isso será possível para alguém tão rebelde quanto eu? Eu me sinto tão... vazia. E fria. — Lucy riu baixo com isso, sentindo a necessidade de aliviar o desânimo que tinha causado em si mesma.

No sussurro da brisa que lhe tocava o rosto e os braços, seu pai pareceu responder. *Anime-se, querida. Uma alma abatida não consegue ver com a mesma clareza que uma alma ativa.*

Quantas vezes ele tinha lhe dito isso sempre que Lucy o procurava, desanimada com uma ou outra coisa? Ele tinha um modo delicado de sempre lhe instilar esperança, de lhe mostrar o sol atrás das nuvens.

— Amo você, papai — ela sussurrou.

Lucy estremeceu e apertou mais os braços ao seu redor. Como isso não a esquentou, ela se afastou, contrariada, do guarda-corpo e voltou para dentro da biblioteca escura. Sem vontade de retornar à festa, Lucy permaneceu ali, sentindo o cheiro de papel velho e couro. Ela passou o dedo pelas lombadas de alguns livros, desejando poder pegar um deles, sentar-se numa poltrona e passar o resto da noite num mundo diferente desse em que vivia. Mas fazia tempo que tinha sumido da festa. Era provável que sua mãe estivesse à sua procura.

Uma porta foi aberta na parede oposta e passos soaram. Sem pensar, Lucy se encolheu na passagem escura entre duas estantes, mantendo-se oculta. Com as costas junto a uma porta, ela segurou a respiração, esperando que o intruso logo fosse embora.

A porta foi fechada e a voz da Sra. Bidding se fez ouvir:

— Sei que sua ausência será logo notada, meu lorde, então vou direto ao ponto.

Meu lorde?

— Por favor — pediu Lorde Drayson.

Lucy congelou. Com certeza a Sra. Bidding não pretendia questionar o conde no meio de uma reunião que *ela* estava oferecendo.

Lucy espiou a cena de onde estava e viu Lorde Drayson examinando as prateleiras de livros como ela mesma tinha feito momentos antes, de costas para a Sra. Bidding, que não parecia feliz.

— Parece que você não é um cocheiro, afinal.

— Não mais — ele respondeu, com calma.

— Como em nome de tudo que é sagrado você se tornou... — Ela se interrompeu. — Isso não importa agora. Eu lhe disse que iria direto ao ponto e é o que vou fazer. Você comprometeu a reputação da Srta. Beresford da pior forma possível, e eu o trouxe até aqui para lhe perguntar o que pretende fazer a respeito.

Ele continuou examinando os livros.

— Eu posso pensar em formas piores de comprometer a reputação dela.

— *Meu lorde.* — O som da exclamação dela ecoou pela sala cavernosa. Lucy sorriu, divertindo-se com o fato de Lorde Drayson não achar a Sra. Bidding nem um pouco intimidante.

Ele se virou para encará-la.

— A senhora me fez o favor de ir direto ao ponto, e eu farei o mesmo pela senhora. Lucy...

— Srta. Beresford — a Sra. Bidding o corrigiu, fuzilando-o com o olhar.

— Muito bem — ele continuou. — A Srta. Beresford fez a gentileza de me informar que sua reputação continua intacta, o que devemos à sua gentileza, pelo que sei.

— Devem mesmo — retorquiu a Sra. Bidding. — Não sou fofoqueira. Nem mesmo o Sr. Bidding tem ciência dos eventos que testemunhei.

— Fico aliviado em saber disso — ele comentou. — É óbvio que a senhora é uma mulher dotada de grande integridade.

— Sou mesmo — ela afirmou. — A questão é: você também é?

— Uma mulher? — a voz dele continha um traço de humor. — Espero que não.

— Um *homem* íntegro — sibilou a Sra. Bidding.

— Ah — ele disse, juntando as mãos atrás das costas. — Nesse caso eu diria que, na maior parte do tempo, sim.

— Então vou repetir minha pergunta anterior — disse a Sra. Bidding, com firmeza. — O que pretende fazer a respeito da Srta. Lucy Beresford?

— O que, exatamente, precisa ser feito? A senhora disse que a reputação dela continua intacta, e, a menos que pretenda se tornar uma fofoqueira, tudo está como deveria.

— Não está, não. — A voz dela se tornou um sussurro alto. — Eu sei o que você fez, a Sra. Beresford sabe e você também sabe. Qualquer homem honrado...

— Faria o quê? — ele a interrompeu. — Proporia casamento motivado por dever? Perdoe-me, madame, mas nenhum mal verdadeiro foi feito, e não é dessa forma que pretendo me casar. Respondendo à sua pergunta, não pretendo fazer nada a respeito da Srta. Lucy Beresford.

A Sra. Bidding crispou os punhos e lhe deu um olhar que faria o marido dela murchar.

— Então não pode afirmar que é um homem íntegro.

Lucy não podia continuar em silêncio. A única razão pela qual Lorde Drayson estava passando por aquele constrangimento era a falta de integridade de *Lucy*. Ele não merecia que lhe falassem dessa forma, ainda mais quando sua presença era o motivo de a festa da Sra. Bidding estar fazendo tanto sucesso.

— Pelo contrário, Sra. Bidding — Lucy anunciou, saindo de seu esconderijo. — Lorde Drayson acaba de provar sua integridade.

As duas cabeças se viraram para ela, observando-a enquanto se aproximava. Antes que um dos dois pudesse falar, Lucy continuou.

— Lorde Drayson deixou os sentimentos dele a respeito desse assunto muito claros, e eu concordo plenamente com ele. Ninguém deve ser obrigado a entrar num casamento que não quer, então vamos encerrar esta conversa horrorosa. Lorde Drayson, por favor, considere-se um homem livre de todas as formas possíveis. — A voz dela tremeu nas últimas palavras. Apesar de sua demonstração de autoconfiança, Lucy ficou sentida por o conde declarar que não tinha nenhuma vontade de se casar com ela. Mas ela se recusava a desmoronar ali. Não ali, não nesse instante nem nunca.

Como se por intervenção divina, a porta foi aberta e o Sr. Shepherd entrou, parecendo um salvador — o salvador dela. Ele parou e assimilou a cena com seu olhar inteligente, que parou em Lucy.

— Algum problema, minha querida? — ele perguntou.

— Só estou me sentindo um pouco mal.

Ele continuou observando-a por um momento, e foi aí que Lucy se sentiu começando a perder a compostura. Se o conde não saísse nesse instante, ela desmoronaria em seus braços e faria uma cena horrível.

— Sra. Bidding — ele disse, como se lendo os pensamentos dela —, vários convidados estão perguntando por Lorde Drayson, pela Srta. Beresford e pela senhora. As ausências estão criando uma comoção.

A Sra. Bidding proferiu algo que soou como um grunhido.

— Muito bem, então. De qualquer modo, eu já fiz tudo que podia. Venha, meu lorde, vamos voltar à festa e encontrar um modo de silenciar as especulações.

Lorde Drayson hesitou, observando Lucy com uma expressão que ela não conseguiu decifrar. Ele levantou o braço como se fosse tocá-la, pensou melhor e deixou o braço cair ao lado do corpo.

— Espero que fique melhor logo, Srta. Beresford — ele disse. — A última coisa que desejo é que se sinta mal. Por qualquer motivo.

Lucy observou-o sair, sentindo o coração saltar e mergulhar. Ela não sabia dizer por que aquilo doía tanto. Lucy nunca tivera ilusões quanto a um casamento com ele, e, ainda assim, ouvir Lorde Drayson rejeitar a ideia com aquela decisão toda doeu terrivelmente.

Os braços quentes e reconfortantes do Sr. Shepherd a envolveram.

— Não faço ideia do que foi dito aqui — ele sussurrou enquanto a abraçava apertado. — Mas parece que você precisa de um abraço.

As lágrimas vieram, então, escorrendo dos olhos dela e molhando o tecido do paletó dele. Lucy não sabia dizer quando o Sr. Shepherd tinha se tornado seu segundo pai, só que isso aconteceu, e ela se sentia imensamente grata.

27

NA MANHÃ SEGUINTE À festa dos Bidding, Lucy acordou com a cabeça latejando. Aninhando a cabeça na palma da mão, ela se arrastou escada abaixo, deixou que Georgina lhe fizesse um chá de ervas e voltou para a cama, onde ficou até meio-dia, quando acordou novamente, já se sentindo um pouco melhor. Porém, a tristeza do dia anterior ainda pairava sobre ela, como uma nuvenzinha de tempestade perdida.

Trajando um vestido cor de pêssego alegre, numa tentativa de melhorar seu humor, ela cantarolou uma música animada enquanto obrigava seus pés a descerem os degraus da escada.

— Lucy, é você? — chamou, da sala matinal, sua mãe.

Lucy enfiou a cabeça na sala e desejou, no mesmo instante, ter permanecido na cama por mais tempo. Sentadas à frente de sua mãe estavam Lady Drayson e Lady Harriet. Lorde Drayson estava de pé ao lado da lareira, com o cotovelo apoiado na cornija, esplêndido em seu paletó preto com uma gravata simples, calças marrons e botas hessianas brilhantes.

Ele se endireitou quando a viu e executou uma rápida reverência.

— Srta. Beresford — ele disse, soando contido, formal e diferente de si mesmo.

— Lorde Drayson. Lady Drayson. Lady Harriett. — Lucy fez uma mesura breve e forçou um tom de voz animado. — Que bom vê-los novamente. — Ela torceu para ter parecido mais sincera do que se sentia.

— Sua mãe estava nos contando dos planos dela para o casamento — disse Lady Harriett. — Venha ficar conosco. Ela disse que você vai fazer os arranjos de flores, e que tem muito talento para isso.

Incapaz de pensar num modo de escapar, Lucy entrou na sala e sentou ao lado da mãe no divã.

— Eu não chamaria de talento, mas gosto mesmo de criar arranjos.

— Ela também é uma formidável jardineira — interveio o conde. — Ela cultiva flores *e* vegetais.

Lucy pigarreou, pouco à vontade com o elogio. — Seu irmão quer dizer que eu gosto de mexer na terra.

— E também de vesti-la — ele acrescentou, com um sorriso.

Lucy alisou as saias, perguntando-se aonde ele queria chegar.

— Como vocês podem ver, não estou vestindo terra agora.

— Não — ele concordou. — Está usando um lindo vestido cor de pêssego, que fica encantador em você.

Lucy nunca se sentiu mais desconcertada. Ela olhou para a mãe do conde, que tentava esconder um sorriso atrás da xícara de chá. Lady Harriett, por outro lado, soltou um risinho.

— Quem poderia pensar que Colin sabia ser tão romântico — ela provocou o irmão. — Estou achando divertido. Por favor, continue.

Lucy ergueu o queixo em um desafio tácito ao conde.

— Sim, continue, Lorde Drayson, se puder pensar em outro elogio para me fazer.

— Posso pensar em vários, na verdade. — Ele se afastou da lareira, atravessou a sala e sentou na poltrona ao lado dela. Quando se inclinou para a frente, apoiando os cotovelos nos joelhos, ele se aproximou demais dela, e Lucy desejou retirar o desafio.

— Vamos ver... — ele começou, coçando o queixo para demonstrar sua reflexão. — Você fica encantadora em todas as cores que já a vi usar, faz biscoitos maravilhosos e conduz admiravelmente a charrete. E após apenas umas poucas lições. Você cantarola no tom certo, não tem medo de trabalho duro nem de sujar as unhas, ganha apostas em corridas de gafanhotos, sobe em árvores, abre fechaduras com grampos de cabelo, rouba um arado sem dor na consciência...

— Acho que são elogios suficientes para um dia — Lucy disse rapidamente, sentindo o rosto queimar. Lorde Drayson podia ir para o inferno naquele momento, se dependesse dela.

Harriett riu, deleitada, e bateu palmas.

— Srta. Beresford, preciso lhe dizer o que não pude falar na noite passada. A razão pela qual mamãe e eu viajamos até aqui foi para conhecê-la. Você é muito famosa em nossa casa.

Será que ela quis dizer *danosa*? Lucy pensou, sem saber como reagir. Ela olhou para o conde, perguntando-se o que ele teria contado para a família e o que sua irmã e sua mãe deviam pensar dela. Rapidamente, Lucy decidiu que preferia não saber.

— Mamãe e Harriett acharam divertidíssimo quando lhes contei que vivi como mordomo, criado e cocheiro por vários dias — ele explicou.

Lady Harriett parecia bastante simpática, assim como Lady Drayson. Talvez elas achassem o acontecido mais divertido que humilhante. Pelo menos era o que Lucy esperava que achassem.

— Por acaso seu irmão disse em que momento a memória dele voltou? — Lucy perguntou, pensando na aposta, no chapéu medonho e em quanto tempo o conde a fez de boba, em vez de o contrário.

Lady Drayson meneou a cabeça.

— Receio que o pouco que ele nos contou tenha sido extraído dele de modo muito doloroso. Para nós duas, claro. Ele não foi muito generoso com os detalhes.

Harriett se inclinou para a frente e juntou as mãos sobre as pernas.

— Mas você não é tão reservada, é, Srta. Beresford? Por favor, diga que não é.

— Nem um pouco — Lucy respondeu. — Perguntem-me qualquer coisa que prometo responder com muito mais detalhes do que desejariam saber.

Aparentemente, Lorde Drayson decidiu que tinha passado da hora de intervir, pois pigarreou muito alto.

— Sra. Beresford, podemos lhe oferecer alguma assistência em suas futuras núpcias?

— Obrigada por sua gentileza, meu lorde, mas Lucy e eu temos tudo sob controle.

Lucy ficou grata ao conde por este ter encontrado um modo de mudar o rumo da conversa. Ao contrário do que afirmou, ela não se sentia tão à vontade para divulgar os detalhes das aventuras dos dois.

— O casamento *está* sob controle — Lucy concordou. — Mas eu agradeceria alguma ajuda para convencer minha mãe a parar de se preocupar comigo e fazer uma viagem com o Sr. Shepherd.

Surpresa, Lady Drayson baixou sua xícara de chá e olhou para a Sra. Beresford.

— Você não vai fazer uma viagem de casamento?

A Sra. Beresford respondeu com cuidado.

— Não queremos deixar Lucy sozinha em casa.

Lucy fez o possível para ignorar o sorrisinho irônico do conde.

— Vou estar rodeada de criados em Knotting Tree. Não terei como me meter em nenhuma confusão, mamãe.

O conde tossiu alto, e pareceu dizer "duvido" enquanto tossia.

Lucy olhou feio para ele enquanto Lady Drayson tentava esconder um sorriso com a mão.

A Sra. Beresford procurou assumir as rédeas da conversa.

— O fato é que o Sr. Shepherd e eu não teremos muito tempo para viajar, e ficaremos contentes de apenas nos instalarmos em Knotting Tree.

— Por que a Srta. Beresford não fica conosco? — sugeriu Lady Harriett, para desespero de Lucy. — Prometo cuidar para que ela não se meta em nenhuma confusão.

— Você? — o conde riu. — Vocês duas são iguais.

Antes que Harriett pudesse refutar a acusação, Lady Drayson pôs a mão sobre o braço da filha.

— O que Harriett está sugerindo é que ficaríamos encantadas de ter a Srta. Beresford como hóspede enquanto você viaja. Parece-me a solução perfeita.

Absolutamente não! Lucy quis gritar. Já era muito difícil ver de longe o Solar de Tanglewood. Morar lá seria quase uma tortura, ainda mais se Lady Harriett pretendia interrogar Lucy sem piedade a respeito de seus dias com Lorde Drayson. Claro que a Sra. Beresford não concordaria com esses planos. Mas ela parecia estar refletindo a respeito. Oh, céus. Por que Lucy teve de mencionar a viagem de casamento?

— Tem certeza de que não seria um incômodo? — perguntou a Sra. Beresford.

Lucy estava para afirmar que não podiam pedir algo assim dos Drayson, mas então notou um lampejo de esperança nos olhos da mãe. Ela se deu conta que a mãe queria fazer uma viagem de casamento com seu novo marido. Era Lucy, e apenas Lucy, que a segurava.

Lucy engoliu seu protesto, que desceu como um cubo de açúcar inteiro arranhando sua garganta.

— Claro que não — afirmou Lady Drayson. — Será uma alegria tê-la conosco. Isto se você concordar, Srta. Beresford.

Todos os instintos de Lucy pediram-lhe que respondesse "Não, eu não concordo", mas se obrigou a assentir. Ela podia aguentar alguns dias de constrangimento para que sua mãe fizesse sua viagem de casamento.

— Eu adoraria ficar com vocês em Tanglewood — Lucy conseguiu dizer.

O conde arqueou as sobrancelhas numa expressão mista de surpresa e respeito, como se pudesse ler os pensamentos dela e elogiasse sua decisão. Então ele se recostou na poltrona com uma expressão de satisfação.

Lucy desejou poder se sentir tão satisfeita com o rumo dos acontecimentos, mas um grande bolo de pavor se formou em seu estômago. Ela tentou ignorar a sensação e se sentir feliz pela mãe, dizendo a si mesma que faria o possível para ficar longe de Lorde Drayson, mas o bolo não diminuiu. Lucy só podia rezar para que seu coração não saísse dessa experiência mais machucado do que já estava.

28

O DIA DO CASAMENTO AMANHECEU com apenas uma ou outra nuvem atrapalhando o azul-claro do céu. Lucy abriu a janela do quarto e inspirou o aroma doce de terra e vegetação, e escutou o trinado alegre vindo das árvores próximas. Esse era o dia que ela tinha esperado e temido ao mesmo tempo. Sua mãe se casaria com um homem bom, um homem gentil, que tinha provado que podia ser um excelente marido e pai. Um homem que Lucy tinha aprendido a adorar. Mas também era o dia em que ela se despediria do casal e acompanharia os Drayson até o Solar de Tanglewood, onde ficaria por sete longos dias.

Pelo menos Georgina iria com ela. Saber disso a reconfortava um pouco.

Lucy afastou de seus pensamentos a preocupação com Tanglewood e passou na ponta dos pés pelo quarto da mãe, descendo silenciosamente a escada. Na noite anterior, enquanto a mãe dormia, Lucy e Georgina saíram de casa com um lampião e cortaram as rosas laranja e pêssego que Lucy usaria para fazer o buquê surpresa de casamento. Ela e Georgina ficaram acordadas até tarde removendo espinhos e conversando como velhas amigas, discutindo a vida nova que as aguardava em Knotting Tree. A Georgina foi oferecida a opção de escolher entre ser uma assistente de cozinha ou a criada pessoal de Lucy, e a moça querida escolheu imediatamente o emprego de criada pessoal, para alegria de Lucy. Não apenas Georgina teria um trabalho mais leve e ganharia um salário mais alto como permaneceria próxima a Lucy. Foi um momento feliz para ambas.

Lucy encontrou Georgina na cozinha, preparando o que parecia ser um banquete — ovos, bacon, pães doces e geleia. O cheiro era divino.

— Minha nossa, Georgy, há quanto tempo está acordada? — exclamou Lucy.

— Eu só quero que o dia do casamento da Sra. Beresford seja perfeito, só isso — disse Georgina.

Lucy enfiou o dedo na geleia e o levou à boca, deixando a delícia pastosa escorrer por sua garganta até o estômago.

— Você sabe que, provavelmente, mamãe vai estar uma bola de nervos esta manhã. Receio que ela não vá aproveitar esta refeição.

— Mas você vai — Georgina observou, com um sorriso.

— Tem toda a razão — Lucy disse, servindo-se em um prato. Ela sentou e saboreou o máximo que podia, comendo o mais rápido possível. Um dia lindo. Um café da manhã delicioso. Um casamento magnífico. Era nisso que Lucy iria se concentrar hoje.

As rosas combinaram com perfeição, formando um buquê que ficou mais lindo do que era na imaginação dela. Juntos, os vários tons de laranja e pêssego pareciam encantadores e simples, mas também sofisticados e complexos. Ela estava amarrando a fita de cetim branco ao redor do buquê quando a Sra. Beresford entrou na cozinha.

— Oh, Georgy, a casa está com um cheiro divino — ela exclamou. — Meu estômago não me deixaria continuar na cama nem por um segundo a mais.

Georgina deu um olhar de triunfo para Lucy e sorriu com o elogio.

— É um dia emocionante, madame. Olha só o buquê que a Srta. Lucy fez pra você.

A Sra. Beresford enfim reparou no arranjo e soltou uma exclamação, cobrindo a boca com as mãos enquanto se aproximava lentamente de Lucy.

— Oh, meu Deus, que lindo — ela disse, tocando com cuidado as hastes. — Eu tinha pensado em cortar algumas rosas esta manhã, para fazer um buquê simples, mas decidi que seria bobagem. Sou uma velha se casando pela segunda vez. Buquês são para as jovens.

— Buquês são para todas, mamãe — Lucy a repreendeu. — E você achou mesmo que eu deixaria você entrar na igreja sem um?

— Eu deveria saber. — A Sra. Beresford se curvou para dar um beijo na testa da filha. — Obrigada, minha querida.

O casamento foi tudo o que Lucy podia ter desejado para a mãe. A igreja estava lotada, e a Sra. Beresford entrou resplandecente em um vestido cor de pêssego, com uma sobressaia translúcida de renda de Bruxelas branca. Um colar de pérolas adornava seu pescoço, e um sorriso feliz, seu rosto. Georgina tinha penteado o cabelo da Sra. Beresford com uma volta elegante e sofisticada, e Lucy o enfeitou com um punhado de botões de rosa.

O olhar do Sr. Shepherd ficou fixo em sua noiva, e Lucy imaginou como seria ter um homem olhando para ela assim. Quando sua imaginação conjurou Lorde Drayson parado no altar, olhando para ela vindo pelo corredor, Lucy obrigou seus pensamentos a voltarem para a cerimônia. Talvez ela devesse seguir a sugestão do Sr. Shepherd e começar a escrever. Seria um modo de canalizar todas as suas tolas fantasias.

No que pareceu um piscar de olhos, a Sra. Beresford se tornou Sra. Shepherd, e o casal feliz sorriu e se abraçou, acenando enquanto caminhava em meio à multidão até a carruagem que os esperava. Então eles foram almoçar com os Drayson, onde Lucy comeu pouco e se despediu da mãe e do padrasto. A Sra. Bidding fez a gentileza de oferecer o almoço, e Lucy também abraçou a anfitriã na hora da despedida.

— Obrigada, Sra. Bidding. A senhora tem sido a bondade em pessoa para nossa família.

— Não tem de quê, minha cara — respondeu a Sra. Bidding, corando. — Ouvi que você vai ficar no Solar de Tanglewood enquanto o Sr. e a Sra. Shepherd estão fora.

Lucy não soube dizer se a mulher aprovava ou desaprovava isso, não que importasse.

— Sim, Sra. Bidding. Espero que a senhora possa me visitar lá. Sinto-me um pouco perdida sem mamãe ou o Sr. Shepherd.

— Pode contar com isso. — Ela deu uma batidinha no braço de Lucy. — Ah, aqui está Lorde Drayson, pronto para levá-la para a casa dele.

Lucy arregalou os olhos diante da escolha de palavras da Sra. Bidding. Ela fez aquilo parecer indecente.

— Bem, não é o que vai acontecer? — disse a Sra. Bidding, com uma risada, então deu outra batidinha no braço de Lucy antes de deixá-la sozinha com Lorde Drayson.

Aparentemente, a Sra. Bidding aprovava seus planos de moradia para a próxima semana. Mais do que isso, ela parecia achar a situação bastante divertida. Lucy não conseguia entender.

Ela virou seu olhar de dúvida para Lorde Drayson, cujos olhos também pareciam bem-humorados. Estendeu o braço para ela.

— Gostaria de ser levada por mim?

— Se quer saber a verdade, não, não gostaria. Mas parece que não tenho escolha nisso.

Lorde Drayson arqueou uma sobrancelha.

— Acho que eu prefiro suas mentiras às suas verdades.

— Nesse caso, Lorde Drayson — Lucy passou a mão pelo braço dele —, eu adoraria ser levada por você. — O interessante foi que aquilo que Lucy pensou ser uma mentira pareceu-lhe mais real que a verdade. Sua mão esquentou no local em que tocou na manga dele, e aquele aroma complexo de especiarias que Lucy tinha associado a ele preencheu seus sentidos.

Nesse momento Lucy soube que seu coração não resistiria a um dia perto de Lorde Drayson. Ao fim dessa semana, o órgão estaria destroçado, e a Lucy não restaria nada além de cacos doloridos.

Para grande surpresa de Lucy, Lady Harriett não a inundou de perguntas sobre o tempo que passou com Lorde Drayson. Na verdade, ela se tornou protetora de sua nova conhecida, mostrando-lhe a casa e contando-lhe tudo sobre a encantadora propriedade da família em Danbury, junto com intermináveis histórias sobre as muitas brigas que ela teve com os irmãos quando eram crianças. Não demorou para que Srta. Beresford se tornasse Lucy e Lady Harriett, apenas Harriett.

— Eu tinha um medo terrível de altura quando mais nova — disse Harriett. — Um verão, Colin prometeu que, se eu subisse até o topo de uma árvore, ele conseguiria para mim um dos filhotes do cachorro do vizinho. Um que mamãe e papai já tinham dito que eu não poderia ter. Mas eu queria tanto o cachorrinho que acreditei que Colin arrumaria um jeito de eu ficar com ele. Então subi, subi e subi na árvore. Quando os galhos começaram a balançar, perto do topo, ele gritou para eu descer, mas me recusei. Eu tinha que tocar o topo para ganhar meu cachorrinho. "Eu arrumo o filhote para você", ele gritou para mim. "Apenas desça *agora*."

— Foi o que eu fiz — ela continuou. — E, naquela noite, Colin levou o filhote para o meu quarto e me informou que tinha cumprido a parte dele do acordo. Eu tinha o meu cachorrinho, mas era minha responsabilidade convencer mamãe e papai de que eu podia ficar com ele. Não me ocorreu, até muito tempo depois, que ele estava com medo demais para pedir. Então, lá estava ele, me convencendo a enfrentar um dos meus medos enquanto fugia como um covarde do medo dele.

Lucy riu, pensando que sua temporada em Tanglewood talvez não fosse tão desagradável como ela tinha imaginado. A não ser pelo percurso da carruagem do casamento até Tanglewood, e de um jantar levemente constrangedor, ela tinha conseguido evitar Lorde Drayson por completo. Ou, quem sabe, era ele que a estava evitando.

Lucy franziu a testa ao pensar nisso, e logo acusou a si mesma de ser uma tonta.

Do exterior da casa veio o som de cascos de cavalo, e Lucy se aproximou da janela para observar a cena abaixo. Subindo pela trilha com seu cavalo preto, Lorde Drayson estava acompanhado de seu administrador, o Sr. Graham. Os dois apearam de suas montarias absorvidos por uma conversa. A certa altura, Lorde Drayson olhou para cima e reparou em Lucy parada ali. Ele tirou o chapéu e Lucy se afastou da janela no mesmo instante e se virou para dentro, percebendo um brilho calculista nos olhos de Harriett.

Naquela noite, Lucy entendeu o significado do olhar.

— Colin, eu gostaria que você me ensinasse a valsar — Harriett disse no momento em que o conde se juntou a elas, após o jantar.

— Perdão? — ele olhou para a irmã como se esta tivesse enlouquecido.

Ela pediu a dois criados que tirassem a mobília de cima do tapete e estendeu os braços para o irmão.

— A valsa. Você e mamãe são os únicos que sabem dançar, e eu preciso que ela toque o piano. Por favor? Se vou debutar no ano que vem, preciso aprender em algum momento, certo, mamãe?

A mãe baixou o bordado e deu um olhar cansado para o filho.

— Você sabe que ela não vai parar até você fazer a vontade dela.

— Harriett pode implorar até ficar sem voz — disse o conde. — Ela não vai me forçar a ensiná-la a valsar.

— E quanto a Lucy? — Harriett perguntou. — Você a ensinaria?

Lucy arregalou os olhos para a nova amiga, imaginando se Harriett, de fato, tinha enlouquecido.

— Não acredito que Lucy deseja aprender a valsar — observou Lorde Drayson, acomodando o corpanzil numa poltrona ao lado dela.

— Isso mesmo — Lucy concordou, acreditando ter colocado um fim no plano ridículo de Harriett. — Valsas só acontecem no Almack's, e duvido muito que algum dia eu ponha os pés nesse lugar. Além do mais, eu não danço.

— Como assim, você não dança? — Harriett perguntou. — Não existem bailes em Askern?

— Claro que existem — Lucy se apressou em dizer. — Só quero dizer que não tenho nenhum talento para isso. Costumo pisar no pé dos meus parceiros. Nem mesmo Lorde Drayson conseguiria fazer com que meus pés se portassem corretamente.

Harriett se empertigou e sorriu para o irmão.

— Acredito que Lucy acabe de lhe fazer um desafio, querido irmão. Como...

— Isso não foi nenhum desafio — disse Lucy, horrorizada que pudesse ser interpretado como um. — Eu estava apenas enfatizando que não sei dançar.

— Bobagem — disse Harriett. — Você se move com tanta graça. Tenho certeza de que, com orientações adequadas, você poderia se tornar uma dançarina maravilhosa.

— Harriett saberia dizer — disse Lorde Drayson, sarcástico.

— Eu saberia mesmo — Harriett confirmou, preferindo ignorar o sarcasmo do irmão.

Lucy deu um olhar de súplica para o conde. *Ela é sua irmã, você pode fazer alguma coisa?*

Os lábios dele se torceram um momento antes de Colin olhar para a mãe, que parecia se divertir imensamente com a disputa.

— Ela nunca vai ficar sem voz, não é?

— Receio que não — respondeu Lady Drayson, sorrindo.

Ele suspirou, então se levantou devagar e estendeu a mão para Lucy.

— Você me daria a honra de me permitir que lhe ensine a valsa, para minha querida irmã parar com essa infantilidade?

— Mas é ela que deseja aprender — protestou Lucy. — Não eu.

— Acredito que eu vá aprender melhor observando — Harriett se apressou em dizer, provando que esse era seu plano desde o começo.

Em pânico, Lucy fez uma última tentativa:

— Mas seus pés, meu lorde.

— Já foram pisoteados antes — ele disse com um sorriso, a mão ainda estendida. — Meus nervos, por outro lado, não vão aguentar por muito tempo.

Sentindo como se estivesse encurralada, sem chance de escapar, Lucy olhou para Lady Drayson em busca de auxílio, mas ela já tinha se sentado ao piano, pronta para tocar.

Lorde Drayson remexeu os dedos.

— Por favor, Lucy?

Vendo-se sem escapatória, ela colocou os dedos de leve nos dele e permitiu que ele a ajudasse a se levantar. O conde a levou até o meio da sala, pôs a mão esquerda dela em seu ombro, segurou os dedos da mão direita dela na sua e apoiou sua mão esquerda na cintura dela. O corpo inteiro de Lucy tremeu com o toque, e seu coração começou a valsar por conta própria.

A música começou e Lorde Drayson explicou os movimentos da dança, dizendo algo como um-dois-três e indo para a frente e para trás. Lucy tentou escutar, tentou mesmo, mas o aroma dele invadiu seu nariz, a voz reverberou nos ouvidos dela e o sorriso dele fez seu estômago dar cambalhotas. E então ele a puxou para mais perto e começou a ir para trás, para o lado e para a frente. Lucy permaneceu meio passo atrasada o tempo todo. Ela tentou se concentrar nos movimentos, mas seu olhar ficou preso no dele, e seus pés iam para onde precisavam ir para mantê-la em pé.

Lorde Drayson diminuiu o ritmo, e a voz dele, finalmente, atravessou a neblina que bloqueava o cérebro dela.

— Não pense tanto — ele disse em voz baixa. — Apenas ouça a música, sinta o ritmo e deixe que eu a guie.

Ele começou a contar de novo e Lucy inspirou fundo, tentando fazer o que ele disse. Aos poucos sua respiração se normalizou, a neblina em seu cérebro clareou e ela começou a fazer os movimentos, que, surpreendentemente, não eram tão difíceis. Para a frente, para o lado, para trás, depois trás-lado-frente. E repetir.

Quando a música chegou ao fim, a mente de Lucy tinha entrado pelas portas do Almack's e ela estava dançando no centro de um salão com ninguém menos que Lorde Drayson. Todos os olhos estavam neles. Alguns demonstravam curiosidade, outros, inveja. Alguns desaprovavam o que viam, outros pareciam gostar, mas Lucy não ligava para nenhum deles. Tudo que lhe importava era a sensação de ter os braços de Lorde Drayson ao seu redor, de ver o carinho em seus olhos e o toque de um sorriso em seus lábios.

— Gostaria de dançar outra? — a voz dele invadiu os pensamentos dela, trazendo Lucy para o presente, onde suas mãos continuavam nele apesar de a música já ter acabado.

No mesmo instante, ela deixou as mãos caírem junto ao corpo e se afastou.

— Acho que agora já sei como é. Talvez você possa dar uma chance a Harriett.

— Por você, talvez eu dê. — O conde sorriu.

— Sério? — Harriett levantou de um salto e agarrou as mãos do irmão antes que ele retirasse a oferta.

— Mas só — o irmão acrescentou com firmeza — se você permitir que *eu* conduza.

— Do que você está falando? O homem sempre conduz — disse Harriett. Mas, assim que a música começou, ela empurrou o irmão para a frente, para os lados e para trás, praticamente arrastando-o pelos passos da valsa. Durante toda a dança ele lançou olhares dramáticos e bem-humorados para Lucy, parecendo sofrer, estar entediado ou mesmo com medo. Harriett batia no ombro dele a cada olhar, e logo os lábios de Lucy doíam do esforço para não rir. Era um lado dele que ela ainda não tinha visto, e Lucy descobriu que gostava.

Nessa noite, deitada numa cama macia e confortável, olhando para os padrões do relevo que enfeitava o teto, Lucy pensou que talvez não fosse tão contrária a dançar como costumava pensar.

29

Lucy apressou o passo quando o som dos cascos ecoou atrás dela, e desejou que, quem quer que fosse, a deixasse em paz. Era o terceiro dia no Solar de Tanglewood e a primeira vez que ela conseguia escapar sem Harriett ou Georgina a reboque. Lucy queria ver como estava sua horta e, talvez, colher algumas cenouras, que daria para a maravilhosa cozinheira de Tanglewood.

A cesta que ela carregava balançava a cada passo, e, quando o cavalo se aproximou, ela espiou por cima do ombro. O conde parou Querido a cerca de vinte passos e pulou da sela. Lucy também parou e se virou, imaginando o que ele queria agora.

Nessa manhã mesmo ele a interrompera, depois do café, para lhe contar de um livro de que acreditava que Lucy gostaria. Algumas horas depois o conde a tinha encontrado de novo, e pedido a opinião dela sobre que flores plantar em certa área do jardim. Agora lá estava ele mais uma vez, perturbando a paz que ela só tinha começado a sentir.

O modo como Lucy reagia a ele lembrava-a da pequena flor *morning glory*. Quando o sol aparece, as pétalas vibrantes se abrem, mas, quando a escuridão chega, ela murcha, formando uma bolinha patética. Era o mesmo com Lucy sempre que Lorde Drayson se aproximava. Ela florescia imediatamente, apenas para murchar quando ele se afastava. O homem estava destruindo sua paz de espírito, e Lucy desejava poder se retirar para Knotting Tree, onde conseguiria evitá-lo por completo.

— O que você vai fazer esta tarde? — perguntou o conde quando se aproximou, mantendo o cavalo a uma distância segura, atrás de si.

— Pretendo colher algumas das minhas cenouras e rosas e mais algumas coisas para fazer um arranjo de flores para sua mãe.

— *Suas* cenouras? — Ele arqueou uma sobrancelha sob a aba do chapéu. — Com certeza o trabalho de arar o solo me dá direito a parte da colheita.

Lucy fingiu refletir a respeito antes de aquiescer.

— Imagino que você tenha direito a dez por cento.

Ele riu.

— E se eu ajudar com a colheita?

— Oito por cento — Lucy anunciou, para não o encorajar a ficar.

— Oito!

— Receio que sim — ela confirmou, balançando a cabeça solenemente. — Já o vi ajudar com plantas antes. Todas terminam estraçalhadas numa pilha desordenada. Eu não gostaria que algo assim acontecesse com minhas... — ela pigarreou e se corrigiu: — com *nossas* cenouras.

— Tenho que protestar — ele disse. — A única ajuda que forneci com relação a plantas foi cortar a grama e acabar com canteiros de ervas daninhas. Você não pode querer que eu as tratasse com delicadeza.

— Claro que não. É só que isso não me inspirou confiança na sua capacidade de lidar com cenouras delicadas ou flores.

Lorde Drayson parou de repente e a segurou pelo braço, virando-a para si.

— Lucy, se você não quer que eu ajude com nossa horta, diga logo que eu a deixarei sozinha.

— Eu... — Essa era a chance para ela lhe dizer que desejava *sempre* ser deixada em paz. A jovem precisava que ele ficasse longe de seu coração, de sua mente e de sua pessoa, para que ela conseguisse encontrar um modo de seguir com a vida sem ficar constantemente pensando nele, sentindo sua falta ou sofrendo quando ele a tocasse.

Mas as palavras ficaram presas na garganta dela e, no fim, tudo que saiu foi um "Não" estrangulado. Ela soltou o braço da mão dele e recomeçou a andar, esperando que ele não a seguisse, mas desejando que o fizesse. Suas emoções estavam embaralhadas.

Infelizmente — ou seria felizmente? — o desejo dela foi concedido, porque o conde logo a alcançou.

— O que "não" quer dizer?

— Quer dizer não — ela repetiu, as palavras saindo com mais facilidade dessa vez. — Não quero sua ajuda.

— Que tal passear de charrete comigo depois que você terminar?

— Não. — A palavra praticamente começou a fluir de sua boca.

— Uma lição de montaria amanhã?

— Não.

Colin a segurou pelo braço de novo e parou à sua frente para impedir que ela continuasse. Lucy notou que ele tinha deixado Querido pastando na campina vários passos atrás deles.

— Por que você está insistindo tanto em ficar longe de mim? — ele perguntou. — Pensei que fôssemos amigos, mas você se recusa a me chamar de Colin, não quer andar comigo, cavalgar comigo nem me deixar ajudar com nossa horta. Você fica toda rígida sempre que me aproximo, como se eu fosse repugnante. Mas você parecia não me achar repugnante quando eu era Collins. Não consigo entender.

— Amigos, você disse? — Lucy repetiu, sentindo a frustração chegar à superfície e explodir como um formigueiro que foi pisado. — Acho que você não sabe a definição de amizade se pensa que somos amigos.

Ele arregalou os olhos e a observou por um momento antes de continuar.

— Por favor, esclareça-me, então. Qual é a *sua* definição de amizade?

Lucy estava perdendo a paciência. Para uma criatura inteligente ele estava sendo incrivelmente difícil.

— Por que está aqui, Lorde Drayson? Qual é seu objetivo em viajar toda essa distância com sua mãe e sua irmã? Quanto tempo planeja ficar, e o que, em nome de Deus, você quer de mim? Eu já pedi desculpas pelo que fiz com você, e eu e minha mãe saímos da casa da viúva. Não vejo razão para você continuar...

As mãos de Lorde Drayson envolveram o rosto de Lucy e os lábios dele desceram sobre os dela. Lucy soltou uma exclamação e congelou, mas, depois que o choque inicial passou, a cesta que ela carregava caiu no chão e Lucy começou a reagir ao beijo com entusiasmo. Sua boca se moveu sobre a dele e suas mãos agarraram a jaqueta de Colin, puxando-o para mais perto. Os dedos dele subiram até o cabelo de Lucy, soltando vários fios.

Lucy beijou-o como se nunca o tivesse beijado antes. Foi como se alguém tivesse tirado a rolha de suas emoções cuidadosamente guardadas e elas saíssem num jato, uma após a outra. Ela queria tanto desse homem, mesmo sabendo que não merecia nada. Ainda assim a jovem continuou a beijá-lo com toda a energia que possuía. Ela o beijou até ficar sem fôlego e ter de recuar para poder respirar.

Lucy enterrou o rosto na camisa do conde, sentindo-se uma devassa por precisar dos braços dele ao seu redor mais do que nunca. Encostado em sua face, o peito dele subia e descia com a mesma rapidez que o dela.

— Essa é a razão pela qual eu voltei — ele disse, mantendo os braços apertados ao redor dela.

Lentamente, Lucy levantou o rosto para o dele, notando que seus olhos estavam da cor de nuvens de tempestade, encarando-a com algo parecido com incerteza. A mente dela parecia tumultuada, impenetrável.

— Para me beijar de novo? — ela perguntou. — Lorde Drayson, eu...

Ele a agarrou pelos ombros e a sacudiu.

— Maldição, Lucy, me chame de Colin.

— Não até você me explicar o que diabos está acontecendo — disse Lucy, sem ligar para seu linguajar. Ela estava cansada do alto e baixo de suas emoções, cansada de tentar adivinhar, de desejar, esperar e sofrer. Ela queria se sentir livre.

Lorde Drayson fechou os olhos, inspirou fundo e deixou as mãos deslizarem pelos braços dela até segurar os dedos de Lucy com firmeza nos seus.

— Não posso explicar o que eu mesmo não compreendo — ele disse. — Depois que voltei a Danbury, não conseguia parar de pensar no seu rosto lindo. Eu queria vê-la de novo, ter certeza de que sua reputação não tinha sido afetada por mim, e queria passar mais tempo com você. Eu queria tocá-la, abraçá-la, olhar para você e, sim, beijá-la.

— Por que você não escreveu? Minha mãe e eu ficamos ansiosas durante semanas, imaginando se eu o teria deixado com raiva, se nós seríamos expulsas a qualquer momento, se...

— Sua opinião a meu respeito é assim tão baixa? — ele a interrompeu, o maxilar tenso.

A voz de Lucy virou um sussurro.

— Você veio para vender Tanglewood, e eu usei seu ferimento para enganá-lo. Nunca tive a chance de me explicar ou de ver o que você pensava de mim depois que tudo terminou. Diga-me, Colin, como eu poderia não esperar o pior?

— Porque eu nunca expulsaria... uma amiga — ele disse.

— Amiga — ela repetiu, baixando os olhos para as mãos deles. — Você me chama de amiga, mas... Você beija todas as suas amigas, Colin?

O dedo dele subiu até o queixo dela, e, delicadamente, ergueu sua cabeça para que seus olhares se encontrassem. Um sorriso pairava nos cantos da boca de Colin.

— Só as bonitas.

Ele estava tentando extrair um sorriso dela, mas Lucy não sentia vontade de sorrir. A jovem precisava de mais do que isso dele. Ela precisava que ele garantisse que não iria partir seu coração.

— O que você quer de mim? — ela perguntou de novo.

Ele a observou por vários momentos antes de responder.

— Eu quero tempo — Colin respondeu em voz baixa. — Mais tempo. Com você.

Lucy inspirou com dificuldade, sem saber como reagir. Ela podia se arriscar a lhe dar o que Colin pedia — junto com seu coração — ou minimizar seu sofrimento e lhe dar as costas. Era uma decisão que ela teria de tomar.

O problema era que Lucy já tinha lhe dado seu coração, o que percebeu nesse momento. Enfim, ela concordou com a cabeça. Depois pigarreou.

— Acho que vou precisar da sua ajuda com as cenouras, afinal, Colin.

Um sorriso ergueu os cantos da boca dele.

— Com uma condição.

— E qual é?

— Que eu fique com uma parte igual da colheita.

— Como tudo irá para sua cozinheira, acho que posso concordar com seus termos.

Ele riu e deu alguns passos lentos para trás, depois se virou para pegar o cavalo. Lucy esperou que ele voltasse e, quando Colin lhe ofereceu o braço, ela o aceitou sem hesitação. Enquanto caminhavam o restante da distância até a horta, Lucy notou que seus pés pareciam mais leves, sua mente, mais clara, e que seu coração trinava a cada batida.

Lorde Drayson — não, *Colin* — tinha voltado a Tanglewood por causa dela.

30

LUCY PEGOU UMA ROSA LILÁS do balde e começou a remover todos os espinhos e folhas da base da haste. Ela a colocou num lindo vaso de vidro antes de fazer o mesmo com outras duas rosas. Lady Drayson e Harriett ficaram uma de cada lado dela, observando seus movimentos.

— O arranjo sai com mais facilidade se você começar do centro para fora — explicou Lucy. — Também descobri que números ímpares dispostos de forma assimétrica ficam mais bonitos.

Lucy acrescentou alguns lírios brancos, colocando-os ao redor das rosas e entre elas. Para dar um toque exótico, cortou e acrescentou um pouco de eríngio. Depois vieram mais rosas, alguns lírios e mais eríngio. Ela parava de vez em quando para remexer nas hastes, cortando uma para deixá-la mais curta, e mudando algo de lugar. Depois que o vaso ficou do seu gosto, recuou e sorriu para sua mais nova criação. Lucy podia não ser habilidosa com a agulha ou o piano, mas isto... isto ela sabia fazer. E bem.

— Não tenho ideia de como você fez isso — disse Harriett, observando o arranjo com algo parecido com deslumbramento. — Nunca vou conseguir fazer igual.

— Não entregue os pontos ainda, filha — disse Lady Drayson, com certa ironia. — Primeiro vamos tentar reproduzir a habilidade de Lucy para ver se conseguimos criar algo tão lindo quanto ela.

Harriett examinou as pilhas que Lucy tinha organizado sobre a mesa. De rosas e lírios a delfínios, dedaleiras e gerânios, a mesa era um arranjo de cores e aromas inebriantes. Os jardins de Tanglewood estavam totalmente floridos, oferecendo uma grande variedade de flores. Lucy se achou no paraíso, nessa manhã, quando saiu com uma tesoura de jardinagem.

— Não sei por onde começar — disse Harriett.

— Por que não começa com sua flor favorita? — Lucy a orientou.

Harriett enfim escolheu uma orquídea cor-de-rosa e a levantou.

Lucy apertou os lábios numa tentativa de não sorrir.

— Orquídeas são maravilhosas como enchimento. Você não quer escolher uma flor maior para começar?

— Essa informação teria sido útil antes de me dizer para escolher minha flor favorita — Harriett murmurou ao devolver a orquídea à mesa e escolher um lírio rosa. Ela lançou um olhar impertinente para Lucy, do tipo: *Esta tem sua aprovação?*, ao mesmo tempo que levantava a flor.

— Essa é linda — Lucy comentou devagar, tentando pensar num modo delicado de oferecer outra sugestão. — Mas, se você quer usar a orquídea no arranjo, um tom de rosa menos parecido não ficaria melhor?

Harriett revirou os olhos e largou o lírio, gesticulando na direção das flores.

— Talvez você possa fazer a gentileza de sugerir uma.

— Bem — começou Lucy, tentando não gostar demais do fato de, pelo menos uma vez na vida, ser mais hábil em algo do que outra mulher. — Por que não o lírio branco?

— Porque foi isso que *você* usou — Harriett disse. — Eu não quero imitar completamente o seu arranjo. Eu só quero que o meu fique tão lindo quanto o seu.

— Usar só uma flor igual não vai deixá-los tão parecidos — disse Lucy. — Principalmente se você usar as orquídeas, os delfínios roxos e, quem sabe, algumas destas hastes de macieira.

Harriett estudou a seleção de Lucy com interesse e, enfim, aquiesceu.

— Acho que isso pode funcionar em conjunto.

— Francamente, Harriett — disse a mãe. — Você sabe muito bem que vai ficar lindo. Lucy, você é um espanto.

Lucy sorriu e voltou sua atenção para o arranjo de Lady Drayson.

— Gostei de como você combinou a dedaleira com a flor *morning glory* e usou como base as rosas clássicas. Acho que você estava me enganando quando disse que não tinha talento com flores.

— Se isto aqui virar mesmo algo lindo, vai ser graças a você. Eu, como Harriett, nunca soube por onde começar nem como continuar. Você não tem ideia do quanto seu breve curso e seus exemplos me ensinaram e encorajaram.

— Fico feliz em saber. — Lucy sorriu. — Creio que agora vou deixar vocês com suas criações e levar meu arranjo para a sala de estar.

— Por favor, não demore muito — Harriett disse, examinando seu arranjo com uma careta. — Tenho certeza de que logo vou precisar da sua ajuda.

Lucy fez uma mesura e levou a mão ao coração.

— Prometo solenemente ser rápida na minha entrega e voltar o quanto antes.

Harriett arqueou uma sobrancelha.

— Não precisa ser tão dramática, Lucy. Vou ficar bem até você voltar.

Lucy riu enquanto saía da sala com seu arranjo. Nos últimos dias ela tinha passado a se sentir bem à vontade em Tanglewood. Lady Drayson era gentil e atenciosa, com um humor ácido que conseguia provocar acessos de riso em Lucy. E Harriett era como um vendaval que soprava o tempo todo. Ela era animada, franca e a amiga mais maravilhosa que Lucy podia ter sonhado conseguir.

E também havia Colin.

O coração de Lucy acelerou o passo só de ela pensar em seu rosto atraente e em seus olhos intrigantes, que pareciam mudar de cor dependendo do humor dele. Ultimamente estavam da cor de uma iridácea azul. Ele tinha se tornado muito hábil em encontrar oportunidades para encontrá-la e até mesmo roubar um beijo sempre que possível. Eles passeavam pelos jardins, colhiam vegetais na horta, riam durante o jantar e dançavam mais valsas. Colin até conseguiu um pônei baio muito amistoso para ela, e Lucy tinha aprendido a montar no animal. Ela progrediu até o ponto em que conseguia acariciar o focinho do pônei sem ter medo de que ele arrancasse seu nariz com uma mordida. A jovem até lhe deu um nome.

— Acho que vou chamá-lo de Estimado — ela disse para Colin quando os dois saíam do estábulo depois da primeira vez que ela montou.

Ele jogou a cabeça para trás e riu, então passou o braço pelos ombros dela enquanto voltavam para casa.

— Estimado e Querido... — ele disse e riu de novo. — Receio muito que iremos nos tornar motivo de risada sempre que cavalgarmos juntos.

Lucy adorou o som daquela palavra. *Juntos.* O coração dela se aqueceu com essa ideia, pois não havia ninguém mais de quem ela gostaria de estar junto.

Lucy colocou seu arranjo sobre a mesa e ajeitou algumas hastes uma última vez antes de recuar um passo para examiná-lo a distância.

Dois braços quentes e aconchegantes envolveram sua cintura, e um beijo leve pinicou sua nuca. Lucy sorriu e pôs os braços sobre os de Colin, levantando o rosto para ele, para que sua face roçasse na dele.

— Hum — ela murmurou. — Eu esperava mesmo que, se desse uma fugidinha, você viria atrás de mim.

— Estou ficando bom nisso, não? — Colin a virou, colocando-a de frente. Então ele colocou as mãos no rosto dela e deu um beijo naqueles lábios dispostos.

Lucy permitiu que o beijo continuasse por alguns momentos antes de se obrigar a recuar.

— Meu senhor — ela sussurrou, pondo a palma da mão no peito dele para manter alguma distância entre os dois. — Uma coisa é roubar um beijo num canto reservado do jardim, e outra bem diferente é se dar esse direito em um lugar tão público como a sala de estar. E se alguém entrar?

— Esse alguém provavelmente vai sair o mais rápido que puder, para evitar constrangimento. E, se você me chamar de "senhor" mais uma vez, vou arrastá-la até o meio da cidade, onde a beijarei para que todo mundo veja.

— Mas então você seria obrigado a fazer a coisa honrada, e nós dois sabemos o quanto você não gosta da ideia de lhe obrigarem a casar — Lucy o provocou. — E eu também não gostaria.

Ele suspirou fundo e apertou de leve os dedos dela, depois colocou a mão de Lucy em seu braço para que pudessem sair da sala juntos.

— Eu detesto quando você insiste em ser sensata.

Lucy riu, sentindo uma proximidade com ele que nunca pensou ser possível sentir com alguém. Perto de Colin ela estava completa. Tudo parecia em tão perfeita ordem, como se nada faltasse em sua vida.

Eles passaram por uma criada e subiram a escada para ir até onde Lady Drayson e Harriett continuavam a se descabelar por causa dos arranjos. O de Lady Drayson estava maravilhoso, e o de Harriett... bem, talvez fosse necessária outra aula.

— Um estouro de boiada passou por aqui e pisoteou suas flores, Harriett? — perguntou Colin, em seu amoroso modo fraterno.

Harriett olhou feio para ele e Lucy tentou não sorrir quando soltou o braço de Colin para ver se poderia fazer algo para salvar o arranjo.

— Não está tão ruim — disse Lucy, mexendo numa haste aqui, tentando acertar uma flor caída ali, enquanto imaginava o que poderia ter acontecido para deixar o arranjo assim.

— Está medonho, não está? — Harriett perguntou, de modo triste e choroso.

— Medonho é dizer o mínimo — disse o irmão, ganhando outro olhar feio.

— Veja, Harriett — disse, paciente, Lady Drayson. — Este é o primeiro arranjo floral que você tenta fazer. Lucy já fez muitos, eu imagino, e eu também tenho mais experiência. Você não pode esperar que sua primeira tentativa saia perfeita.

— É verdade — Lucy concordou. — Se pudesse ver todas as flores que eu arruinei no passado, não estaria se sentindo tão mal.

— Posso ter esperança, então? — Harriett se animou.

Lucy tentou não mostrar dúvida em seu rosto quando examinou, de novo, a criação de Harriett.

— Sempre há esperança. Quem sabe amanhã nós tentamos de novo?

Harriett sorriu e arqueou uma sobrancelha para a mãe.

— Mãe, você acha que podemos trocá-la por Colin? Eu iria gostar mais dela como irmã.

— Mas aí com quem você iria brigar, querida? — perguntou, irônica, Lady Drayson. — Com o gato?

— Lucy poderia brigar comigo — disse Harriett.

— Não tão bem quanto seu irmão — Lucy comentou. — E com certeza eu não conseguiria cavalgar com você. Já vi como vocês dois galopam pela propriedade, e receio que nunca serei capaz de fazer o mesmo.

— Discordo — disse Colin. — Espere algum tempo e estará galopando conosco.

O calor do olhar dele fez o coração de Lucy palpitar, e ela quase ficou na ponta dos pés para dar um beijo de gratidão no rosto dele.

— Colin — começou Harriett. — Você não vai nos dizer quando sua memória voltou? Lucy contou para mim e para mamãe sobre a aposta que fizeram, e eu gostaria muito de ver você usando aquele chapéu pavoroso.

Colin arqueou uma sobrancelha para Lucy.

— Talvez não seja eu quem deveria usá-lo.

Harriett mexeu tanto com um dos lírios de seu arranjo que esse também começou a murchar. Ela franziu a testa para a flor antes de levantar os olhos para o irmão.

— Se é esse o caso, então você não teria motivo para esconder a verdade.

— Talvez eu não esteja querendo fazer Lucy passar pela vergonha de usar esse chapéu ridículo.

Sem se perturbar, Harriett continuou.

— Mas você acabou de sugerir que Lucy deveria usar o chapéu.

— Não sugeri nada disso. Nem irei fazê-lo.

Um sorriso lento se espalhou pelo rosto de Harriett enquanto ela observava o irmão.

— Eu acho é que você está querendo proteger sua própria dignidade — ela disse. — Você sabe tão bem quanto eu que Lucy ganhou. É óbvio que você quer manter o mistério porque não deseja passar por essa vergonha. Ajudaria, querido irmão, se eu prendesse meu lindo arranjo de flores na aba do chapéu? Isso o deixaria mais inclinado a confessar?

Os olhos de Colin baixaram para o triste arranjo da irmã e seus lábios se retorceram.

— Por que confessar quando é mais divertido saber de algo que você não sabe, *querida irmã*?

Harriet apertou os olhos, Lady Drayson soltou uma risadinha e Lucy sorriu. Nesses momentos era fácil esquecer que ela não era parte da família Drayson e que as coisas não poderiam continuar assim para sempre.

31

Os últimos dias de Lucy em Tanglewood passaram com a velocidade de uma corrida de cabriolés. Foram dias tão repletos de felicidade que ela quase desejou que sua mãe e o Sr. Shepherd aumentassem em muitas semanas a viagem de casamento. Mas, como isso não aconteceria, logo a família toda estava reunida na sala de estar para sua última noite com Lucy.

— Querida, seu arranjo floral ainda está tão viçoso — comentou Lady Drayson de seu lugar no sofá. — Você deve ter um toque especial. O meu começou a murchar no dia seguinte; ontem eu desisti e pedi a um criado que o jogasse fora.

— Não tenho nenhum toque especial — disse Lucy, sentando-se de frente para ela no divã. — Deve ser porque instruí Katy a jogar fora a água velha e colocar água nova todos os dias. Descobri que a água fresca faz as flores durarem mais.

Harriett sentou ao lado da mãe e ajeitou a saia de seu vestido lilás antes de juntar as mãos recatadamente sobre as pernas.

— Estou descobrindo que nossa querida Lucy é muito boa em nos dar boas orientações *depois* que o momento oportuno passou — disse Harriett.

— Peço desculpas. — Lucy riu. — De verdade. Eu pretendia dizer para Katy fazer o mesmo com as suas flores, mas acabei esquecendo.

— Reparei que você tem andado um pouco distraída — disse Lady Drayson, com um brilho divertido nos olhos. — Eu me pergunto o porquê.

Lucy sentiu o rosto esquentar. Ela não sabia como responder a esse comentário. E Colin não ajudou em nada.

— Eu assumo com alegria toda e qualquer responsabilidade pelas distrações. — Ele apertou de leve o ombro dela enquanto passava por trás do divã para ir se sentar ao lado dela. Nas duas últimas noites ele tinha preferido não tomar seu vinho do Porto para acompanhar as mulheres até a sala de estar.

Os pés de Harriett começaram a dançar no chão. Seu vestido lindo se movimentava ao redor dos tornozelos, numa demonstração de seu tédio. Lucy reconheceu os sinais imediatamente e conteve um sorriso. Sua amiga não conseguia ficar parada por muito tempo.

— O que nós vamos fazer esta noite? — Harriett perguntou. — Tocar piano? Passear pelos jardins? Conversar sobre como o tempo esteve lindo hoje? — O rosto dela se iluminou e Harriett bateu palmas. — Oh, eu tive a ideia mais maravilhosa.

— Por que de repente fiquei com medo? — disse Colin, estendendo o braço no encosto do divã. A manga de seu paletó roçou o pescoço nu de Lucy e arrepiou a pele de suas costas.

— É bom mesmo você ficar com medo — exclamou Harriett. — Meu plano envolve uma aposta, e todas nós sabemos como você é azarado com apostas.

— Vocês não sabem nada disso — ele afirmou.

— Que tipo de aposta? — A curiosidade pegou Lucy. As ideias de Harriett, em geral inusitadas, quase sempre garantiam momentos animados.

— Na verdade é mais um concurso do que uma aposta — ela disse. — Já que esta é a última noite de Lucy conosco, vamos fazê-la durar; ganha o concurso quem permanecer mais tempo acordado.

— Oh, por favor, minha criança — resmungou Lady Drayson. — Por que você quer fazer algo assim?

— Porque vai ser divertido. E o vencedor irá ganhar... — Ela apertou os lábios, pensativa, e então seu rosto se iluminou. — ... o que desejar.

Colin deu uma risadinha.

— E quem irá conceder esse desejo?

— Os perdedores, é claro.

— E se não for possível conceder o desejo?

Harriett deu de ombros.

— Então o desejo não será concedido. É bom que o vencedor tenha isso em mente e peça algo possível.

Lady Drayson levou os dedos às têmporas como se já sentisse uma dor de cabeça se aproximando.

— Tenho a sensação de que esta será a noite mais longa da minha vida.

— Quem quer jogar uíste? — Harriett perguntou.

E assim começou. Os quatro jogaram uíste durante horas, até que Lady Drayson desistiu e voltou ao sofá para descansar as ideias e os olhos.

Nesse momento, as cartas foram deixadas de lado e Lucy, Colin e Harriett começaram um jogo de charadas. Por duas vezes os olhos de Lucy ficaram pesados, mas uma leve cutucada do cotovelo de Colin fez com que ela despertasse. Lucy não entendeu por que ele ainda tentava. Ela tinha certeza de que Harriett seria declarada a vencedora.

Mas Lucy tinha subestimado Colin, que parecia nunca se cansar. A certa altura, já de madrugada, a cabeça de Harriett finalmente tombou no encosto da grande poltrona em que ela tinha se acomodado. Sua boca abriu um pouco e um leve ronco escapou de seus lábios, fazendo Lucy rir. A pobre Lady Drayson estava adormecida havia horas. Harriett tinha ajeitado uma almofada sob a cabeça da mãe e colocado os pés dela sobre o sofá, para que pudesse dormir mais tranquila, reclinada. Colin cobriu a mãe com uma manta.

Piscando devido à secura dos olhos, Lucy levantou e se espreguiçou com os braços acima da cabeça, sentindo-se exausta.

— Declaro você o vencedor, Colin. Vamos ver se conseguimos colocar sua mãe e sua irmã na cama?

A mão de Colin pegou a dela e a puxou de volta para o lado dele.

— Já que você me declarou o vencedor — disse Colin —, eu ganhei o direito a um desejo. E meu desejo é ter você só para mim por alguns momentos antes de eu ter que devolvê-la para sua mãe.

Lucy ficaria mais do que feliz de conceder esse desejo. Ela sorriu e se aconchegou ao lado dele, murmurando de prazer quando Colin passou o braço ao seu redor. Ele a beijou de leve na testa e voltou a se recostar.

— Está com saudade da sua mãe? — ele perguntou.

— É claro — ela respondeu. — E do Sr. Shepherd também, se consegue acreditar. Ele se tornou um pai para mim. Embora eu sinta falta do meu pai, e vá sempre sentir, o Sr. Shepherd é maravilhoso, não acha?

— Ele é — Colin concordou. — E devo admitir que Yorkshire é encantadora, ainda mais nesta época do ano.

— Fico feliz em ouvi-lo dizer isso. — Lucy sorriu, forçando seus olhos a ficarem abertos. — Eu não consigo me imaginar vivendo em nenhum outro lugar. Este é o único lar que conheci.

O conde não disse mais nada, então Lucy se aproximou um pouco mais.

— E você? — ela murmurou. — Sente saudade do seu pai?

Alguns momentos se passaram antes que ele respondesse.

— Eu sinto falta dele. Ou melhor, eu sinto falta da relação que poderíamos ter tido se eu fosse um filho melhor. Não éramos tão próximos como eu gostaria, mas eu dava valor à opinião dele em certos assuntos.

É como se ele tivesse me deixado um grande peso para carregar, e eu gostaria de ter aproveitado para aprender um pouco mais com ele.

Lucy se virou para encará-lo, mas os olhos dele estavam vidrados, como se Colin estivesse longe da sala de estar de Tanglewood. Havia uma dor em sua expressão, uma vulnerabilidade que Lucy nunca tinha visto. Mesmo quando sua memória o abandonou, Colin sempre transpirou autoconfiança, decisão e força. Mas agora o fardo que ele carregava quase podia ser visto, e isso a entristeceu.

— Eu posso fazer alguma coisa? — ela perguntou baixo, passando um dedo pelas rugas perto dos olhos dele.

Colin pegou a mão dela e beijou, e a vulnerabilidade foi substituída por ternura.

— Você pode ficar exatamente onde está.

Existe algo que você não está me contando, Lucy pensou, desejando que ele contasse. Ela queria descobrir o que tinha provocado aquelas rugas de preocupação nele, tirar esse fardo de seus ombros e descobrir um modo de aliviar a preocupação do conde, mas Colin não disse mais nada. Ele apenas segurou a mão de Lucy e deitou a cabeça no encosto do sofá, fechando os olhos. Lucy estudou os ângulos do rosto dele, seu nariz forte com uma elevação no meio, a textura dos lábios... cada vinco. Havia rugas de preocupação e de riso; rugas de reflexão e de provocação. Lucy reconheceu todas elas. Ela tinha se apaixonado por cada uma.

O que aconteceria com a "amizade" deles depois que ela fosse para Knotting Tree? Começaria a desaparecer? Essa proximidade que tinham compartilhado acabaria se tornando uma distância? Ou Lucy podia ousar acreditar que esse era apenas o começo de algo lindo? Seria possível para ela, a filha empobrecida de um vigário, ter um futuro com Colin Cavendish, quinto Conde de Drayson? Estar com ele parecia tão correto. Tão normal. Tão confortável. Tão... perfeito.

Lucy não pôde deixar de pensar que os Drayson tinham, muito tempo atrás, chamado Tanglewood de lar. Haveria alguma esperança de que poderia voltar a ser o caso?

Com esses pensamentos em mente, Lucy fechou os olhos e embarcou num sono esperançoso.

32

UMA LUZ BRILHANTE INVADIU o sono maravilhoso de Lucy. Ela apertou os olhos para protegê-los e rolou para o lado oposto ao da janela. Outra cortina foi aberta e mais luz entrou no quarto. Lucy grunhiu em protesto.

— Tá doente, Srta. Lucy? — veio de algum lugar a voz ansiosa de Georgina, outra invasão. Lucy quase mandou a pobre Georgina para o inferno, mas se segurou a tempo e apenas gemeu.

— Estou bem, Georgy. Eu só queria que você fosse embora. — Lucy entreabriu um olho e viu a criada preparando seu vestido. Aparentemente, Georgina não estava indo embora.

— Acho que eu não posso, Srta. Lucy. O Sr. e a Sra. Shepherd estão aqui para pegar você. Melhor não deixar eles esperando demais.

Esquecendo o sono, Lucy sentou na cama.

— Mamãe está aqui? Já?

— Tá sim, senhorita. Já é quase meio-dia.

Meio-dia, já? Lucy mal podia acreditar. Ela jogou as cobertas de lado e deslizou da cama.

— Minha nossa, Georgy. Por que você não me acordou mais cedo?

— Eu tentei, senhorita — Georgina disse, com um sorriso. — Mas você disse alguma coisa sobre deixar você ficar com Lorde Drayson, e eu deixei. A senhorita parecia tá num sonho tão gostoso. Ele te carregou pra cama a noite passada, sabe?

Lucy arregalou os olhos quando as lembranças da noite anterior lhe voltaram à consciência. Ela baixou os olhos, mais arregalados ainda, para a camisola.

— Como foi que eu vesti isto aqui, Georgy?

— Lorde Drayson me acordou, senhorita. Você tava meio dormindo, mas eu consegui te vestir direitinho.

Lucy suspirou e envolveu Georgina num abraço.

— Obrigada por sempre ser tão boa para mim, Georgy. Eu sou uma malvada por ter ralhado com você um minuto atrás.

— Não foi nada, senhorita. Ninguém gosta de ser tirado de um sonho bom.

— E é por isso que lhe fico tão grata por ter aceitado o trabalho de ser minha criada pessoal. O que eu faria sem você?

— Eu posso não ter emprego por muito tempo se não te vestir logo.

Lucy rendeu-se aos cuidados da criada, tentando beber seu chocolate e comer alguns bocados de torrada enquanto isso. Talvez a comida ajudasse a lhe acalmar o estômago, que no momento era um feixe de nervos. Sua temporada em Tanglewood tinha parecido um sonho lindo, mas agora o sonho estava para acabar e ela não sabia o que o futuro lhe reservava.

Menos de vinte minutos depois, Lucy desceu correndo a escada para cumprimentar sua mãe e seu padrasto. Lady Drayson já estava na sala matinal, linda, parecendo revigorada, como se não tivesse sido obrigada a ficar acordada até tarde na noite anterior. Colin e Harriett não estavam à vista.

— Mãe, pai. — Lucy abraçou um de cada vez, parando à frente do Sr. Shepherd. — Agora posso chamá-lo de pai, não posso? Sr. Shepherd parece demais, e Stephen, de menos.

— Pai está ótimo para mim — ele disse, retribuindo o abraço. Os dois brilhavam com uma felicidade que Lucy agora conseguia compreender. Ela os levou de volta a seus lugares.

— Vocês precisam nos contar tudo sobre a viagem. Estou ansiosa para saber.

A mãe sorriu e voltou a se sentar.

— Receio que já tenhamos entediado Lady Drayson com os detalhes, então vou esperar para repetir a história quando estivermos em casa.

— Sua mãe me contou do baile que querem dar para você na próxima sexta-feira.

— Ah, sim. O baile. — Lucy afundou lentamente ao lado da mãe, refletindo sobre como se sentia a respeito disso, agora. Seus pensamentos voaram para Colin e como tinha se sentido ao dançar nos braços dele. Talvez um baile não fosse tão desagradável, afinal, desde que ele comparecesse.

— Procure não parecer entusiasmada demais, minha querida — sua mãe a provocou, dando tapinhas nas mãos de Lucy. Para Lady Drayson, ela explicou: — Para Lucy, bailes são mais o espinho do que a flor.

— Compreendo totalmente. — Lady Drayson riu. — Nunca apreciei bailes do mesmo modo que as outras moças que eu conhecia. Eram sempre eventos formais em que eu era obrigada a dançar com mais de um rapaz, que ou me fazia chorar de tédio ou pisava nos meus pés.

— Ainda assim, toda jovem precisa passar pela experiência de pelo menos um baile oferecido em sua homenagem, não concorda, Lady Drayson? — perguntou o Sr. Shepherd.

— Com toda a certeza — respondeu Lady Drayson. — O meu baile de debutante foi uma experiência de que gostei muito, é preciso que se diga. Foi nele que me apresentaram ao finado Lorde Drayson. Esse foi o primeiro e último baile a que o falecido compareceu. — Ela riu. — Eu perdi meu coração para ele naquela noite, mas era tão tímida na época que ele não me olhou duas vezes. Tive que investigar um pouco e me colocar no caminho dele inúmeras vezes até, enfim, ele começar a reparar em mim, durante minha segunda temporada.

— Mesmo? — Lucy perguntou, encantada com a história.

— Mesmo — ela respondeu, com um sorriso terno. — Foi uma época maravilhosa. Invejo vocês, Sra. e Sr. Shepherd. A maioria das pessoas não tem uma segunda chance no amor. Não é preciso muito para perceber que vocês dois estão muito felizes juntos.

— Estamos mesmo — afirmou a Sra. Shepherd, apertando a mão do marido. — Muito felizes. Foi uma feliz coincidência eu não ter precisado olhar além do meu vizinho para encontrá-lo. Eu me sinto muito abençoada.

Lucy observou Lady Drayson de um novo ponto de vista. A mulher parecia tão forte e decidida, mas, por baixo desse exterior, dava para ver que ela não era tão inabalável quanto parecia. Lucy sentiu um aperto no coração.

Lady Drayson não parecia do tipo que se entregava à tristeza por muito tempo. Ela sorriu, animada.

— Acho que um baile é uma ideia esplêndida. Harriett e eu vamos adorar ajudá-las como pudermos.

— Eu vou gostar muito da sua ajuda — disse a Sra. Shepherd. — Não tenho ideia do que fazer, e receio que, se deixar o baile a cargo do Sr. Shepherd, em vez de dança e diversão, nossos convidados terão que ouvir discursos sobre medicina, política ou os vários padrões do clima.

— Acredito que você esteja exagerando um pouco, minha querida.

— Um pouco. — Ela sorriu.

Lady Drayson riu.

— Preciso avisá-la de que, se permitir que Harriett se envolva, haverá montes de diversão.

— Montes e montes — Lucy concordou.

Eles discutiram os planos para o baile por alguns momentos mais antes de o Sr. e a Sra. Shepherd se levantarem para partir, agradecendo mais uma vez à anfitriã por ter recebido Lucy em sua casa.

— Foi maravilhoso tê-la aqui — disse Lady Drayson. — Nossa família toda a adorou.

Lucy sorriu, esperando ter a oportunidade de se despedir de Colin e Harriett antes de partir.

— Harriett continua na cama? — ela perguntou.

— A criada tentou acordá-la e foi atingida por um grande travesseiro. Mas com certeza iremos visitá-la amanhã pela manhã.

Lucy anuiu, querendo perguntar de Colin também, mas não soube se deveria. Era provável que também continuasse na cama. Ela retorceu as mãos em um momento de hesitação antes de Lady Drayson, aparentemente, adivinhar o que ela estava pensando.

— Colin estaria aqui para se despedir, mas o administrador chegou há cerca de uma hora com assuntos urgentes. Os dois estão trancados na biblioteca desde então.

Lucy anuiu outra vez, esforçando-se para manter uma expressão alegre.

— Por favor, despeça-se dos dois por mim e... obrigada. Adorei imensamente o tempo que passei com sua família. — Ela deu um abraço de despedida em Lady Drayson e acompanhou os pais até a carruagem que os esperava, onde seu pequeno baú já tinha sido colocado com o resto da bagagem, graças a Georgina.

Lucy entrou e se acomodou no assento ao lado da criada. Depois, ficou observando Tanglewood ficar cada vez menor enquanto se afastavam.

33

CUMPRINDO A PROMESSA DE LADY DRAYSON, a família visitou Knotting Tree na manhã seguinte. Assim que Lucy foi informada da chegada deles, deixou o regador no chão de mármore da estufa e correu para cumprimentá-los. Fazia só um dia, mas parecia que ela não os via há semanas.

Eles já estavam sentados no salão com seus pais quando Lucy os encontrou. Os homens se levantaram quando ela entrou.

— Olá — a jovem os cumprimentou com um sorriso caloroso, e seu olhar se demorou em Colin. Ele estava bonito como sempre, mas seu sorriso parecia um pouco tenso. Lucy tentou não se preocupar com isso ao sentar na cadeira ao lado da dele.

— É maravilhoso recebê-los aqui. Parece que faz um século desde a última vez que nos vimos.

— Tenho a mesma sensação — disse Harriett. — Ontem foi um dia tenebroso. Acordei com uma dor de cabeça que se recusava a passar, Colin passou o dia inteiro fechado na biblioteca com o Sr. Graham e mamãe quis tentar fazer arranjos de novo. Sinto dizer que minha segunda tentativa ficou pior que a primeira.

— Não acredito mesmo em você — disse Lucy, lembrando como ficou pavoroso o primeiro arranjo de Harriett. Mas o olhar sutil de Lady Drayson fez Lucy reconsiderar.

— Mãe! — Harriett reparou no olhar e não ficou nem um pouco feliz.

Lady Drayson retorceu os lábios.

— Sinto muito ter que dizer isso, Harriett, mas eu acho que você está certa. E acredito que passou sua dor de cabeça para as pobres flores.

Lucy não conseguiu segurar a risada que escapou de sua boca. Ela olhou para Lorde Drayson, querendo compartilhar o momento com ele, mas, embora Colin sorrisse, seus olhos tinham um ar distante, como se ele estivesse concentrado em questões muito menos triviais do que um buquê arruinado.

Lucy quis puxá-lo de lado e perguntar qual o problema, fazê-lo dividir suas preocupações com ela, mas sabia que ele não gostaria de uma cena assim. Quando a conversa se voltou para o baile, Lucy se juntou às outras mulheres no planejamento. O tempo todo, contudo, lançava olhares para o conde, tentando não se preocupar. Onde estava a provocação? O carinho na expressão dele? Suas desculpas para ficar perto dela? A sensação era a de que ele estava se distanciando.

Talvez o dia esteja sendo difícil para ele e amanhã será diferente, ela pensou, esperançosa.

Mas o dia seguinte não foi diferente. Nem o próximo. Ou o seguinte. A cada novo dia que vinha e passava, Lucy sentia aumentar a distância entre eles. Seus piores temores estavam se concretizando, e ela se sentia impotente para impedir que acontecessem.

Nas poucas vezes em que Lucy e sua mãe visitaram Tanglewood para discutir o baile que se aproximava, nem uma vez Colin as brindou com sua presença. De acordo com Lady Drayson, ele estava sempre longe a negócios, e Lucy não pôde evitar se perguntar que tipo de negócio o fazia se distanciar tanto assim. Era um lado dele que Colin nunca tinha mostrado para Lucy, mas que agora parecia o estar consumindo. Havia algo errado? Problemas com algum investimento? Ele estaria em dificuldades financeiras?

Por favor, fale comigo, ela pensou quando o viu se afastando a cavalo enquanto ela chegava a Tanglewood.

Lucy sofria para entender qual a razão por trás do distanciamento dele, mas, por mais que tentasse, nada que fizesse sentido lhe vinha à mente. Será que os sentimentos dele por Lucy tinham mudado tão drasticamente em tão pouco tempo?

Quando enfim chegou o dia do baile, Lucy estava muito nervosa. Esse era o dia com que a maioria das jovens sonhava, mas ela não conseguia afastar a sensação de medo que pairava ao redor de seu coração, lembrando-a do dia em que o médico apareceu em sua casa pela última vez e explicou que não havia nada mais que pudesse fazer pelo pai dela. Parecia que uma tempestade assustadora estava a caminho, e, em vez de enfrentá-la, Lucy queria se esconder em seu quarto e não sair até os céus terem clareado.

Lady Drayson e Harriett apareceram de manhã para cuidar dos últimos detalhes do baile. Elas iriam criar alguns arranjos de flores e dar os toques finais no salão de baile, que não tinha sido usado desde que o Sr. Shepherd fora morar em Askern. Durante algumas horas Lucy conseguiu esquecer suas preocupações e se perder na alegria de fazer arranjos com as Drayson. Harriett ainda não conseguia combinar flores sem que o resultado parecesse deformado ou torto, mas com alguns ajustes Lucy fazia os arranjos da moça ficarem informalmente lindos, como Harriett.

— Está assustador, não? — Harriett disse. — Talvez fosse melhor colocá-lo num canto escuro da biblioteca, onde ninguém teria que se sujeitar a tal imperfeição.

— Eu acho que ficou charmoso, e vou colocá-lo no salão de baile com os outros — disse Lucy. — Como o baile é meu, vai ser do jeito que eu quiser.

— Tem toda a razão. — Harriett pegou as mãos de Lucy e as apertou, num raro gesto de afeto. — Você deve mesmo ter tudo que quiser esta noite. E espero mesmo que consiga. Espero que todas consigamos.

Se pelo menos a vida pudesse ser assim tão mágica, pensou Lucy. Feche os olhos, faça um desejo e, de repente, tudo que você mais quer aparece. Mas, se fosse assim tão fácil, Colin estaria ali, provocando Harriett com as flores e dizendo para Lucy que ele pretendia pedir à orquestra que tocasse uma valsa para que os dois pudessem chocar a vila inteira dançando juntos.

Mas ele não estava lá, e... Lucy se recusou a sofrer com isso por mais um momento que fosse. Apesar da sensação de medo, ela tentaria tornar aquela noite maravilhosa, memorável, para si mesma e para todos os convidados.

— Só espere até o fim do verão — dizia a Sra. Shepherd —, quando floresce a renda-da-rainha-Anne. No ano passado Lucy criou um dos arranjos mais lindos que já vi com essa flor. Parecia uma bola grande feita de renda delicada.

Em vez de se animarem com a ideia, Lady Drayson e Harriett pareceram ficar tristes.

— Se nós pudéssemos ver essa criação, Sra. Shepherd. Infelizmente não estaremos aqui em agosto — disse Harriett. — Lucy não lhe... — Harriett parou de falar de repente quando viu os olhos arregalados de Lucy.

— Oh, meu Deus, você não sabe — Harriett sussurrou. Quase que imediatamente, seu rosto ficou tenso e ela fez uma careta para a mãe. —

Colin ainda não contou para ela. Dá para acreditar nisso? Meu irmão é o maior tolo que existe. Até mesmo Prinny...

— Harriett, já basta — Lady Drayson falou com firmeza e Harriett fechou a boca, ainda de cara fechada.

O coração de Lucy lhe martelava o peito enquanto ela esperava que alguém explicasse o que estava acontecendo. Lady Drayson mordeu o lábio inferior por alguns minutos antes de soltar um suspiro.

— Deveria ser Colin a lhe contar isto, querida, mas não vou mantê-la em suspense até esse momento chegar.

Harriett bufou.

— Ele já deveria ter chegado — ela murmurou.

Lady Drayson deu um olhar de repreensão para a filha antes de continuar.

— Parece que encontraram um comprador para Tanglewood. Ele quer se mudar imediatamente e perguntou se podemos sair da casa em duas semanas.

O salão começou a balançar e inclinar. Os dedos de Lucy agarraram a mesa e ela teve de fazer força para respirar. Tanglewood seria vendida, afinal. Os Drayson iriam embora. Colin não seria mais dela — não que algum dia tivesse sido, mas houve alguns dias de felicidade em que ela pensou que poderia ser. Lucy inspirou fundo enquanto a realidade se ajustava ao seu redor.

Por que ele não tinha lhe dado essa notícia? Por que ele não a tinha preparado de algum modo? Por que ele tinha lhe dado o mundo, só para lhe tirar tudo na primeira oportunidade?

O corpo dela tremia quando seus olhos começaram a arder. Ela quis abraçar a mãe e soluçar até seu coração parar de latejar, mas Lucy se recusou a dar tal espetáculo na frente das Drayson. Mas também não podia continuar como estava, fingindo indiferença a respeito de algo a que não era nada indiferente. A jovem não tinha força para isso.

Então Lucy fez a única coisa que conseguiu. Ela correu.

Vozes gritaram para que parasse, mas ela apertou o passo, correndo e correndo até alcançar o quarto, onde Georgina arrumava seu vestido para o baile. Foi lá que ela se jogou na cama e desatou a chorar.

Colin estava sentado diante da escrivaninha, costas arqueadas, tentando ler o contrato que Erasmus tinha redigido, mas não conseguia se concentrar. O documento já estava assinado pelo comprador — um certo Sr. Jonathan Ludlow — e só precisava da assinatura do conde para tornar a venda oficial. Mas ele não conseguia se obrigar a assiná-lo. Sem que Colin soubesse, Erasmus vasculhara a região para encontrar um comprador disposto a permitir que as Beresford permanecessem na propriedade. Mas, até esse comprador ser achado, a Sra. Beresford já tinha se tornado a Sra. Shepherd, e assim a casa da viúva com moradoras deixou de ser um problema — não que isso importasse para o Sr. Ludlow.

O homem queria a propriedade de qualquer modo. Na verdade, ele queria qualquer propriedade decadente. Se Tanglewood não pudesse ser dele no prazo de quinze dias, iria procurar outra. Colin já tinha adiado sua decisão por duas semanas e desejava continuar adiando, mas o Sr. Ludlow, enfim, deu-lhe um ultimato. Assine hoje ou não assine nunca mais.

Colin se recostou na cadeira e suspirou, rolando a pena entre as palmas das mãos. Pela janela aberta ao seu lado ele podia ver a casa da viúva à distância. Imaginou Lucy ajoelhada nos jardins, usando aquela touca gasta de palha e sorrindo — sempre sorrindo. Uma palavra ou um olhar dela era só o que bastava para fazer Colin sorrir, rir ou provocá-la. Ela tinha se infiltrado em seu coração e em seus pensamentos de um modo que a ideia de perdê-la o deixava doente.

Lucy era a única razão pela qual ele não conseguia assinar seu nome naquele contrato.

Ele foi despertado por uma batida alta na porta, que em seguida foi aberta. Sua mãe irrompeu no escritório, as saias sibilando, e, no momento em que Colin viu a expressão severa dela, soube que estava para ouvir um sermão.

— Colin, você é meu filho e eu o amo, mas está se comportando como um pateta — ela disse.

Colin não sabia dizer por que achou o comentário dela tão divertido, mas abriu um sorriso, depois se preparou para o que viria. Qualquer conversa que começava dessa forma não podia ser auspiciosa.

O rapaz gesticulou para a mãe se sentar na cadeira em frente à escrivaninha, o que ela fez. Então ele arqueou uma sobrancelha, indicando que estava pronto para que ela continuasse.

— Eu tenho tentado não me intrometer nos seus assuntos, mas receio que não possa continuar assim. Após seu comportamento com relação a Lucy enquanto ela esteve aqui em Tanglewood, eu estava certa de que vocês dois tinham algum tipo de entendimento. Não é esse o caso?

Colin apertou os lábios por um instante antes de responder.

— Não. Pelo menos não ainda.

A mãe ficou boquiaberta.

— E o que, em nome de Deus, você está esperando? Papai Noel? E por que você iria vender Tanglewood num momento desses?

— Eu não assinei o contrato ainda. A situação é... complicada.

A expressão da mãe endureceu e seu maxilar ficou tenso.

— Será que você pode descomplicá-la para que uma simples mulher como eu possa entendê-la?

Ele suspirou forte e lutou para não revirar os olhos.

— Não foi o que eu quis dizer e você sabe, mãe. É só que é um problema meu, não seu.

— Assim como todos os negócios do seu pai tornaram-se problemas *seus* e não meus quando ele morreu?

— Isso mesmo.

Ela meneou a cabeça como se o filho estivesse muito errado.

— Colin, você sempre foi independente demais, e, embora essa seja uma característica ótima da sua personalidade, também é um defeito. Desde que era bebê, você nunca quis minha ajuda, ou de qualquer um, para nada. Você preferia se apoiar no sofá a aceitar a mão da babá enquanto aprendia a andar. Você preferia arrastar uma banqueta e trepar nela a pedir a um adulto que pegasse alguma coisa no alto para você. Aprendeu a comer sozinho, a atirar e a montar sozinho.

— Aonde você quer chegar, mãe? — Colin não estava achando o sermão dela tão divertido nesse momento.

Lentamente, ela se levantou da cadeira e se curvou para a frente, apoiando as palmas das mãos na escrivaninha ao encarar o filho.

— Quero chegar aqui: desde o instante em que assumiu os negócios do seu pai, você me manteve afastada, insistindo que era sua responsabilidade cuidar de tudo. Você foi tão incisivo que eu me afastei e permiti que você cuidasse dos negócios, pensando que em algum momento você recuperaria o bom senso. Mas não posso mais me manter distante, pois perdi toda a minha paciência com você.

Colin encostou a extremidade da pena no queixo e franziu a testa. Parecia que ele estava sendo repreendido por tentar ser um cavalheiro e não preocupar sua mãe, uma viúva recente, com os problemas associados aos negócios. Não só ela precisava de seu tempo de luto, mas um homem não preocupava a mãe — ou esposa — com essas coisas. Era responsabilidade de Colin — e só dele — cuidar para que os ativos da família se mantivessem fortes durante toda a sua vida e para as futuras gerações.

— Mãe, não compreendo o que a deixou tão irritada — ele disse, enfim.

Ela se endireitou, encarando-o de cima — e Lady Drayson era bem alta para uma mulher. Colin também teria se levantado, mas teve a sensação que a mãe queria ficar mais alta do que ele, então permaneceu sentado.

— Se você tivesse pedido minha opinião sobre Tanglewood, eu não apenas teria lhe informado que uma linda família chamada Beresford morava na casa da viúva como teria lhe contado os motivos disso.

— Você sabia? — de repente, ele parou de rolar a pena entre as mãos.

— É claro que eu sabia. A ideia foi minha.

— O quê? — Colin nunca tinha ficado mais espantado na vida. Por que ela não tinha dito nada antes? Não importa que ele não tivesse perguntado. Ela poderia ter dado a informação.

— Seu pai tinha o hábito de me consultar em todas as questões importantes, do que eu gostava. Nós vínhamos discutindo a possibilidade de vender Tanglewood por algum tempo. Quando decidimos seguir com a venda, recebemos a notícia de que o Sr. Beresford tinha morrido. Eu sabia que a viúva dele não tinha a quem recorrer e ficaria sem nada. Então eu disse a seu pai que, embora não fizesse sentido do ponto de vista financeiro, deveríamos pensar em ficar com Tanglewood um pouco mais e oferecer a casa da viúva para as Beresford. Ele concordou e partiu de Londres naquele dia, chegando a tempo para o funeral.

Sua mãe deu a volta na escrivaninha e pôs a mão no ombro de Colin, apertando-o.

— Existe um motivo pelo qual homem e mulher se completam. A mulher pensa com o coração, e o homem, com a cabeça. Quando os dois se juntam para resolver problemas, pontos de vista diferentes podem ser analisados e uma solução melhor, encontrada.

Colin soltou a respiração lentamente enquanto ponderava as palavras da mãe. Eram palavras sábias, ditas por uma mulher sábia. Nesse momento, ele percebeu que nunca tinha admirado seus pais do modo que deveria.

Ele cobriu a mão dela com a sua e também a apertou com carinho.

— Sinto muito por não consultá-la sobre Tanglewood. Sinto mesmo. Eu não fazia ideia de que você soubesse de... — Colin não soube como continuar o resto da frase, então deixou-a incompleta.

— Que eu soubesse de algo além de chá da tarde, cardápios e decorações? — a mãe concluiu por ele, sorrindo.

— Parece que eu sou um pateta.

A mãe riu.

— Tenho a sensação que logo você vai deixar de ser.

Colin tocou o contrato que jazia sobre a mesa antes de deslizá-lo até a mãe.

— Este é o contrato de venda de Tanglewood — ele disse. — É uma oferta ótima e nós dois seríamos patetas se a recusássemos, pois é provável que nunca mais recebamos oferta tão boa. Mas, como já informei a você e a Harriett, o comprador quer que nós saiamos logo. — Ele olhou para a mãe. — O que você pensa disso?

Lady Drayson olhou para os papéis mas não os pegou. Depois de algum tempo, ela os deslizou de volta para o filho.

— Acredito que você esteja fazendo essa pergunta para a mulher errada. Quem sabe, depois que você conversar com a mulher certa, a decisão fique mais fácil?

Colin engoliu em seco, obrigando-se a declarar seu maior medo.

— Não quero pedir a ela que escolha, mamãe, mas, ainda assim...

— Ela tem que escolher? — Lady Drayson concluiu por ele.

O filho anuiu e engoliu em seco de novo.

— Se nós tivéssemos mais tempo. Se... bem, e se não for eu?

A mãe ergueu o queixo dele com o dedo e encarou Colin com olhos que pareciam muito mais sábios do que há alguns momentos.

— E se for? — ela perguntou, em voz baixa. Com um sorriso terno, ela o beijou na testa e o deixou sozinho com seus pensamentos, que estavam menos turvos do que antes.

Colin colocou a pena sobre o contrato e levantou. Já tinha passado da hora de se arrumar para o baile de Lucy.

34

Após chorar até a última lágrima, Lucy, com um semblante inexpressivo, se submeteu aos cuidados de Georgina, que a vestiu para o baile. Seu coração e sua cabeça tinham passado por todas as emoções, e tudo que restava era um vazio imenso, que era preferível ao choro convulsivo a que ela tinha se entregado antes. Georgina fez seu melhor para consolar Lucy, então a mãe dela chegou para fazer o mesmo. Mas só depois que o Sr. Shepherd entrou e viu aquela cena deplorável que Lucy, enfim, recuperou a razão.

Ele se aproximou da cama e, delicadamente, ergueu o rosto dela, que estava coberto de lágrimas e manchas vermelhas.

— Sua história não está nem perto de terminar, minha querida — ele disse, com o olhar carinhoso. — Ainda há grande parte a ser escrita. Levante a cabeça e vamos ver como ela termina, certo?

As palavras dele, de algum modo, fortaleceram o coração despedaçado dela e, finalmente, interromperam o fluxo de lágrimas. Seu novo pai tinha razão. Sua história não estava concluída. Ela tinha apenas batido em um grande obstáculo na estrada, o que a abalou por algum tempo. Lucy tinha topado com dificuldades antes e sempre encontrou um modo de superá-las. Ela faria o mesmo desta vez.

Olhando para seu reflexo no espelho, Lucy observou o bordado branco em seu vestido de linho branco. Um pouco fora de moda, tinha um lindo decote quadrado e mangas bufantes sobre mangas mais compridas. Seus pais tinham lhe dado aquele vestido no seu aniversário de dezessete anos, pouco antes de seu pai ficar doente. Poucas semanas depois, ela teve de guardá-lo no fundo do guarda-roupa, para abrir espaço para as roupas de luto. Embora tivesse comparecido a umas poucas festas do interior desde então, o vestido permaneceu intocado. Nunca tinha lhe parecido certo usá-lo sem que seu pai estivesse presente.

Mas nessa noite parecia mais certo usar esse vestido do que o novo, trazido pelo Sr. e pela Sra. Shepherd da viagem de núpcias. Embora o traje de seda rosa fosse mais lindo do que qualquer vestido que Lucy já tivesse possuído, ela preferiu usar o branco bordado, que seus pais lhe deram com tanto amor anos antes. Era como se os braços carinhosos de seu pai a envolvessem, dando-lhe a força de que precisaria para atravessar aquela noite. Lucy quase podia ouvir a voz dele sussurrando em seu ouvido: *Vista-o, minha querida garota. Este é o momento.*

Georgina tinha arrumado o cabelo de Lucy num penteado elegante para cima, formando um monte do qual jorravam cachos que desciam em espiral do alto da cabeça. A jovem nunca tinha estado mais bem-arrumada, e deu um abraço rápido na criada.

— Obrigada, Georgy. Você fez maravilhas com essas coisas inchadas e vermelhas que eu costumava chamar de olhos.

— Está linda, senhorita. Espero que se divirta muito.

Sentindo-se o mais pronta possível, Lucy desceu a escada para se juntar a sua mãe e seu novo pai na fila de recepção. Todos os rostos de convidados lhe pareciam borrados enquanto a cumprimentavam, e Lucy não lembrava de nada que tinha dito para eles; só sabia que os Drayson ainda não tinham chegado. Será que Colin viria?

Quando chegou a hora de assumir sua posição para a dança de abertura com o Sr. Shepherd, o rosto de Lucy doía do esforço de fingir um sorriso.

— Um sorriso não é um sorriso a menos que possa ser visto nos olhos da pessoa — o Sr. Shepherd brincou quando a música do cotilhão começou.

— Você acha que eu devo parar totalmente de fingir? — Lucy perguntou, grata pelo tom leve da voz dele. Por um breve momento, seu sorriso quase foi genuíno.

— Claro que não — ele respondeu. — Talvez você não consiga enganar a mim ou sua mãe, mas está fazendo um trabalho esplêndido enganando os outros. Até mesmo a Sra. Bidding parece acreditar que você está empolgada por ser a beldade do baile.

Os passos da dança fizeram com que ficassem separados durante vários momentos. Quando se reuniram novamente, Lucy perguntou:

— A Sra. Bidding não está curiosa sobre onde estão os Drayson esta noite? — Lucy não podia negar sua própria curiosidade a respeito.

— Imagino que ela pense, assim como eu, que eles devem chegar em breve. Talvez uma roda da carruagem deles tenha quebrado, deixando-os presos entre Tanglewood e nossa casa.

— Ou quem sabe um ladrão os tenha detido — sugeriu Lucy.

— Ou viram um coelho passar pulando e Lorde Drayson resolveu caçar o bicho.

Lucy quase riu disso.

— Ou talvez eles tenham parado na casa da viúva para devorar algumas das minhas cenouras. Elas são muito deliciosas, sabia?

— Cenouras — ele riu. — Ah, esse é o sorriso genuíno que eu adoro.

Lucy se sentiu mais leve depois disso e viu que gostou de dançar o resto do cotilhão. Quando a música terminou ela se sentia pronta para encarar o que aparecesse, mesmo que fosse algo inesperado.

Um cavalheiro bem alto, vestido com elegância, parou na frente dela e se curvou sobre sua mão.

— Encontramo-nos novamente, Srta. Beresford. Sr. Shepherd. — O cabelo dele era castanho, com um corte Bedford um pouco mais comprido do que ditava a moda, mas parecia combinar com a rigidez que Lucy reparou em seus impressionantes olhos verdes. Ela reconheceu aquele olhar no mesmo instante. Era, provavelmente, muito semelhante ao olhar dela própria.

Como Lucy podia não se lembrar de ter encontrado aquele homem antes? Ela pediu ajuda com uma olhadela para seu pai.

O Sr. Shepherd tentou não demostrar que se divertia com a óbvia confusão dela.

— Como vai, Sr. Ludlow? Espero que esteja se divertindo.

— Vou me divertir mais se esta linda jovem concordar em dançar comigo.

Sentindo-se um bocado confusa, Lucy permitiu que ele a conduzisse até a pista de dança, imaginando onde ela e o Sr. Ludlow se conheceram — a fila da recepção, talvez? — e o que ele já tinha lhe dito a seu respeito.

— Caso não esteja se lembrando — ele disse, interpretando corretamente a expressão dela enquanto se posicionavam na pista de dança —, nós nos conhecemos na entrada. Eu vim de Londres para ver uma propriedade.

— Oh — foi a única resposta dela. No mar de lembranças de Lucy, ela não conseguia encaixar o rosto dele.

— Lady Harriett me estendeu o convite — ele continuou —, o que eu contei a seus pais antes. Espero que não ache ruim que um estranho venha ao seu baile.

Sentindo-se ridícula por não lembrar da apresentação dele, Lucy levantou o queixo e sorriu.

— Como não é mais um estranho, Sr. Ludlow, sinta-se bem-vindo. Por favor, perdoe minhas maneiras deploráveis.

— Não precisa se desculpar, Srta. Beresford. — Ele também sorriu, e uma covinha encantadora apareceu em sua bochecha esquerda. Contudo, seu rosto continuou com a mesma rigidez, e Lucy refletiu sobre o que teria acontecido no passado dele que o fazia carregar aquela expressão.

A música começou e ele pegou a mão dela. Lucy estava para perguntar qual propriedade ele tinha vindo conhecer, mas lembrou que Lady Harriett tinha feito o convite, e que, portanto, a propriedade não podia ser outra que não...

Os olhos dela procuraram os dele enquanto seus pés davam os primeiros passos da dança.

— Você vai ser o novo proprietário de Tanglewood — foi uma afirmação, não uma pergunta.

O Sr. Ludlow arqueou uma sobrancelha, demonstrando surpresa, antes de dar a mão a outra parceira. Quando a dança os reuniu outra vez, ele observou:

— Foi minha menção a Lady Harriett que me entregou, não foi?

Algo no tom de voz dele incomodou Lucy. Na verdade, tudo naquele homem a incomodava. Por mais que o Sr. Ludlow fosse atraente, não era o rosto dele que Lucy queria ver nos jantares, nas festas ou em outros eventos. Em especial, ela não queria ver o rosto dele em nenhum lugar próximo a Tanglewood, não quando iria tomar o lugar de outro rosto, muito mais querido.

Por que você está aqui?, ela quis perguntar. *Por que não retira sua oferta e volta para o lugar de onde veio? Não é bem-vindo aqui.*

Os passos afastaram os dois de novo, mas Lucy sentiu que o olhar dele acompanhava os movimentos dela. A pergunta dele não a surpreendeu quando se reencontraram.

— Há algo errado?

Sim, ela quis gritar. *Está tudo errado, e é tudo culpa sua.*

Já enquanto pensava essas palavras, Lucy sabia quão absurdas eram. Não era culpa do Sr. Ludlow que Tanglewood estivesse à venda. A questão era que Colin não precisava vender a propriedade se não quisesse. Mas ele *queria*, e aí estava o verdadeiro problema. Ele queria vender, ir embora e nunca mais voltar. Talvez Lucy tivesse sido apenas uma distração para mantê-lo ocupado até encontrarem um comprador.

E agora ela dançava com esse comprador.

— Talvez seja melhor você não terminar a dança — sugeriu o Sr. Ludlow quando segurou a mão dela de novo. — Você me parece um pouco pálida.

Lucy quase aceitou a sugestão quando os Drayson foram anunciados. Colin era quase uma cabeça mais alto que suas mãe e irmã, e do que a maioria das pessoas ao redor, de modo que foi fácil avistá-lo. Ele passou os olhos rapidamente pelo salão antes de se deter nela. Lucy errou vários passos da dança enquanto o observava se aproximar cada vez mais. O único motivo de ela conseguir permanecer na dança era a firmeza com que o Sr. Ludlow a segurava.

Lucy desviou o olhar de Colin e se concentrou em seu parceiro. A expressão rígida dele a lembrou de que ela precisava também ser firme. Ela manteria a calma. Ela seria forte. Ela seria inescrutável.

Uma tranquilidade a envolveu, e quando o Sr. Ludlow perguntou de novo se ela gostaria de se sentar, Lucy respondeu com firmeza.

— Eu gostaria de continuar dançando, meu senhor.

Ele sorriu, mostrando a covinha.

— A senhorita é um enigma.

— Como assim, Sr. Ludlow?

— Eu nunca vi tantas expressões no mesmo rosto durante uma dança.

Lucy deu a mão a outro parceiro, girou ao redor dele e voltou para o Sr. Ludlow. No mesmo instante, ela arregalou os olhos numa expressão de medo, e ele deu uma risada.

Depois veio um olhar furioso, seguido por um nariz franzido de nojo, cílios tremulantes de inocência e, enfim, um olhar envergonhado.

— Se eu pelo menos tivesse um leque para me esconder — ela murmurou quando a dança terminou.

O Sr. Ludlow ainda ria enquanto a conduzia para fora da pista de dança.

— Preciso dizer que essa foi a dança mais divertida de que já participei, Srta. Beresford. Nunca me esquecerei dela. — Ele fez uma reverência sobre a mão dela e, quando se ergueu, acrescentou: — Estou muito feliz porque em breve seremos vizinhos tão próximos.

— Você fala como se o contrato já estivesse assinado, Sr. Ludlow — interveio uma voz que provocou arrepios ao longo da coluna de Lucy. Colin se aproximou dela e deu um olhar gelado para o Sr. Ludlow.

— Ainda não está? — perguntou o Sr. Ludlow.

— Não, não está.

— Você mudou de ideia, então?

— Ainda não me decidi sobre vender ou não vender — foi a resposta de Colin. — Mas, quando eu me decidir, você vai ser o... — ele fez uma pausa e olhou para Lucy. — ... o *segundo* a saber.

A expressão rígida voltou aos olhos do Sr. Ludlow, mas, em vez de responder, ele fez uma nova reverência sobre a mão de Lucy.

— Foi um prazer, Srta. Beresford. Espero ter a oportunidade de dançar outra vez com você.

— Eu gostaria muito disso — respondeu Lucy. Então ele se virou e se afastou, deixando Lucy acompanhada de Colin no salão lotado.

Ela procurou freneticamente por seus pais, pela Sra. Bidding — por qualquer um —, mas sua visão foi bloqueada por Colin, que se colocou à sua frente.

— Pode me conceder esta dança, Srta. Beresford?

Ela não podia fugir, não podia se esconder e, com certeza, não podia dar um tabefe no rosto dele, que era o que mais queria fazer.

— Não, não posso — ela respondeu.

Ele olhou por cima dela e arqueou uma sobrancelha.

— Talvez você prefira dançar com o Sr. Mead. Ele estava vindo nesta direção com um expressão bem decidida.

Lucy hesitou. Dançar com o Sr. Mead era como dançar com um cãozinho agitado. Ele pulava, trotava e sempre se despedia com um beijo molhando na mão.

— Muito bem — ela disse, ignorando o braço de Colin e seguindo na frente até a pista. Quando se virou para ele, não viu o Sr. Mead. Ela ficou boquiaberta e olhou feio para Colin.

— Você mentiu — ela sussurrou.

— Empatei com você — ele sussurrou em resposta.

A música começou e ela lhe estendeu uma mão mole, que recolheu no instante em que trocaram de parceiros. Quando ficaram juntos de novo, Colin perguntou:

— Como está sua horta?

— Boa.

— Sua montaria?

— Boa.

— A festa?

— Boa.

— Leu algum livro interessante recentemente? — ele tentou.

— Não.

— Que bom. — Ele sorriu. — Uma resposta diferente de "boa". Acredito que seja um progresso.

Lucy o soltou e pegou a mão de outro. Quase no mesmo instante, seus braços começaram a ser sacudidos para cima e para baixo. Quando ela olhou para o novo parceiro, viu que o Sr. Mead tinha entrado na dança. Bem, é claro que sim, ela pensou, contrariada. Lucy jurou que nunca iria a outro baile enquanto vivesse.

Quando ela deu a mão a Colin de novo, ele a puxou para mais perto do que o necessário, e seu corpo traidor reagiu tremendo. Ela não se deixaria abalar por ele. Não *mesmo*.

— É bom que não tenhamos nos conhecido num baile — ele observou. — Eu a teria achado bem aborrecida.

— Talvez nós *devêssemos* ter nos conhecido num baile — ela retrucou. — Pense em todas as decepções que poderíamos ter evitado.

Os lábios dele se ergueram num meio sorriso.

— Ah, aí está o fogo que eu aprendi a amar.

Lucy nunca se sentiu mais grata por trocar de parceiro. Ela arrancou a sua mão de Colin e praticamente agarrou a do Sr. Mead, sem ligar para o fato de ele a chacoalhar pelo salão. Como Colin ousava falar de amor? Como ousava entrar no baile dela, tirá-la para dançar e ter a esperança de que ela se comportasse como se ele não tivesse partido seu coração em dois?

A jovem precisou reunir toda a força que possuía para pegar a mão dele outra vez. Quanto tempo duraria aquela maldita dança? Enquanto as notas finais sumiam, Lucy soltou a mão do conde e o abandonou na pista de dança sem dizer nada. Afastou-se rapidamente em meio à multidão, sentindo a necessidade de tomar ar. Algumas pessoas a chamaram, mas ela fingiu não ouvir. Precisava de distância das pessoas, do barulho, da música e, em especial, de Colin. Por sorte ela conhecia bem a casa e logo encontrou a porta lateral oculta pela qual escapou para a biblioteca, e de lá chegou à estufa escura. Ela tinha descoberto aquela linda sala envolta em vidro no dia em que chegara a Knotting Tree. Não era o mesmo que estar ao ar livre, mas era bem parecido.

Ela inspirou o aroma rico da vegetação e sentou num banco de mármore, apoiando a cabeça nas mãos. Que covarde ela tinha sido. Embora tivesse aguentado até o fim da dança, no momento em que a música acabou, segurou as saias e fugiu. Teria de acabar voltando, mas como conseguiria fazê-lo com altivez?

— Posso me juntar a você? — disse uma voz na escuridão. Lucy ergueu a cabeça, mas não precisava olhar para trás para ver quem tinha falado. Reconheceria essa voz em qualquer lugar.

Ele deve ter tomado o silêncio dela por consentimento, porque se sentou ao lado dela. Após alguns momentos, ele falou em voz baixa.

— Como eu disse ao Sr. Ludlow, ainda não vendi Tanglewood.

— O que você está esperando? — Lucy perguntou. — Assine esse contrato e acabe logo com isso, se é o que deseja.

— É o que eu desejo — ele disse. — Nos últimos anos Tanglewood não tem sido nada além de um peso nas nossas finanças. Além do solar, todas as casas dos inquilinos estão precisando de reforma. Vai ser necessário muito dinheiro e muito tempo para devolver-lhe uma condição respeitável. E com que objetivo? O lar da minha família é Danbury. É uma propriedade linda, totalmente reformada e bastante lucrativa que, por acaso, fica perto de outros ativos em que investimos. Não sei quais são as razões do Sr. Ludlow para querer Tanglewood, mas ele a quer. O cavalheiro deseja fazer algo com a propriedade e possui os recursos e o tempo necessários. Ele também me ofereceu uma grande quantia, que é mais do que Tanglewood vale neste momento. Eu seria um tolo de perder esta oportunidade.

Lucy sentiu seu ânimo diminuir a cada palavra que ele proferia. Como ela podia ter tido esperança de que o conde quisesse fazer de Tanglewood seu lar? Agora isso parecia um sonho tão tolo, tão juvenil.

— Eu não entendo qual é o problema — disse Lucy.

— Não entende? — ele sussurrou, virando o corpo para ela. — *Você* é o problema. Você e apenas você.

Os olhos de Lucy voaram para os dele. Ela ficou confusa. Como *ela* podia ser o problema? Certo, houve um momento em que ela tinha sido um grande problema, mas Lucy e a mãe tinha se mudado da casa da viúva, e Lucy não o estava atrapalhando desde então.

Um dos dedos dele roçou os dela, como se a testasse. Como ela não se encolheu nem se afastou, ela deslizou a mão por baixo da dela e passou os dedos entre os dela.

— Eu me apaixonei por você, Srta. Lucy Beresford — ele disse. — Mais do que qualquer coisa, eu quero que você seja minha esposa.

Lucy soltou uma exclamação. Por alguns momentos, não conseguiu respirar, depois o ar entrou e saiu em arfadas curtas, como se ela tivesse acabado de correr através da campina e não conseguisse recuperar o fôlego. Colin tinha acabado de pedir sua mão? Ou não? Lucy não sabia dizer, mas ela sentiu uma erupção de alegria que lhe deu razão para ter esperança.

Ele prendeu a mão dela entre as duas dele.

— Como eu expliquei para você antes, não faz sentido que minha família ou eu fiquemos em Askern. Mas juntos, talvez, nós possamos encontrar um modo de fazer isso dar certo, se é o que você deseja. Do contrário — ele engoliu em seco —, ao lhe pedir que seja minha esposa eu estarei lhe pedindo que deixe sua casa, sua família e tudo de que você gosta aqui e venha comigo para Essex. Faz semanas que me debato com isso, dizendo para mim mesmo que não é justo pedir isso a você, enquanto procuro um bom motivo para permanecer aqui. A sensação é a de que não existe uma decisão perfeita. Então, aqui estou eu, despejando meus problemas em você na esperança de que possa me ajudar a solucioná-los. Você...

— É claro que posso ajudar — Lucy disparou. — A solução é bem simples, na verdade. Assine seu nome naquela droga de contrato e me peça em casamento. Ou você já pediu? Isso ficou um pouco confuso para mim.

Ele a observou por um momento, a testa franzida.

— É claro que eu pedi, mas acho que você não entendeu o que estou pedindo. Sua mãe...

— Minha mãe agora tem o Sr. Shepherd — disse Lucy. — E ele tem minha mãe. E eu sempre terei os dois, não importa onde eu more. Você disse que eu estarei deixando para trás tudo que eu mais gosto, mas não é o caso. Você se tornou muito mais querido para mim do que qualquer outra coisa neste mundo, então por quê, em nome de Deus, eu escolheria ficar para trás quando você está me oferecendo muito mais? Não consegue ver isso? Eu escolho *você*, Colin. Sempre você.

Ele soltou um suspiro que soou como uma risada estrangulada.

— Eu não ousava ter esperança — ele disse. — Eu sabia que você gostava de mim, mas você disse que não conseguia se imaginar morando em nenhum outro lugar. Eu pensei que, se tivéssemos mais tempo, poderia convencê-la a...

— Colin, você acabou de me pedir em casamento, e eu lhe dei minha resposta da maneira mais direta que sei. Acho que já passou da hora de você me beijar e encerrar esta conversa boba. E, no futuro, espero que peça minha opinião logo.

Ele riu.

— Vendo a energia com que você dá sua opinião, desconfio que eu nunca precisarei pedi-la.

— E eu vou continuar a dá-la — ela respondeu. — Agora me beije, ou serei obrigada a beijá-lo, e nós dois sabemos como isso seria inapropriado.

— Porque você nunca se comporta de modo inapropriado — ele a provocou, segurando o rosto dela com suas mãos grandes e quentes.

— Se vou ser a mulher de um conde, meu comportamento tem que sempre ser irrepreensível, não?

Ele a beijou, então, e Lucy correspondeu. Naquele momento, tudo parecia ser como deveria.

— Nunca mude seu jeito de ser, por ninguém, meu amor — Colin suspirou junto aos lábios dela. — Prefiro você exatamente como é.

Uma porta foi aberta em algum lugar, mas Lucy não ligou, nem Colin, ao que parecia. Ele continuou a beijá-la com ardor até uma voz esganiçada interromper rudemente o momento feliz dos dois.

— Lorde Drayson, Srta. Beresford! — exclamou a Sra. Bidding. — Vocês devem parar com isso agora mesmo!

Colin sorriu contra os lábios de Lucy antes de recuar, lentamente, e se levantar, puxando Lucy consigo.

— Algum problema, Sra. Bidding? — ele perguntou.

— Meu lorde — ela disse, estreitando os olhos. — Antes posso ter fingido que não vi, mas não posso mais fazer isso. Preciso insistir que você vá agora mesmo falar com o Sr. Shepherd e que faça o que é certo para a Srta. Beresford.

— Tem a toda razão, Sra. Bidding. Se nos dá licença, nós iremos agora mesmo. — Colin começou a passar com Lucy por uma Sra. Bidding chocada, quando a ouviu exclamar:

— Nós?

— Sim. — Colin olhou por cima do ombro. — Nós.

— Sempre nós — Lucy concordou. — Muito obrigada, Sra. Bidding, por enfim fazer Lorde Drayson ouvir a razão. Tenho que admitir que eu já tinha perdido a esperança. Agora devo toda a minha felicidade à senhora.

— Oh, bem... claro, minha querida. Qualquer coisa por você. — A Sra. Bidding nunca pareceu mais satisfeita.

— Pensei que você tivesse parado com as mentiras — sussurrou Colin enquanto saía com Lucy da estufa.

— Isso não foi uma mentira — disse Lucy. — Foi uma verdade criativa, que é uma coisa perfeitamente aceitável de se fazer.

— Para a filha de um vigário, você tem padrões bem frouxos. Quebra promessas, inventa mentiras, arromba fechaduras, rouba arados, deixa-se comprometer completamente... não só uma vez, mas várias. E agora entorta as regras da verdade e da fraude de acordo com sua vontade. Eu estou realmente chocado.

— Prepare-se, então — Lucy o alertou. — Pois a coisa mais chocante ainda está por vir.

— Devo perguntar o que poderia ser?

— Mas é claro — ela disse. — Eu gostaria muito que você convencesse a orquestra a tocar valsa, me tirasse para dançar e continuasse a dançar comigo pelo resto da noite.

Ele arregalou os olhos numa demonstração dramática de espanto.

— Como nossas reputações vão aguentar tal escândalo?

— Não vão — brincou Lucy. — Como você pode ver, vai ser bom que nos mudemos para Danbury.

Colin riu. Então ele parou e a beijou mais uma vez antes de os dois reentrarem no salão e procurarem o Sr. e a Sra. Shepherd. Os pais dela ficaram encantados que Lucy e Colin tivessem enfim se entendido. Abraços foram trocados e, quando o Sr. Shepherd fez um anúncio público, todo o salão irrompeu em vivas e aplausos. Lady Drayson e Harriett correram para felicitar o casal.

Vários minutos depois, quando a orquestra começou a tocar uma valsa, Lucy olhou surpresa para Colin — o Colin *dela* — se afastando dos músicos e se aproximando dela com um sorriso malicioso no rosto.

Harriett reconheceu a música e se aproximou de Lucy.

— Acredito que você tenha concordado em se casar com um malandro — ela sussurrou.

— Então é bom que eu goste de malandros — disse Lucy, permitindo que Colin pegasse sua mão e a levasse aos lábios.

— Se não tiver outro compromisso, Srta. Beresford, pode me dar a honra desta dança?

— Com toda a certeza posso. — Lucy sorriu quando ele a pegou nos braços, mantendo-a perto demais, e rodopiou e rodopiou com ela. Lucy costumava pensar que bailes eram pavorosos, entediantes, nos quais a pessoa tinha sempre que se comportar da melhor e mais aborrecida forma, mas como estava enganada. Se Lucy tivesse posto um pouco mais de fé no conselho do seu novo pai... Ele estava tão certo ao dizer que a história dela estava longe de terminar.

Na verdade, estava apenas começando.

CARO LEITOR

MUITO OBRIGADA POR LER ESTE LIVRO! Espero ter proporcionado a você uma pausa nos seus afazer diários e, de algum modo, feito você rejuvenescer. Se você gostou deste livro, não perca os próximos dois desta série, *The Rise of Miss Notley* (Tanglewood 2) e *The Pursuit of Lady Harriett* (Tanglewood 3).

Se gostaria de ser avisado sobre novos lançamentos, fique à vontade para assinar a lista de e-mails no meu site, RachaelReneeAnderson.com. (Você só receberá mensagens avisando-o de novos lançamentos.)

Além disso, eu ficaria muito grata se você pudesse dispor de alguns minutos para escrever uma avaliação no Goodreads ou na Amazon. Isso faz uma diferença enorme em todos os aspectos da publicação, e fico sempre muito agradecida quando os leitores dedicam alguns minutos para avaliar um livro.

Obrigada novamente por seu apoio. Tudo de bom!

Rachael

AGRADECIMENTOS

PRECISO COMEÇAR AGRADECENDO À minha amiga Kathy, do BookwormNation.blogspot.com, por me encorajar a abrir as asas e tentar um novo gênero. Sou muito grata por sua gentileza e seu apoio.

Kathy Habel, de IAmAReader.com, o que eu faria sem você? Das leituras preliminares ao marketing, você tem me ajudado com cada um dos meus livros. Você tem sido a resposta às minhas preces, e sempre estarei em dívida com você.

Letha, que irmã fantástica você é! Muito obrigada por me ajudar nas partes mais difíceis da minha trama. Sou muito grata por sua criatividade, seu humor e sua disposição em me ajudar sempre que preciso.

Como sempre, tenho que agradecer a Karey White por ser o melhor tipo de amiga que existe. Você me escutou, encorajou e escutou mais um pouco. Você também é a editora mais brilhante que existe. Deus a abençoe por sua bondade e amizade.

Braden Bell, obrigada por suas críticas minuciosas e honestas. Você me ensinou tanto sobre personagem, estrutura e tantas outras coisas.

Andrea Pearson, obrigada por seu olhar aguçado, sua honestidade e pelo *feedback* valioso. Sou muito grata por sua amizade.

Joanna Carnejo, obrigada por fazer a revisão final do livro um e pegar as coisas que você pegou. Espero algum dia poder lhe retribuir o favor.

Jeff, cem milhões de obrigadas por ser o marido, pai, entusiasta, confidente e amigo que é. Eu te amo.

Também preciso agradecer ao meu pai celestial por me amar o suficiente para me instigar, inspirar e abençoar.

SOBRE A AUTORA

RACHAEL ANDERSON É uma autora best-seller do *USA Today* e mãe de quatro crianças doidas e maravilhosas. Ao longo dos anos ela ficou muito boa em apartar brigas ou, pelo menos, em mandar os culpados para seus respectivos quartos. Ela não sabe cantar, não dança e detesta tragédias, mas recentemente entendeu como o fermento funciona e agora sabe fazer pão caseiro, coisa que come muito bem. Você pode ler mais a respeito dela e de seus livros em RachaelReneeAnderson.com.

Este livro foi composto com tipografia Electra Std